CW01024034

ET Scrittori

Prima edizione «I coralli»

www.einaudi.it

ISBN 978-88-06-22217-8

Renata Viganò

L'Agnese va a morire

Introduzione di Sebastiano Vassalli

Einaudi

Introduzione*

L'Agnese va a morire è una delle opere letterarie piú limpide e convincenti che siano uscite dall'esperienza storica e umana della Resistenza. Un documento prezioso per far capire ai piú giovani e ai ragazzi delle scuole che cosa è stata la Resistenza: una guerra di popolo, la prima autentica guerra di popolo della nostra storia.

Piú esamino la struttura letteraria di questo romanzo e piú la trovo straordinaria. Tutto è sorretto e animato da un'unica volontà, da un'unica presenza, da un unico personaggio. Anche il paesaggio, che è quasi sempre sfumato, indeterminato, nebbioso, simbolicamente sospeso tra acqua e cielo. Anche i personaggi minori, che esistono come proiezioni o emanazioni psichiche della volontà della protagonista: dal marito che appena si intravvede e già è divenuto voce del passato, dell'inconscio (attraverso i sogni), al Comandante che rappresenta il dovere e l'aspirazione lucida verso un mondo migliore (ciò che appunto gli psicologi identificherebbero con una proiezione del «super-io»).

Si ha la sensazione, leggendo, che le Valli di Comacchio, la Romagna, la guerra lontana degli eserciti a poco a poco si riempiano della presenza sempre piú grande, titanica, di questa donna. Come se tedeschi e alleati fossero presenze sfocate di un dramma fuori del tempo e tutto si compisse invece all'interno di Agnese, come se lei sola potesse sob-

* La presente introduzione, riveduta dall'autore per questa edizione, è tratta da *L'Agnese va a morire*, a cura di Sebastiano Vassalli, «Letture per la scuola media», Einaudi, Torino 1974.

barcarsi il peso, anzi la fatica della guerra; fatica greve e dolorosa, certo, ma non poi tanto piú del lavoro: anzi, a ben vedere, ancora e sempre lavoro.

Ecco, io credo che questo personaggio femminile solo cosí possa intendersi, nell'ambito di una simbologia, quella del *sacrificio*, che costituisce la radice stessa dell'esperienza religiosa nelle civiltà occidentali. Del resto è fin troppo evidente che Agnese non è solo un personaggio letterario, è un simbolo di qualcosa di piú grande e di piú importante che tanto meglio traspare nel testo quanto piú essa si annulla come personaggio, per accumulazione di virtú negative: semplicità, umiltà, abnegazione eccetera. Agnese è una donna che vive, sia pure in una prospettiva limitata, un grande fatto storico: annullandosi come donna, diventando «donna senza qualità», Agnese esce in pratica dalla realtà per diventare incarnazione di un mito destinato a compiersi con la sua morte (quella morte di cui il lettore sa già prima di aprire il libro, dal titolo).

S'è detta l'Agnese donna senza qualità: credo che valga la pena di verificare questa definizione nel testo.

Essa combatte con i partigiani, anzi con partigiani appartenenti a formazioni fortemente politicizzate: ma i suoi moventi non sono politici. La chiamano «compagna», ed in effetti lo è: ma per scelta istintiva, anzi neppure per scelta, per consapevolezza maturata in lunghi anni di silenzio con un processo piú biologico che logico, come il grano di frumento che stando dentro alla terra mette radici, e fusto, e spiga. E forse è proprio il senso della terra che si esprime in Agnese. La scelta vera, quando si compirà, non sarà facile, perché per abbracciare la causa della lotta partigiana in tutta la sua interezza Agnese dovrà misurarsi con qualcosa di estraneo, che non le appartiene: con un'*idea* (nel romanzo questa idea assume una voce e un volto, è, per cosí dire, impersonata dal Comandante). E ancora: Agnese assiste i partigiani, fa per loro tutto ciò che farebbe una buona madre; ma non è madre e forse non è nemmeno buona. (Lo sarebbe senz'altro se non ci fosse l'idea ad assorbire tutte le sue energie, a renderla quasi incapace di affetti). Però non è neppure cattiva: anche nel momento culminante del dramma, l'uccisione del tedesco, non è tanto l'ira a spingerla, quanto piuttosto la certezza che cosí deve avvenire. Vale la pena di riesaminare lo svolgersi dei fatti. Agnese è uscita di casa, è stata tutto il pomeriggio seduta sotto il pesco, a contatto con la terra: muta, senza una lacrima né un gesto. Quando si rialza, il suo odio per il tedesco non si è placato, ma è divenuto qualcos'altro, qualcosa che può realizzarsi soltanto nella forma cupa e sacrale di un rito: con un gesto esasperatamente lento, come doveva essere quello del sacerdote nell'atto di alzar la scure sulla vittima (Allora prese fortemente il mitra per la canna | lo sollevò | lo calò di colpo sulla testa di Kurt | come quando sbatteva sull'asse del lavatoio i pesanti lenzuoli matrimoniali | carichi d'acqua). Agnese non è quasi nulla di tutto quanto si può pensare; come personaggio di un romanzo *non è*, semplicemente, non potrebbe esistere all'infuori di un intreccio di vicende e di fatti e di situazioni che, indubbiamente, furono e sono.

Quando questo romanzo apparve, nel 1949, la situazione politica e culturale italiana non era certo la piú adatta per un esame sereno di un'opera letteraria. *L'Agnese va a morire* si trovò subito al centro di polemiche abbastanza aspre in cui, come era giusto, gli argomenti politici soverchiarono quelli estetici e formali. Eppure non tutto quanto allora si scrisse fu scritto soltanto per amor di polemica e di parte. Vi fu chi tentò di penetrare piú in profondità il meccanismo non facile di questo romanzo, chi, come Emilio Castellani, si chiese già allora *che cosa fosse l'Agnese*, quale simbolo complesso o mito si celasse dietro questo personaggio apparentemente tanto semplice.

Rispondere oggi, a quarantacinque anni di distanza, forse non è impossibile: ma sarebbe certo rischioso. Si può soltanto azzardare a titolo di conclusione una frase, dire che Agnese è la contadina protagonista del romanzo ed è anche un'immagine collettiva, è uno e molti, è soggetto e oggetto del sacrificio, è un personaggio assai reale sotto certi punti di vista, ma poi disumano per la sua grandezza, la sua capacità spinta fino all'assoluto di annullarsi nei fatti e nelle vicende; sí che la morte fisica con cui si conclude il libro non è altro che l'ormai necessaria distruzione di quanto resta di Agnese, di quella spoglia «stranamente piccola, un mucchio di stracci neri sulla neve»: ma il personaggio Agnese è scomparso molte pagine prima, all'inizio della vicenda, si è volontariamente annullato per seguire un'idea, una causa.

Che cos'è l'Agnese? Ebbene, che a questa domanda ognuno cerchi di rispondere come può e come vuole.

SEBASTIANO VASSALLI

[1974].

Nota biobibliografica.

Renata Viganò nacque a Bologna nel 1900 da una famiglia borghese. Ancora giovanissima pubblicò due raccolte di poesie, *Ginestra in fiore* (Beltrami, Bologna 1912) e *Piccola fiamma* (Alfieri e Lacroix, Milano 1915). Per aiutare i congiunti, dovette interrompere gli studi e lavorare come infermiera negli ospedali. Nel 1933 pubblicò il suo primo romanzo, *Il lume spento* (Quaderni di poesia, Milano). Durante la guerra prese parte attiva alla lotta clandestina per la Resistenza, e seguí col figlio il marito, comandante di formazioni garibaldine. Dirigente del servizio sanitario di una brigata operante nelle Valli di Comacchio, è riconosciuta partigiana col grado di tenente. L'esperienza della lotta partigiana, determinante nella sua vita, è al centro de *L'Agnese va a morire*, che vinse il Premio Viareggio 1949 e venne successivamente tradotto in tredici paesi.

Scrisse inoltre i racconti di *Arriva la cicogna* (Cultura sociale, Roma 1954), i romanzi *Una storia di ragazze* (Del Duca, Milano 1962) e *Matrimonio in brigata* (Vangelista, Milano 1976), e le prose saggistiche di *Mondine* (Tipografia Modenese, Modena 1952), *Donne della Resistenza* (Steb, Bologna 1955), *Ho conosciuto Ciro* (Tecnografia emiliana, Bologna 1959).

È scomparsa a Bologna nel 1976.

Tra i recensori dell'*Agnese va a morire* ricordiamo: I. CALVINO, in «l'Unità», ed. romana, 4 agosto 1949; F. CALAMANDREI, in «l'Unità», ed. milanese, 30 agosto 1949; G. PETRONI, in «La fiera letteraria», 11 settembre 1949; G. NOZZOLI, in «Il progresso d'Italia», 18 settembre 1949; G. A. CIBOTTO, in «La gazzetta veneta», 5 ottobre 1949; C. PASQUALI, in «La risaia», 7 ottobre 1949; G. DE ROBERTIS, in «Il Tempo», 15 ottobre 1949; F. TERNI CIALENTE, in «L'Indicatore», 6 febbraio 1950; L. SERRA, in «Il Ponte», febbraio 1950; R. RAMAT, in «Il lavoro nuovo», 18 aprile 1950; C. VARESE, in «La nuova antologia», giugno 1950 (ora in *Occasioni e valori della letteratura contemporanea*, Cappelli, Bologna 1967); S. SPELLANZON, in «Letterature moderne», novembre-dicembre 1961.

Hanno scritto dell'*Agnese* in libri d'insieme: A. ASOR ROSA, *Scrittori e popolo*, Samonà e Savelli, Roma 1965 (n. ed. Einaudi, Torino 1988). G. FALASCHI, *La resistenza armata nella narrativa italiana*, Einaudi, Torino 1976).

Una piccola monografia dedicata all'opera è la seguente: A. BATTISTINI, *Le parole in guerra. Lingua e ideologia dell'«Agnese va a morire»*, Bovolenta, Ferrara 1983.

L'Agnese va a morire

Parte prima

1.

Una sera di settembre l'Agnese tornando a casa dal lavatoio col mucchio di panni bagnati sulla carriola, incontrò un soldato nella cavedagna. Era un soldato giovane, piccolo e stracciato. Aveva le scarpe rotte, e si vedevano le dita dei piedi, sporche, color di fango. Guardandolo, l'Agnese si sentí stanca. Si fermò, abbassò le stanghe. La carriola era pesante.

Ma il soldato aveva gli occhi chiari e lieti, e le fece il saluto militare. Disse: – La guerra è finita. Io vado a casa. Sono tanti giorni che cammino –. L'Agnese si slegò il fazzoletto sotto il mento, ne rovesciò le punte sulla testa, si sventolò con la mano: – Fa ancora molto caldo –. Aggiunse, come se si ricordasse: – La guerra è finita. Lo so. Si sono tutti ubriacati l'altra sera, quando la radio ha dato la notizia –. Guardò il viso del soldato e sorrise, un sorriso rozzo e inatteso sulla sua faccia bruciata dall'aria. – Io credo che i guai peggiori siano ancora da passare, – disse improvvisamente, con la rassegnata incredulità dei poveri; e il soldato si fregò le mani: era un ragazzo molto allegro.

L'Agnese piegò la sua schiena rigida e grassa, e riprese la carriola. Ma il soldato disse: – Prego, – e s'infilò fra le stanghe. Dette uno scossone, il mucchio di biancheria oscillò, ma lui fece: – Hop! – e riafferrò l'equilibrio. Camminò svelto senza sforzo, spingendo la ruota nella carreggiata.

Quando sbucarono dal varco della siepe, l'Agnese vide sull'aia le due ragazze della Minghina. Davano da mangiare ai polli, ma si fermarono vedendo il soldato, e si misero a parlar piano fra loro. La casa era vecchia, avrebbe dovuto essere riparata, ma nessuno faceva niente perché le due famiglie non andavano d'accordo. – Chiacchiere di donne, – diceva Palita, il marito dell'Agnese, e fumava la pipa con Augusto, il marito della Minghina. Quando le donne trovavano da dire e urlavano con la voce aspra, allora anche Augusto e Palita si guardavano male e spesso si insultavano.

L'Agnese fece entrare il soldato in cucina. C'era Palita seduto presso la finestra con la gatta nera accucciata come il solito sulla credenza a fare le fusa: guardarono tutti e due verso chi entrava, poi la gatta cancellò i due sottili spiragli verdi fra il pelo lustro e rimase chiusa e muta come una pietra. – Gatto nero porta fortuna, – disse il soldato.

Sedettero a cena che ancora faceva giorno. Palita diceva: – Mangia militare, non fare complimenti –. Era contento di vedere qualcuno di fuori, di farsi raccontare le novità. In realtà non si fece raccontare niente, parlava sempre lui, come fanno quelli che sono avvezzi a stare troppo soli. Lui passava i giorni seduto sotto il portico, o in casa presso la finestra, fabbricava scope e panieri, impagliava fiaschi. Era l'unico lavoro che poteva fare: da giovane era stato molto ammalato. Non certo questa vita aveva sognato quando era ragazzo e faceva ogni giorno trenta chilometri in bicicletta per andare a scuola in città. La malattia lo aveva costretto a lasciare lo studio, poi ad entrare in un sanatorio: – Là sono guarito, lo dicevano i dottori. Guarito come possono guarire quelli che hanno quella malattia. Mio babbo faceva il contadino, questa casa era sua, e anche il podere. Ma poi abbiamo dovuto venderlo, il podere, e metà della casa, perché io non potevo lavorare la terra. Facevo però molti chilometri in bicicletta, per andare a far l'amore con l'Agnese –. Si mise a ridere; aveva la bocca viva e larga, gli occhi buoni, sembrava molto piú giovane di sua moglie. – Mi ha voluto perché ero

piú istruito degli altri, – disse. – Lei era
grossa come adesso, sai, militare –. L'Ag
con severità, ma le ridevano gli occhi: – Non
porta niente, – disse, indicando il soldato. – Finisc
queste storie.

Il soldato masticava in silenzio; si capiva che aveva molta fame arretrata, trascinata con sé dalle soste nei fossi e sotto gli alberi, dalle secche mangiate di pane che erano state i suoi pranzi di tutti quei giorni. Sembrava un po' stanco, ma allegro: stava bene, sazio, con gente fida e i piedi in riposo sotto la tavola. Pensava che tra poco sarebbe andato a dormire. L'Agnese uscí col secchio a prendere l'acqua al pozzo. S'era fatto buio: il buio di una sera d'estate che pareva ormai fuori della guerra, al sicuro. Palita disse, con voce affettuosa: – L'Agnese è sempre stata brava. Lavora lei per me, fa la lavandaia al paese. Mi tiene con tutte le cure come un bambino. Senza lei non sarei piú vivo –. Si sentí stridere la carrucola, poi il passo dell'Agnese, e il suono dell'acqua che si versava dalla secchia piena. La cucina era già tutta scura. Palita si curvò verso il soldato: si vergognava a un tratto di aver sempre parlato di sé. Disse: – Allegro, militare, la guerra è finita –. Voleva chiedergli se aveva la mamma e se era contento di essere sulla via di casa. Ma il soldato dormiva.

Qualcuno di fuori bussò alla porta della cucina, e l'Agnese spense il lume ed aprí. Era la Minghina eccitata e ansante: – Dovete subito mandar via quel soldato. Le mie figlie hanno detto che sono arrivati molti tedeschi in paese. Se trovano dei disertori portano via anche quelli che li hanno nascosti –. L'Agnese l'interruppe: – Quante storie. In casa mia tengo chi voglio. I tedeschi non c'entrano –. Dalla strada veniva un rumore sordo di carri, un rombo di camion fermi col motore acceso, e delle voci forti, aspre come fruste. – Sentite? – disse la Minghina. – Le mie figlie hanno detto che torna su il fascismo, e tutti quelli che hano fatto festa il 25 luglio li porteranno in Germania. Mandate via quel soldato –. L'Agnese fece il gesto di chiudere la porta; la Minghina glielo impedí: – Verranno anche se la casa è lontana dal paese. Cercheranno in campagna. Le mie figlie sono state alla casa del fascio per aiutare a servire il vino ai tedeschi. Sono venute di corsa ad avvertirmi. Siamo in un grande pericolo –. L'Agnese scrollò le spalle: – Le vostre figlie sanno sempre tutto. Vogliono comandare in casa d'altri. Andate a letto che è meglio –. S'appoggiò col suo grosso corpo al battente, chiuse fuori la Minghina con un colpo. Riaccese il lume, stette un poco a pensare, guardando il soldato che dormiva su un materasso. S'era levato soltanto la giubba e le scarpe, ed era là disteso con la faccia in giú, fermo e duro come se fosse morto. La gatta nera gli girava intorno con le sue zampe caute, gli leccò la piaga che aveva in un piede. Si sentí di fuori la voce della Minghina chiamare piano. L'Agnese disse: – Via! – e la gatta scappò nella camera vicina, dove c'era il respiro forte di Palita.

Appena si fece giorno, l'Agnese si vestí, preparò la colazione sulla tavola, svegliò il soldato, gli disse di partire subito, che c'erano i tedeschi in paese. Lui andò a lavarsi al pozzo, e intanto l'Agnese portò a Palita la sua tazza di latte caldo. La porta era aperta sull'aia. Un gran silenzio occupava la campagna, un'aria bianca di settembre senza sole. Qualcuno arrivò correndo coi piedi scalzi, era un ragazzo che abitava piú lontano, verso la valle. Senza fermarsi, disse: – I tedeschi. Vengono qui –. Il soldato diventò pallido, si mise in fretta la giubba e le scarpe. L'Agnese gli diede del pane: – Vai per questo sentiero. Piú avanti c'è un fosso grande sotto l'argine. Nasconditi là. Stasera ritorna. Ti troverò un vestito da borghese –. Egli scappò di corsa, e intanto s'udí crescere un rombo di motore; un piccolo camion sbucò dalla cavedagna, frenò sull'aia, i tedeschi saltarono a terra. L'aia, la campagna, il mondo furono guastati dai loro aspetti meccanici disumani, pelle, ciglia, capelli quasi tutti di un solo colore sbiadito, e occhi stretti, crudeli, opachi come di vetro sporco. I mitra sembravano parte di essi, della loro stessa sostanza viva. Erano otto soldati e un maresciallo.

Andarono verso la casa. Il sottufficiale aveva in mano un foglio rosa. Disse: – Ottavi Paolo? – ma l'accento deformò il nome, che parve una parola tedesca. Palita non lo capí, e stava sulla porta, tirandosi su i pantaloni. – Rispondere, – urlò il maresciallo. – Dove essere Ottavi Paolo? – Palita rispose: – Sono io –. Dietro di lui apparve la faccia dura e spaventata dell'Agnese. – Qui disertori, soldati italiani? – domandò il tedesco. Fece per entrare, ma l'Agnese gli sbarrava la porta, e lui la urtò leggermente, passando, col calcio del fucile. Guardò in cucina, nella stanza, mentre i soldati cercavano nel fienile, nel pollaio, nella stalla. L'Agnese e Palita stavano stretti contro il muro e li seguivano con gli occhi. Uno andò verso l'uscio chiuso della Minghina. – Nein, – disse secco il maresciallo, e il soldato tornò indietro.

– Voi Ottavi Paolo venire con noi, – dichiarò finalmente il tedesco. L'Agnese gli andò incontro: s'era come svegliata, camminava viva e pesante come quando decideva di compiere un'insolita fatica. – Dove lo portate? – chiese con severità. – Che cosa vi ha fatto? – Il maresciallo rispose: – Arbeiten. Lavoro, – e le voltò le spalle. L'Agnese lo afferrò per un braccio, lui indietreggiò, liberandosi con uno strappo. – È malato, – disse l'Agnese. – Non può lavorare. – Raus! – comandò il tedesco impaziente. Palita aveva preso la giacca e il cappello, e andava verso il camion in mezzo a due soldati. L'Agnese gli corse dietro, gli strinse le braccia intorno al collo. Uno dei tedeschi tentò di staccarla, ma lei lo scostò con una spinta. Allora il soldato le appoggiò il fucile alla schiena, e la voce sgarbata ripeté: – Raus! – Pallido e tremante Palita si allontanò. Teneva la testa girata indietro e diceva: – Sta' buona Agnese, sta' buona. Se no è peggio. Bada alla casa, sta' attenta al maiale che non te lo rubino –. I tedeschi montarono sul camion, vi issarono Palita tirandolo per le braccia. L'Agnese era rimasta ferma in mezzo all'aia, con il viso in alto. Sentí avviare il motore, il camion si mosse, imboccò la cavedagna, trabalzando sulle carreggiate. Lei si mise a correre.

– Dicono che ci fermiamo in paese, nelle scuole, – gridò Palita. – Portami da mangiare e un po' di biancheria. Mi farò scartare alla visita...

L'Agnese trascinava nella corsa la sua grossa persona col battere del cuore affannato. Volle urlare: – Addio Palita, – ma non fu buona. Lui era là sul camion col suo aspetto amato e giovanile, fra i fucili e le facce tedesche che ridevano. – Fermati Agnese, – le gridò. – Mi raccomando la gatta... – Furono le ultime parole che lei intese: le altre se le portò via il motore che andava sempre piú forte.

Continuò ad ansare per molto tempo dopo quella corsa pazza. Un fianco le faceva male. Tornò a casa strascicando i piedi, sedette in cucina per farsi passare il batticuore. Guardava intorno sperando che fosse come quando di notte si sta per cadere da una montagna e ci si sveglia nel letto. Chiudeva gli occhi e li apriva, per rivedere Palita curvo sui suoi mucchi di vimini; e vedeva solo la gatta nera, diritta e desta al suo posto sull'angolo della credenza.

Preparò la minestra in una pentolina, una sporta di provviste, il fagotto della biancheria. Si vestí di nuovo, si mise le scarpe; arrivò al paese carica, sudata. Tutti la guardavano, ma nessuno s'attentò di parlarle. In piazza c'erano delle donne che piangevano. Nelle scuole deserte s'incontrò in due soldati di guardia. – Uomini viaggio, – disse uno, quando la vide entrare con la sporta. – Dove sono andati? – chiese l'Agnese, quasi senza respiro. – Io niente sapere, – rispose il tedesco. Lei tornò indietro.

Davanti alla casa del fascio si raschiò la gola, raccolse in bocca la saliva e sputò per terra. A metà della cavedagna posò la sporta e il fagotto, sedette sull'erba, si levò le scarpe che le facevano male. Sentí che era digiuna dalla mattina: prese la pentolina e il cucchiaio e mangiò la minestra. Pensava: « Palita non torna. Palita muore. Palita è morto ». Cominciò a piangere, e le lacrime cadevano sulle cucchiaiate piene.

II.

Si mise ad aspettare. Non sperava che Palita tornasse. I tedeschi, pensava, non lasciano scappare nessuno. E se qualcuno riusciva a scappare, non era certo Palita, debole e indeciso. Ma il soldato, nascosto nel fosso sotto l'argine, doveva venire: a prendere il vestito borghese che lei gli aveva promesso, e a vedere almeno che cosa era accaduto per causa sua.

La gatta nera le dava fastidio: girava per la casa, pareva che cercasse qualcuno. Le venne in grembo, ma la buttò giú con malgarbo. Le gridò: – Sssc... – battendo le mani. La gatta fece un balzo, fuggí nel prato, si accucciò fra l'erba, guardando fisso con gli occhi verdi e aperti l'Agnese seduta sull'uscio.

Un rombo dall'alto traversò il silenzio del mezzogiorno: erano quattro aerei veloci, scintillanti. L'Agnese li vide appena, e già essi si abbassavano con un rumore insensato, come se cadessero. Bombardavano il ponte. Si udirono tre, quattro scoppi, poi il cantare piú chiaro dei motori che riprendevano quota. Facevano il giro largo, al di là del fiume, per ripetere la picchiata. L'Agnese non si mosse: « Il ponte non l'hanno preso, – pensò. – Adesso ritornano ». Ma prima di essi intese le voci e i passi di un branco di persone che venivano di corsa. La gente del paese si rifugiava nella campagna. Si buttavano giú nei fossi e dietro le siepi, poi non si fidavano del posto, si rialzavano e correvano piú lontano. Molti erano arrivati sull'aia, e si erano fermati in gruppo, ansanti, a guardare in su. I caccia-bombardieri ritornavano: di nuovo segnarono il disegno della curva, lasciandosi dietro una striscia bianca, fecero quel rauco gridare della picchiata, e ancora si udirono gli schianti delle bombe, poi, piú vicine, quattro o cinque raffiche spavalde. Tutti urlavano: – Mitragliano, – e si gettarono a terra, inutilmente, troppo in vista cosí distesi in fascio sullo spiazzo nudo dell'aia. Un uomo gridò: – Dentro, dentro –. L'Agnese li lasciò passare, e la cucina e la camera furono gremite in un attimo. Entrarono con gli altri anche due soldati tedeschi; uno disse: – Non paura, non paura, – ma il suo camerata era pallido e si sedette in un angolo. Guardava il pavimento e ripeteva: – Guerra niente bono, – con un sorriso timido e sconsolato.

I colpi ritardati della contraerea riempirono il cielo di piccole nuvole tonde, ma gli aerei avevano finito, si allontanavano, il rombo moriva in un mormorare confuso. S'alzarono anche i sei urli faticosi della sirena dello zuccherificio. L'allarme lo davano sempre quando i bombardieri erano già andati via, a causa del segnale che dovevano attendere trasmesso dalla città. La gente considerava il suono della sirena come l'avviso del cessato pericolo. Subito molti uscirono sull'aia. Si udivano delle grida e dei pianti verso il paese, in direzione del ponte c'era del fumo alto, immobile, come un grande albero bianco. Qualche casa doveva essere stata colpita. – Fuori, andate fuori, – disse l'Agnese, e li spingeva per le spalle. Spinse anche i due tedeschi, e quattro o cinque donne, che sembrava volessero rimanere. Una si voltò e disse: – Hanno preso anche mio marito, e poi Ivo, Silvio, il figlio di Cencio, Ottavio del mulino... – ad ogni nome segnava una delle compagne, e tutte si misero a piangere con i fazzoletti sulla faccia.

L'Agnese restò un momento a guardarle, poi andò a prendere delle sedie. Disse: – Mettetevi a sedere –. Si levò un'onda di voci accorate, di pianti, di invocazioni, un coro da tragedia greca. L'Agnese stava zitta, le fissava con occhi vuoti. – I nostri uomini non torneranno piú, – disse ad un tratto. – Sarebbe bello ammazzare tutti i tedeschi.

Durante l'azione aerea era ricomparsa anche la Minghina con il marito e le figliuole. Ma non parlarono con nessuno e si chiusero in casa. La gente si avviava per rientrare in paese: era la prima volta che subivano un bombardamento, e andavano tutti al ponte per vedere le case colpite. Quando furono passati gli ultimi che venivano dai campi, Augusto entrò dall'Agnese. Era andato evidentemente per parlare di Palita, ma non sapeva che cosa dire, e rimase, in piedi, irresoluto, tirando con caparbietà nella pipa spenta. L'Agnese si ricordò di quando egli si sedeva a fumare con Palita sul muro dell'orto, e le vennero le lacrime agli occhi. – Palita vi saluta, – disse. Se ne andò subito strascicando nelle ciabatte i suoi grandi piedi stanchi.

Seguí il sentiero sull'argine fino al fosso che vi passava sotto. Il soldato non c'era. Riconobbe dall'erba pesta il luogo dove doveva essersi seduto, per tante ore, guardando verso la casa, con la paura dei tedeschi. « Poi è partito, – pensò l'Agnese, – anche vestito da militare, per tornare al suo paese. Lui è tornato al suo paese: con gli aeroplani, la confusione per le strade, nessuno gli avrà badato. E adesso è a casa, con sua madre. Bussa alla porta, e sua madre apre e lo vede. E intanto Palita l'hanno portato via i tedeschi ».

La sera veniva giú fresca sull'umidità scura della campagna, la prima di tutte le sere senza Palita. Il mondo sembrava un altro, nuovo, estraneo, dove lei non avrebbe piú lavorato: le diventava inutile la sua vecchia forza di contadina. Ma non malediceva il ragazzo disperso che cercava la via di casa, né si rammaricava di averlo aiutato. Lui non aveva colpa: soffriva della guerra, aveva fame e sonno, era giusto dargli da mangiare e da dormire. Nasceva invece in lei un odio adulto, composto ma spietato, verso i tedeschi che facevano da padroni, verso i fascisti servi, nemici essi stessi fra loro, e nemici uniti contro povere vite come la sua, di fatica, inermi, indifese.

Tornò in casa in tempo per dare la broda al maiale. Trovò la gatta che dormiva in mezzo al letto disfatto, arrotondata sulla camicia di Palita.

Tirava avanti, col peso della sua incapacità di sperare. Dopo qualche giorno arrivò una lettera di Palita, poche righe scritte col lapis. L'Agnese sapeva appena leggere, le parole erano quasi cancellate, non riuscí a capire bene che cosa dicesse. Piegò il foglio e lo mise nel portamonete, senza farlo vedere a nessuno. Spesso lo guardava e piangeva: lo scritto, per le macchie delle lacrime, spariva sempre piú.

Vennero a trovarla tre uomini; Toni e Mingúcc, che abitavano a poca distanza del paese, ed erano amici di suo marito, l'altro giovane, sconosciuto. Entrarono in cucina una sera, mentre lei stava rammendando una giacca, per riporla come aveva fatto di tutta la roba di Palita, ora già in ordine nei cassetti. – Buonasera, – disse uno dei due anziani, – siamo venuti a trovarvi –. L'Agnese gli offrí da sedere, e subito il piú giovane chiuse la porta col catenaccio. Mingúcc disse: – Voi certo sapete che Palita è del nostro partito –. Indicò il giovane che si era seduto vicino alla tavola e aveva un viso buono, infantile. – Potete parlare. Anche questo è un compagno, un dirigente che viene dalla città. Conosce Palita, e sa quanto vale –. L'Agnese li guardava, uno dopo l'altro, e la sua grossa faccia confusa esprimeva uno stupore attento, quasi uno sforzo di stare in ascolto per cogliere da quelle parole l'eco della lontana voce di Palita. Rispose: – Mio marito ne parlava, ma erano cose di politica e di partito, cose da uomini. Io non ci badavo. So che ha sempre voluto male ai fascisti, e dopo anche ai tedeschi, e diceva che i comunisti ci avrebbero pensato loro per tutti, anche per i padroni che ci sfruttano, a fare piazza pulita –. Appena appena l'ombra di un sorriso passò nei suoi occhi: – Diceva proprio cosí: piazza pulita.

I tre annuirono con forza, e il piú giovane disse: – Per far questo, bisogna lavorare. Palita è un bravo compagno. Faceva molto per noi –. L'Agnese lo interruppe: – Se c'è qualche cosa che posso fare io... – Arrossí, come se si fosse azzardata a dir troppo, e si strinse il fazzoletto sotto il mento: – Chissà se sarò buona, – aggiunse.

Allora le spiegarono che cosa avrebbe dovuto fare, e lei diceva di sí, meravigliata che fossero cose tanto facili. Si vedeva che era contenta, che prendeva coraggio. Si attentò anche a suggerire qualche suo parere, e i compagni l'approvarono. – Siamo intesi cosí, – disse il piú giovane quando ebbero finito. – Però state in gamba. Se « loro » vi pescano, ci rimettete la pelle –. Sorrise con la sua faccia da bambino. – E invece Palita deve ritrovarvi, quando ritornerà.

L'Agnese andò a prendere un fiasco e dei bicchieri: mentre versava il vino, disse: – Io non mi farò prendere da « loro », ma Palita non ritornerà –. Le lacrime le segnarono due righe sul viso largo ed immobile; se le asciugò con le punte del fazzoletto, indispettita di farsi vedere a piangere. I compagni le batterono le mani sulla spalla, e la sgridarono per quelle parole; poi fecero le corna contro la iettatura, ridendo. Stavano per andar via, ma prima di aprir la porta Toni disse: – Chi credete che abbia dato ai fascisti il nome di vostro marito? – e intanto con il pollice segnò verso la parete in direzione della casa della Minghina. – Sí, – rispose l'Agnese. – L'ho pensato subito. Se ne fossi sicura... – Strinse con violenza le sue grandi mani sciupate contro l'orlo della tavola. Un bicchiere pieno si rovesciò. – Allegria! – dissero i compagni, guardando colare il vino. – State tranquilla, lo sapremo. Chi è stato, lo « facciamo fuori » –. E il piú giovane accennò l'atto di tirare il collo a una gallina. L'Agnese capí, non le parole, ma il gesto: e questa volta sorrise, improvvisamente, con serenità.

Modificò a poco a poco il suo modo di vivere, dopo la disgrazia. In un primo tempo aveva deciso di non andar piú a lavare; aveva un po' di soldi da parte, pensava che per lei sola bastava poco, che fosse inutile lavorare se non c'era piú Palita. Invece ritornò al lavatoio, ricominciò a sbattere i lenzuoli sulla pietra liscia, e vuotare sopra la biancheria composta nel paiolo i mastelli di liscivia bollente. Nel prato ripresero a sventolare tutto il giorno le grandi distese di panni che s'asciugavano attaccati al lungo filo di ferro. Verso sera l'Agnese raccoglieva il bucato già secco, odoroso di sapone: sganciava le mollette, tirava giú svelta un capo dietro l'altro, se li buttava sulla spalla. Quando aveva finito, andava verso la casa; non le si vedeva piú la testa, sepolta sotto la tela ondeggiante. Sembrava che portasse in braccio una piccola montagna di neve: ma per lei la fatica non era mai troppa, e si indovinava lo sforzo soltanto nella spietata contrazione dei grassi muscoli delle gambe. Passavano i ragazzi che scendevano alla pesca in valle: le dicevano ridendo: – Buonanotte, carro armato!

Di solito la biancheria sporca o pulita andava lei con la carriola a prenderla e a riportarla in paese. Ma ora veniva anche molta gente, donne e uomini, forestieri, in apparenza sfollati. Arrivavano dalla cavedagna con sporte ed involti, gridavano: – Lavandaia! Lavandaia! – Se fuori c'erano la Minghina e le figlie, domandavano a loro: – C'è l'Agnese, quella che lava? – Qualche volta le ragazze dicevano: – Non c'è. Se volete lasciare la roba... – Rifiutavano sempre: – No, grazie. Devo prendere la biancheria pulita, – oppure: – Volevo pagare. Aspetterò lei –. Se tardava troppo se ne andavano con gli involti: – Piuttosto tornerò domani.

La Minghina e le figliole avrebbero voluto vederla, quella roba, se era bella, fine, di città; e contarla, per fare il calcolo di quanto poteva guadagnare l'Agnese. Il guadagno inaspettato dell'Agnese era il loro tormento. Dicevano: – Chissà quanto mette da parte. È sola, non spende quasi niente. Si fa una signora –. Azzardavano qualche frase anche con lei. Piano piano, per le necessità della vita uscio a uscio, col forno, il porcile, l'aia in comune, i rapporti si erano rifatti pressoché normali. Ma l'Agnese rispondeva breve e precisa: le parole indispensabili, non una di piú. La loro agitata curiosità si schiacciava contro quell'indifferenza come una palla di terra lanciata contro un muro.

Una volta l'Agnese veniva con la carriola troppo carica di biancheria lavata, spingeva con furia sulle stanghe, rigida e protesa in avanti come un tronco tagliato che stia per cadere. Sudava, sebbene fosse una sera già d'inverno, piena del bagnato della pioggia appena smessa. La ruota urtò in un sasso, la carriola sbandò da una parte, si rovesciò. La roba si era infangata: tutto un lavoro da rifare. L'Agnese brontolò con rabbia, mentre tirava a liberare la carriola di sotto il mucchio e a rimetterla diritta. Venne la Minghina e disse: – Volete che vi aiutiamo? Chiamo quelle ragazze? – Faccio da me, – rispose l'Agnese, ma la Minghina si avvicinò, insistette, abbassò la voce: – Vi voglio anzi fare un discorso. È da molto che ci penso. Siccome « la grande » adesso non fa niente, non potreste prenderla a darvi una mano, a lavorare con voi? Tanto per guadagnare qualche cosa –. L'Agnese combatteva contro il peso della tela fradicia e macchiata di fango. Faceva freddo: le sue mani rosse sembravano scorticate, non era piú buona di chiuderle, stavano dure come quelle di un morto, e i panni che raccoglieva le ricadevano in terra. La faccia era coperta di sudore che si asciugava al vento. – Avete capito? – disse la Minghina. L'Agnese si drizzò con la schiena, ansando: non poteva parlare. Fece di no con la testa, piú volte.

Finí che era già notte. In casa aveva il fuoco spento, non ebbe voglia di accenderlo. Andò a letto cosí, con un piatto di minestra fredda per cena. All'alba le mani le facevano ancora male.

III.

In paese, nell'inverno, cominciarono ad arrivare dalla Germania le cartoline dei deportati. Erano tutte uguali: molto spazio per l'indirizzo del mittente e per quello del destinatario, diversi timbri e stampigli e simboli di grandezza del Reich, solo poche righe per la comunicazione. Ma le famiglie, ad ogni arrivo di posta, piangevano di gioia. Gli bastava quel nome, scritto da « lui » vivo. Lontano da non potersene neppure fare un'idea, chiuso in un campo di concentramento, ma vivo. Le cartoline erano di un mese prima, in quel mese poteva essere successo chi sa che, ma nessuno ci pensava. Le donne le baciavano, con tante lacrime, poi le infilavano negli sportelli della credenza di cucina, fra il vetro e la cornice, per averle sempre sotto gli occhi. Conservavano il senso di una presenza.

L'Agnese non ricevette niente. Continuò a pensare Palita morto, come aveva fatto dal primo momento. Di giorno si distraeva col vecchio lavoro e i nuovi impegni. Il suo cervello sveglio ma elementare non poteva seguire troppe cose in una volta. Premuta da altri pensieri, avvertiva la perdita di Palita soltanto come un peso fisso sul cuore. La sera si spogliava di tutto il resto, aveva allora la coscienza dolorosa della sua disgrazia. Piangeva. La gatta nera dormiva ai piedi del letto dalla parte di Palita, e lei dormiva poco e piangeva. Al mattino ricominciava a pensare le altre cose della vita, una dura vita tra il pericolo e la fatica, per lei quasi vecchia, sola.

Una sera tornò a trovarla lo sconosciuto della prima volta: sembrava molto dimagrito e stanco, posò in terra una sporta, sedette con un gran sospiro. Si vedeva dalle scarpe coperte di fango che aveva fatto molta strada. L'Agnese non l'aveva piú incontrato, ma sapeva che era lui a mandarle per i compagni le sporte e i fagotti di biancheria, con la « roba » nascosta dentro e gli ordini precisi a chi la « roba » doveva essere portata. Si meravigliò di vederlo, diventò rossa, ebbe paura di aver sbagliato in qualche cosa. Ma lui le stese la mano attraverso la tavola: – Sei una brava compagna, Agnese, – e si alzò per chiudere la porta col catenaccio. Stettero un poco in silenzio. Fuori c'era la nebbia fitta su tutta la valle. La casa sembrava morta, abbandonata in mezzo a un mare di onde grige. Il giovane disse: – Vado via. Devo essere in città stanotte. C'è una cosa pericolosa e delicata da fare. Io non arrivo in tempo. Ho pensato che potresti aiutarmi tu –. L'Agnese rispose: – Se sono buona... – Quando era richiesta la sua opera, diceva sempre cosí.

Egli estrasse un pacco dalla sporta: – Bisogna portare questo a San P... Ci sono venticinque chilometri. Vacci in bicicletta. La strada la sai? – L'Agnese fece di sí con la testa. Stava attentissima, con le mani contro la tavola, gli occhi stretti per capire meglio. – Non devi andare sul ponte. Ci sono i tedeschi e guardano dappertutto. Segui il fiume attraverso i campi; piú in su, a un chilometro circa, c'è una passerella. Traversa il paese e va' dal fabbro, Magòn. Sta nell'ultima casa, una casa rossa. Chiedi di lui, e digli che ti manda Tarzan –; sciolse il pacco; conteneva degli oggetti quadrati avvolti in carta gialla, come pezzi di sapone da bucato. – Sta' attenta, però, – aggiunse. – È roba che scoppia. – Ho capito, – disse l'Agnese. Si alzò, versò del vino nei bicchieri, apparecchiò con un tovagliolo: – Adesso dovete mangiare, – disse. Affettò il salame ed il pane, stette a guardare il compagno che staccava coi denti grossi bocconi. – Sono in giro da stamattina, – disse lui a bocca piena, come per scusarsi. – C'è anche un'altra cosa, – azzardò l'Agnese con la faccia in fiamme. Davanti ai compagni era timida, arrossiva per niente. – Col bucato, in questi mesi, ho guadagnato molto. Vi voglio dare un poco di soldi –. Si sbottonò la camicetta, si tolse dal seno un pacchettino, lo aprí: c'erano tre carte da mille: – So che ce ne vogliono tanti per tutti quei ragazzi nascosti, e per il resto. Io, senza Palita, non ne ho bisogno, – fissava una macchia bianca, riflessa dal lume in uno dei bicchieri pieno a metà. – Li do senza offesa, – concluse. Il compagno bevve, prese il denaro, se lo mise in tasca, le strinse la mano. – Vado via, adesso, – e le sorrise per la prima volta. – Grazie di tutto, Agnese –. Stava per aprire la porta, si voltò: – Se per disgrazia dovessero pescarti... – posò l'indice dritto attraverso la bocca. L'Agnese disse: – Possono ammazzarmi, se vogliono, – e sputò per terra. Egli uscí nella nebbia, fu subito cancellato alla vista, ma lei rimase contro lo spiraglio dell'uscio ad ascoltare i suoi passi sordi dentro il fango della cavedagna.

Al mattino presto si mise le scarpe, il paltò da inverno che la faceva ancora piú grossa, e infilò la sporta piena nel manubrio della bicicletta. Partí ondeggiando paurosamente sul terreno gelato. Era contenta perché vedeva le finestre tutte chiuse. Dalla Minghina dormivano ancora. Sulla strada maestra si andava un po' meglio. Faceva molto freddo, ma lei, per la fatica, non lo sentiva.

Attraversò il paese che pareva vuoto, deserto. I tedeschi erano partiti, salvo un piccolo gruppo che risiedeva alla casa del fascio. Bevevano e giuocavano continuamente con i fascisti del luogo, andavano a letto tardi. A quell'ora non si erano di certo alzati. L'Agnese entrò nel bar, si fece dare un caffè corretto dal tenutario mezzo addormentato, gran fascista anche lui; per bere appoggiò sul banco la sporta. – Buongiorno, Agnese, – disse il barista. – Siete in giro molto presto. – Vado alla Chiavica, – rispose l'Agnese. – A prendere il bucato –. Lui domandò: – Notizie di Palita? – Palita è morto, – disse l'Agnese, quasi con ira. Le venne da ridere, malgrado tutto, rimontando in bicicletta, al pensiero che si era fermata là dentro con quel carico di « roba da scoppiare ».

La strada fu molto difficile e pesante. L'Agnese dovette scendere spesso e portare a mano la bicicletta che s'arenava nel fango. Fece poi tutto a piedi il tratto nei campi dietro l'argine per evitare il ponte. S'avventurò traballando sulla passerella, e prese la bicicletta in spalla. A metà credette di cadere nel fiume, le assi oscillavano, e la corrente rapida sotto di lei le faceva girare la testa. Riuscí a star dritta, a raggiungere la riva; trascinò ancora la bicicletta su per la salita dura dell'argine, poi giú dall'altra parte. Finalmente fu di nuovo sulla strada. Aveva perduto molto tempo: la chiesa del paese suonava il mezzogiorno.

Almeno cosí le parve. Quando fu piú vicina, invece, si accorse che era una campana a morto. Lei si trovò in mezzo alle case, arrivava pedalando sulla piazza, col proposito di passarla rapidamente. All'improvviso si fermò, quasi si rovesciò per la fretta, per il rabbioso batticuore che la prese, arrestandole in gola il respiro.

Sulla piazza c'era un gruppo di gente: stavano stretti, uniti, e guardavano tutti da una parte, guardavano tutti là in fondo a un grande albero nudo, a cui era appeso un impiccato. Lungo, inverosimile, pareva di legno: aveva le punte dei piedi, enormi, stese verso terra, e attaccato al petto un cartello grande, bianco. Intorno all'albero stavano tre o quattro tedeschi e dei soldati della guardia nazionale repubblicana. Ridevano e battevano il passo per riscaldarsi. Uno di essi, con un bastone, si mise a dare dei colpi regolari alle ginocchia del morto che oscillava in qua e in là con lo stesso ritmo della campana. E gli altri, in coro, gridavano: – Don, don, don –. Scoppiarono degli urli acuti dalla casa di fronte, una voce disperata che piangeva, ma qualcuno chiuse la finestra, la porta; le voci non si udirono piú. Un tedesco disse: – Basta campana, – e subito un milite fascista corse verso la chiesa, e anche la campana, dopo un minuto, tacque. La gente sulla piazza era sempre immobile e silenziosa, nell'aria bagnata come se fosse di pietra.

I tedeschi cantarono un inno nella loro lingua, poi *Giovinezza* insieme ai fascisti. Alla fine uno di essi gridò, con voce alta e lacerata, quasi femminile: – Noi questo fare a spie e traditori, – e sparò in aria una raffica di mitra. Una donna del gruppo fece un passo, si rovesciò per terra svenuta, floscia come uno straccio. Rimase là nera, nel fango; tutti si guardavano, con incertezza, non si azzardavano a soccorrerla. Il tedesco venne verso di loro, li fece indietreggiare aprendosi un varco fra le facce bianche, spaventate, urtò appena col piede il corpo disteso. Urlò: – Voi portarla via, via, via –. E tutti si mossero confusi, come un branco di pecore.

L'Agnese si fece indietro piano piano tirando la bicicletta, entrò nel vicolo fra due case. Ma prima riuscí a stento per la distanza, a compitare la parola in grande sul cartello dell'impiccato. C'era scritto: « partigiano ».

Girando all'esterno del paese, arrivò alla casa rossa. Era chiusa, finestre e porta, anche la bottega del fabbro. Si asciugò la fronte sudata, tossí per essere sicura di poter mettere fuori la voce. Fino allora era stata cosí contratta che le faceva male la gola. Bussò. Venne una donna ad aprire, smosse appena il battente, guardò per la fessura. – Cerco Magòn, – disse l'Agnese. La donna aprí un poco di piú. Mise fuori un viso magro, bello e patito. – Chi vi manda? – chiese, e si capí che la risposta era quella che lei sperava: – Mi manda Tarzan. – Venite pure, – disse la donna; aiutò l'Agnese a far passare la bicicletta nel corridoio d'ingresso, e subito richiuse. Aprí la porta della cucina: c'erano tre uomini seduti intorno al focolare acceso, si volsero insieme di colpo. – C'è la staffetta di Tarzan, – disse la donna.

– Buongiorno, – mormorò l'Agnese, e tremava tanto che quasi non la udirono. Ma risposero ugualmente: – Salute. – Che cosa avete fatto che tremate? – disse uno dei tre, piccolo, con gli occhi vivaci e il viso bello e magro come quello della donna. – Vi siete presa paura di quelli là? – indicò la finestra e sputò nella cenere. L'Agnese arrossí, alzò le spalle, sedette sulla prima sedia che vide. Riuscí a parlare con la voce ferma: – Mi fanno tanto male i piedi. Non ne posso piú. Scusate che mi levo le scarpe –. Tese la sporta che teneva ancora in mano: – Tarzan mi ha dato questa roba. Però andate lontano dal fuoco. Lui ha detto che scoppia –. Si alzarono tutti: – Andiamo di là, – disse quello che aveva parlato prima. Rimase soltanto la donna: guardò la faccia dell'Agnese e disse: – Intanto vi preparo da mangiare. Fate pure i vostri comodi –. Lei si chinò, si tolse le scarpe e le calze, mise i piedi larghi e piatti sulle pietre fredde, fece: – Ah! – con sollievo. Li fissava: erano scuri e deformi, con le dita tutte a nodi e storte, sembravano le radici scoperte di un vecchio albero.

Ripartí subito dopo mangiato: per la stagione e per la nebbia veniva buio presto, e lei aveva altre cose da fare prima di finire la giornata. Fu Magòn, il giovane magro, ad indicargliele. Doveva, tornando a casa, avvertire alcuni compagni che stessero in gamba quella notte e l'indomani. Poteva accadere che i tedeschi facessero nella zona un largo rastrellamento. – Ma al mio paese, adesso, ci sono pochi tedeschi, – disse l'Agnese, mentre lottava con tristezza per rimettersi le scarpe. – Entro stasera tutti i paesi e villaggi sulla strada saranno pieni. Arriva una divisione che va verso il fronte, – disse Magòn.

Uno dei tre uomini accompagnò l'Agnese in bicicletta per un tratto. Attraversarono la piazza dove c'era ancora, solo, l'impiccato appeso all'albero. L'Agnese rallentò: – Non si può tirarlo giú? – disse, voltando la testa per non vedere il corpo ridotto ad una lunga asta bruna. Il compagno rispose: – Adesso non si può. Gli badano dalle finestre della casa del fascio, vogliono che stia lí tre giorni –. Pedalò in silenzio finché non ebbero lasciato indietro le ultime case. Allora aggiunse: – Andremo stanotte a portarlo via.

Si salutarono in vista del ponte. L'Agnese aveva ormai la sporta vuota e non c'era piú bisogno di evitare il posto di blocco. Passò senza neppure scendere perché le due sentinelle che morivano di freddo non ebbero voglia di dirle niente. Non incontrò nessuno fino al villaggio vicino. Lí si fermò nella casa di un compagno e riferí le parole di Magòn, e cosí dovette fare altre due o tre volte. Era stanca e procedeva piano, col respiro difficile. Calava la nebbia e si faceva buio. Cominciò ad incrociare, ogni tanto, delle macchine e degli autocarri tedeschi. Ne vide fermi sulle piazze dei paesi: era la divisione in arrivo di cui le aveva parlato Magòn, e lei si sentí ingenuamente contenta di constatare che i compagni erano molto bene informati.

Andava avanti con stanchezza. Vedeva male la strada e aveva paura di cadere. Una volta le arrivò addosso all'improvviso il clamore di una colonna di autocarri, scartò a destra appena in tempo per non essere investita. Fu costretta a scendere e a riposarsi un momento, appoggiata a un muretto. Con quel rumore attorno non era piú buona di proseguire. Gli autocarri passarono; a poco a poco la nebbia e la sera ricomposero sulla campagna il silenzio lacerato, e parve piú fitto e piú nero di prima. Si udí allora un rombo, come una scossa nel cielo: sembrò correre a balzi contro la valle, si ripeté frantumato e ripercosso dal largo specchio stagnante, morí lentamente come un tuono d'estate. L'Agnese tese l'orecchio, ma non sentí nessun motore di aerei: il silenzio era di nuovo vasto e pesante. Montò in bicicletta, spinse sui pedali, e arrivò ad un villaggio, l'ultimo prima del suo. Le parve di notare una certa confusione in una autocolonna tedesca, ferma lungo le case. Sembrava che si fosse messa lí per rimanervi, e che un ordine improvviso la costringesse a ripartire. I soldati parlavano forte e rimontavano sugli autocarri, col fracasso di tutta la roba che portavano addosso. Emerse poi la voce di un comandante, con uno di quei gridi rotti, inumani, invasati, che tutti al mondo riconoscono subito per tedeschi. La colonna si mise in moto.

L'Agnese era arrivata dove abitavano Toni e Mingúcc, i due compagni amici di Palita. Bussò a una finestra buia, di fianco all'ingresso. Lo fece in maniera particolare, come le aveva insegnato Magòn, e subito vide Toni che apriva la porta. – Sono l'Agnese di Palita, – disse. – Mi manda Magòn a dirvi che stiate attenti: i tedeschi sono tornati e faranno un rastrellamento –. L'uomo chiese: – Hanno già fatto saltare il ponte, i compagni? Non abbiamo sentito nulla –. Allora l'Agnese capí che cosa era il rumore di poco prima, e a che cosa avevano contribuito quei pezzi di «roba» quadrata che aveva portato a Magòn. – L'ho sentito io sulla strada. Sarà circa una mezz'ora. Deve essere stato un grande scoppio per arrivare cosí lontano –. Rifiutò di entrare e si rimise con fatica sulla bicicletta. – Buonanotte, – disse.

Entrando finalmente nel paese, prima di svoltare per lo stradello che conduceva a casa sua, le parve di vedere una grande animazione: la gente entrava ed usciva dalle porte, si riuniva in gruppo nel buio a parlare sottovoce. L'Agnese passò senza fermarsi, ma uno la riconobbe, gridò: – Agnese, Agnese, – e si mise a correre a fianco della bicicletta. – È tornato adesso il figlio di Cencio. Vi cerca. Credo che sia venuto da voi –. Lei si buttò giú per la cavedagna, cercò di stare in sella, ma le ruote balzavano nelle carreggiate. Allora scese, e andò di corsa trascinando la bicicletta. Quando fu al varco dell'aia, l'abbandonò contro la siepe, corse verso la casa, non vide nessuno. Il cuore le batteva forte, le toglieva il fiato. Il figlio di Cencio era uno di quelli che i tedeschi avevano portato via con Palita.

La casa era chiusa ed abbandonata. Come sempre quando si presentava un rischio, che per essi poteva venire da diversi lati opposti, la Minghina, il marito e le figlie se ne erano andati. L'Agnese entrò in cucina, rimase in ascolto dietro il battente dell'uscio.

Si sentiva per la campagna un sussurrare confuso, scoppi brevi di voci subito contenute, frusciare di passi come una pioggia violenta sull'erba bagnata dei sentieri. File di uomini cominciarono a passare, e tutti andavano in giú verso la valle, protetta dal suo carico di nebbia. Passavano come soldati di un reggimento sbandato, che non vogliono piú resistere al fuoco, e se ne vanno prima che si inizi la battaglia. L'Agnese andò incontro a quegli uomini: guardava uno per uno i visi nel buio, domandava piano: – Avete visto il figlio di Cencio? – ed essi rispondevano con la logica spaventata dei fuggiaschi: – C'è il rastrellamento. Noi andiamo in valle.

Quando tutti si furono perduti dietro l'argine, e si rifece il silenzio, qualcuno arrivò camminando piú svelto, andò diritto alla porta. Disse: – Agnese, – e lei si mise da parte per lasciarlo entrare. Lo vide, quando ebbe acceso la luce, molto dimagrito, pallido. Tremava di freddo. – Non vai con gli altri? – disse l'Agnese. Lui rispose: – Non posso. Se passo un'altra notte fuori, muoio. Sono scappato dai tedeschi e non voglio morire di malattia –. L'Agnese gettò sul focolare una bracciata di canne: subito la fiamma si levò alta ed azzurra. Lei disse: – Sei scappato tu solo? – pareva che avesse paura a nominare Palita. – Come hai fatto? Raccontami –. Sedettero vicini sotto il camino. Il viso scavato di lui sembrò riempirsi per il calore del fuoco. Cominciò a parlare piano, esitante: – Dunque quella mattina ci portarono via sui camion, all'improvviso. Sapete che costrinsero coi fucili la gente a rimanere in casa, non potemmo neppure chiamare le nostre famiglie, per salutarle. Arrivammo in città verso sera; ci tennero lungo la strada per tante ore. Se sentivano gli apparecchi, « loro » scendevano e si mettevano nel fosso, lontano. Ma ci puntavano continuamente, non potevamo muoverci. Gridavano: « Se voi fuggire, noi sparare ». Pensate: due camion fermi sulla strada e carichi di uomini.

Se ci vedevano, gli apparecchi ci avrebbero massacrato. Andò bene: ma appena in città ci chiusero in una caserma. Avevamo una branda ogni tre –. L'Agnese fece un gesto, e il figlio di Cencio aggiunse subito: – S'intende che andarono sulla branda i piú deboli e malati. Noi dormivamo per terra.

L'Agnese ascoltava con una specie di gioia fredda: era contenta che lui dicesse: – Eravamo, avevamo, ci chiusero –. Quel plurale includeva anche Palita. Fino a quel punto del racconto Palita era ancora vivo. All'improvviso si vergognò per non aver chiesto subito direttamente notizie del marito, come avrebbe fatto qualunque altra. Pensò: « Sono matta ». Disse in fretta: – Io so che Palita è morto. Dimmi come è morto, – e si sentí rispondere, come un colpo che le avessero dato sul cuore: – Lo sapete? Chi ve lo ha detto? – Allora le scoppiò un pianto alto, spaventato; credeva di essere già certa della disgrazia, e invece solo adesso sentiva che era proprio vero. Prima lo pensava per difendersi dalla speranza, per una specie di inganno istintivo a se stessa; poter dire un giorno: « Mi sono sbagliata ».

Il figlio di Cencio rimase confuso, senza capire molto. – Allora non lo sapevate, – disse con dispiacere. – Io ero venuto per dirvelo, ma non mi azzardavo. Sono brutte notizie da dare, queste –. Macchinalmente allungava le mani sul fuoco, poi le ritirava accorgendosi che erano anche troppo calde. Mormorava: – Fatevi coraggio –. Non era piú buono di aggiungere altro. L'Agnese, sempre piangendo, ma piano, con lacrime grosse e calme, andò a versargli un bicchiere di vino, glielo porse: poi cercò in tasca il fazzoletto, non l'aveva, e s'asciugò la faccia col grembiule. Disse: – Devi raccontarmi tutto: come è morto e dove è seppellito. Proprio le cose come sono.

E lui riprese, tenendo in mano il bicchiere vuoto a metà: – Dunque noi piú sani si dormiva in terra. Stemmo lí otto o nove giorni, ci davano poco da mangiare, e ci tenevano sempre chiusi, cosí fitti. Nella cameretta non si respirava dal puzzo. Una mattina ci fecero la visita: fummo tutti abili per la Germania, anche Palita che aveva la febbre. Lo disse tante volte agli ufficiali medici, ma fu inutile, non l'ascoltavano. Gli battevano una mano sulla spalla e parlavano in tedesco; l'interprete traduceva: « Dicono che la Germania ti farà bene, è un bel paese, il piú bello e grande del mondo », e rideva, quel porco. E cosí successe a tutti quelli che erano ammalati. Il giorno dopo ci rimisero sui camion e ci portarono alla stazione. Ci dettero un pezzo di pane e una gavetta d'acqua. Ci tennero là ad aspettare tante ore, ogni volta che arrivava un treno facevano salire qualcuno. Verso sera eravamo rimasti in otto, io e Palita cercavamo di star vicini. Era già buio che arrivò un treno molto lungo, tutto di carri bestiame. I tedeschi che ci facevano la guardia pareva che discutessero fra loro, poi venne un graduato e disse: « Raus! » e fece aprire i carri. C'era dentro tanta gente, non avevano neppur posto per muoversi, piangevano e gridavano: « Acqua, acqua ». Una donna voleva dar fuori la sua bambina, di otto o dieci anni, morta. Urlava: « Portatela via, portatela via, seppellitela! » ma nessuno poteva avvicinarsi al treno, perché i tedeschi erano lí, coi mitra spianati. Spinsero indietro la donna con la bambina morta in braccio; me, Palita e altri due ci buttarono proprio su quel vagone, poi chiusero subito gli sportelli. Non capivamo piú niente tanto la gente gridava. Ma non rispondeva nessuno. Allora quella donna, l'ho vista io con i miei occhi, si fece aiutare dagli altri, sollevare lei e la bimba, la infilò di traverso con i piedi avanti in uno di quei finestrini lunghi e stretti che c'erano in alto per fare entrare un po' d'aria nel vagone; tutti stettero zitti, lei continuò a spingere il corpo nel finestrino, finché fu tutto fuori, poi lo lasciò andare, e sentimmo il colpo che fece sul marciapiede, e i tedeschi che gridavano. La donna cascò giú su quelli che stavano sotto, la tenevano stretta perché voleva sbattere la testa contro lo sportello, e si strappava i capelli e i vestiti. Finalmente si mise ferma, e sembrò morta anche lei.

L'Agnese s'era messa le mani sulla faccia, ma quando lui s'interruppe, le tolse subito, e disse: – Vai pure avanti, – ed egli continuò: – Dunque cosí incominciò quel viaggio. La gente nel vagone erano tutti ebrei deportati in Germania, e un uomo che pareva un signore ci spiegò che se i tedeschi ci avevano messi con loro, voleva dire che al nostro paese eravamo stati denunciati come sovversivi e comunisti. « Sí, è vero, siamo comunisti », disse Palita. E il signore ebreo rispose: « Anch'io ». Facemmo conoscenza con altri quattro o cinque compagni, e cercavamo sempre di aiutarci. Tutti del resto nel vagone erano buoni e si aiutavano. Stavamo tanto stretti che bisognava per forza andare d'accordo, altrimenti ci si sarebbe ammazzati fra noi. Per sdraiarci tutti non c'era posto: facevamo distendere, su quel po' di paglia sporca, Palita che aveva la febbre, la madre della bimba morta, due o tre vecchi e i bambini. Noi stavamo seduti e dormivamo con la testa appoggiata al legno delle pareti. Là dentro si vedeva appena se era giorno o notte. Spesso il treno si fermava per delle ore, veniva un gran caldo e capivamo di essere in aperta campagna, sotto il sole, oppure faceva fresco, e si sentiva la pioggia cadere sul tetto dei vagoni. Nelle stazioni non ci aprivano mai gli sportelli. Noi udivamo delle voci che parlavano il veneto e dicevamo: « Siamo ancora in Italia ». Una mattina le voci parlavano tutte in tedesco: eravamo entrati in Germania. Non sapevamo piú da quanti giorni ci avevano chiusi lí dentro. Quando noi salimmo, gli altri erano già in viaggio da un giorno. Dopo ci sbagliavamo a fare il conto, uno diceva quattro giorni, un altro cinque. Si cercava di contarli, ricordando le cose che erano successe: uno o l'altro che si era sentito male, le distribuzioni di pane e di acqua, fatte circa ogni ventiquattro ore...

L'Agnese l'interruppe: – Vi davano da mangiare? – e lui proseguí: – Buttavano dentro delle pagnotte dai finestrini, ma erano sempre troppo poche, e a dividerle in una cinquantina di persone ce ne toccava un pezzetto a testa: allora facemmo due turni, e mangiavamo un po' di piú, ma una volta sí e una volta no. A un certo punto la gente cominciò a morire. Non se ne poteva piú; avevamo tutti fame, sonno, sete e una grande paura. Trovammo morta per prima la madre della bambina: s'era impiccata con il suo fazzoletto da testa, stando seduta per terra, non s'è capito come abbia fatto. Un'altra notte una donna giovane strozzò il suo bimbo di pochi mesi che piangeva sempre perché lei non aveva latte. All'improvviso non lo sentimmo piangere, uno che aveva una pila elettrica l'accese, e vedemmo che il bambino non respirava. La madre la dovemmo legare perché era diventata matta. Poi morí, mi pare, un vecchio, poi un altro uomo. Quando i tedeschi aprivano appena uno sportello per metter dentro il secchio dell'acqua, gridavamo che almeno ci portassero via i morti, che cominciavano a puzzare. « Abbiate pazienza, un po' piú avanti », ci rispondeva l'interprete, sempre quel porco della caserma.

– E Palita? – domandò a un tratto l'Agnese. Il figlio di Cencio la guardò come impaurito; parlando s'era dimenticato di lei, che doveva tanto soffrire di quella storia. Disse: – Faccio male a raccontarvi queste cose... – L'Agnese lo pregò: – No, no, va' avanti. Voglio sapere tutto, – e lui si persuase a continuare: – Palita stava male, non diceva quasi piú niente, solo quando gli davo da bere mi ringraziava. Voleva che rimanessi vicino a lui, mi teneva per una mano. Una volta mi disse: « Se ti salvi, vai dall'Agnese. Voglio che sappia che cosa mi hanno fatto i tedeschi », poi stette zitto, e io m'addormentai seduto, e mi teneva sempre stretto. A un certo punto mi svegliai perché mi aveva lasciato la mano. Non lo vedevo per il buio, lo chiamai e non rispose, provai a toccarlo, era ancora caldo ma fermo. Ci volle molto tempo prima che diventasse freddo. Là dentro si soffocava.

L'Agnese s'era rimessa la faccia fra le mani ma non piangeva. Lui riprese a parlare con timidezza: – Mi dispiace che non posso dirvi che ora era, e nemmeno il giorno che è morto. Non so neppure, con quel buio maledetto, se fosse sera o mattina o notte. Ma sono sicuro che non si è accorto di niente, non ha fatto fatica a morire –. Si arrestò un momento ed aggiunse: – Facemmo piú fatica noi a stare al mondo.

L'Agnese si alzò per riempirgli di nuovo il bicchiere. Bevve del vino anche lei tutto di un fiato. Poi disse: – E allora? – Allora avevamo là dentro cinque morti. Passarono molte ore. Finalmente il treno si fermò in una stazione e i tedeschi aprirono lo sportello. Era notte, accesero le loro lampadine per guardare nel vagone. Noi gridavamo che portassero via i morti, erano troppi, non potevamo piú resistere. Stavano per richiudere senza darci ascolto, ma una voce forte li arrestò. Era un ufficiale che urlava, sembrava molto arrabbiato; loro si misero sull'attenti, e l'ufficiale dette degli ordini secchi. « Mettere giú cadaveri », ci gridò un soldato, e cominciammo a strascinare i corpi, a rovesciarli fuori dal treno. In quel momento si sentí la sirena dell'allarme. I soldati spensero le lampadine e chiusero lo sportello. Ma io avevo fatto in tempo a saltare, mentre tiravo a terra il corpo di vostro marito. I tedeschi si sparsero per i campi, il treno si rimise in moto, io riuscii a traversare i binari, scavalcai una siepe, scappai come un matto. Mi sentivo come ubriaco per l'aria, con una gran forza nelle gambe, sebbene fosse tanto che non mangiavo. Steso in un prato stetti a vedere gli apparecchi che bombardavano la città. Quando fu mattina mi misi a camminare per la campagna. Dopo ho sempre camminato, e sono riuscito ad arrivare a casa, neppure io so come ho fatto –. Tacque un altro poco, guardando dentro il bicchiere: – Mi dispiace che non potei far nulla per Palita; se fosse stato vivo, anche malato, vi giuro che l'avrei preso con me. Ma era morto, ho dovuto lasciarlo là. Mi dispiace anche che non posso dirvi il nome di quella città, sono sicuro che vi farebbe piacere saperlo. Lo lessi scritto sulla stazione, appena si fece giorno, ma era un nome tanto difficile, con molte lettere: per quanto ci pensi, non me lo ricordo piú.

L'Agnese andò a letto dopo aver preparato un materasso in cucina per il figlio di Cencio. In paese e per i campi tutto pareva tranquillo. Lei era tanto stanca che s'addormentò subito. Per la prima volta da quando l'avevano portato via, sognò Palita.

Sognò di andare a tirar giú l'impiccato. Si rammentava di non aver potuto vedergli la faccia. Adesso che era disteso in terra, si chinò per sapere chi era: riconobbe Palita, vivo, che si tolse la corda dal collo, e sembrava che stesse benissimo. Subito lui l'abbracciò; parlava forte, con una bella voce: – Sono venuto per dirti che sei una brava moglie e una brava compagna. Va' pure avanti cosí senza paura. Non ti succederà niente, a te e agli altri. Sono contento che tu lo sappia che cosa mi hanno fatto i tedeschi.

IV.

Quando in paese facevano sosta grossi nuclei di forze tedesche, i fascisti repubblicani stavano quieti, pronti agli ordini, pieghevoli come servi. Poi i tedeschi se ne andavano verso il fronte, lasciando un modesto presidio, di gente anziana, stanca, felice di mangiare, bere, dormire. Allora i fascisti tiravano fuori le teste di morto, spalancavano le radio, spadroneggiavano con prepotenza, cogliendo l'occasione di vendicarsi di vecchi rancori e di umiliazioni recenti. Gli individui compromessi senza rimedio, i bastonati del 25 luglio, certe altre mezze figure che non erano mai state nessuno, che i compaesani avevano sempre considerato con disprezzo, si sfogavano a salire su quello sdrucciolo ponte di comando, per provare, una volta, la vertigine dell'altezza. Nei comuni rapporti della vita erano seccanti, noiosi come mosche: esigevano il saluto romano, facevano alzare in piedi la gente all'osteria durante la trasmissione dei bollettini tedeschi, vigilavano ogni parola, ogni gesto. Nelle circostanze piú gravi si rivelavano crudeli, insensati, aumentando la pressione della caldaia dell'odio popolare, come se gli piacesse di vederla esplodere.

Davano dietro alle donne come animali, ma se una stava dura non si attentavano a insistere, battevano in ritirata, accontentandosi di quelle piú facili, sempre le stesse, che ormai avevano fatto il giro di tutti. Facevano lunghi discorsi in piazza, ma scappavano come conigli ad ogni piú lontano rombo di aereo: scappavano nel sotterraneo della casa del fascio, non in campagna con gli altri, non si fidavano di nessuno, si guardavano con sospetto anche tra loro. La notte non potevano dormire, pensando alla fine della repubblica malcerta, che forse era la fine anche della loro vita. Ma quando erano insieme, bevevano e stavano allegri, si consolavano con le ragazze, si consolavano con i pochi «camerati» tedeschi, li ascoltavano parlare di Hitler e delle sue armi segrete.

Piaceva poco, ai fascisti, che l'inverno fosse quasi finito, la primavera portava le offensive alleate. Si facevano forza l'uno con l'altro per non credere all'apertura del famoso «secondo fronte», per non dare importanza alla ripresa dell'esercito russo, per riannodare i fili dispersi della certezza in una vittoria tedesca. Si passavano le ragazze, senza grande gusto, per mancanza di novità, di scelta; e le ragazze diventavano esigenti, volevano dei regali, si mettevano in valore perché erano in poche.

Fra le piú assidue e le piú avide c'erano le figlie della Minghina: giovani piuttosto belle, resistenti con la loro beata forza di contadine tolte al lavoro dei campi, felici di dominare e attente a portare a casa il piú possibile: per quietare la madre, che si persuadeva solo col guadagno. Il padre, invece, non era molto contento, ma aveva tre donne contro, lo facevano tacere, non lo tenevano in considerazione; finí per abituarsi, perché in casa c'era parecchio vino che gli piaceva, si mangiava meglio, e poteva lavorare un po' meno, dormire all'ombra nel pomeriggio, adesso che era venuta la primavera. Avevano anche la radio, una di quelle sequestrate a chi ascoltava la «voce di Londra», la tenevano aperta tutto il giorno; sull'aia rombavano i gridi isterici di Graziani, cadevano le note di *Giovinezza*, le gaie canzonette del varietà. Augusto si trovò un giorno, seduto presso il pagliaio, mentre tirava nella pipa piena di tabacco buono, a cantarellare *Lili Marlene*.

I contadini delle altre case isolate, sparse per la campagna, passavano sull'aia per andare in paese; qualche volta si fermavano ad ascoltare la musica. Allora la Minghina alzava il volume dell'apparecchio, diceva: – Accomodatevi se volete sentire meglio –. Ma essi dicevano di no, avevano fretta, ringraziavano e andavano via. Nessuno dei vicini voleva piú entrare in quella casa; e se venivano per bisogno, si sbrigavano di sulla porta, come se il pavimento gli bruciasse i piedi. – Tutta invidia, – disse un giorno la Minghina all'Agnese ma lei rispose, con la sua faccia dura: – È per quell'affare dei tedeschi e dei fascisti. Forse la gente ha paura che vengano a sapere se c'è qualche altro soldato disertore in giro, e sta alla larga –. Per la prima volta accennava al sospetto di una delazione fatta dalle ragazze a danno di Palita. La Minghina diventò pallida, preferí far finta di non capire. Disse: – Le mie figlie vanno là per lavorare. Sono stati «loro» a chiamarle. Quando «loro» comandano, lo sapete che non si può dire di no. – Hanno chiamato anche me, e ho detto di no, – disse l'Agnese. – State zitta che è meglio –. Voltò le spalle, si sentí nello stesso tempo contenta e confusamente pentita per quel discorso. Aveva sempre paura di sbagliare. Pensava: «Se lo sapessero i compagni, forse mi direbbero che ho fatto male». Poi si ricordò il viso bianco, impaurito della Minghina; concluse: «Invece io so che ho fatto bene».

Non lavava piú il bucato, appunto per non lavorare per i tedeschi e per i fascisti. Poco dopo la notizia della morte di Palita, la mandò a chiamare il segretario del fascio. Avevano bisogno di una lavandaia per la roba dei tedeschi. Lei disse che era ammalata, non poteva fare nessuna fatica. Si mise in casa, non andò piú al lavatoio. Anche quella volta ebbe paura di aver sbagliato, ma poi vennero i compagni, le dissero che aveva fatto bene. La notte si sognò Palita. Era sorridente e diceva: – Ci mancherebbe altro che tu fossi andata a lavorare per i tedeschi.

Da quando aveva saputo che era morto, Palita se lo sognava quasi tutte le notti, sempre lo stesso sogno, come una presenza viva. Lui entrava, si sedeva ai piedi del letto, l'Agnese gli chiedeva consigli, aiuto per le cose difficili che doveva compiere. Palita era ottimista: – Sta' tranquilla, – rispondeva, – non succederà niente. Vi salverete tutti, te e i compagni –. Di sé diceva che era contento, stava in un posto molto bello, non aveva piú bisogno di niente. Lei si svegliava consolata, con una fiducia testarda. Non aveva dubbi né scrupoli religiosi: credeva poco in Dio, non andava mai in chiesa. Quei tiepidi sogni di vecchia non le destavano nessun turbamento o richiamo ad un'altra vita, una vita dei morti, soprannaturale, al di fuori della terra. Era soltanto Palita, trasferito per sempre in un luogo distante, che veniva a trovarla, e non poteva che in sogno: ma umano, vicino, il solito Palita dei suoi tanti anni passati con lui, senza ardore, con un bene pacifico, profondo, attivo, un bene anche da madre.

Ai compagni non diceva nulla, per una specie di freddo pudore: ma tutti i suoi atti divennero precisi, misurati. Il suo contributo alla lotta clandestina prese il carattere di un lavoro costante, eseguito con semplicità, con disciplina, come fosse sprovvisto di pericolo. Temeva soltanto di non fare abbastanza, di non riuscire a comprendere, di sbagliare a danno di altri. Era contenta quando le dicevano « brava », come una scolara promossa.

I compagni avevano subito provveduto a nascondere il figlio di Cencio; doveva riposare, rimettersi in salute. A casa non poteva stare, aveva una paura folle dei tedeschi. Sebbene avesse parlato con poche persone, e solo la prima sera, nell'orgasmo del ritorno, la notizia della morte di Palita si sparse famiglia per famiglia. Nei paesi piccoli c'è una radio che funziona in permanenza, radio-popolo: si sa tutto di tutti, e la fonte di informazione rimane oscura e segreta. Si diffuse cosí per la vedova una strana pietà, strana perché lei non la cercava, si mostrava anzi serena, senza invocazioni né lacrime, ed era sempre stata solitaria, priva di amicizie, piuttosto ruvida e scontrosa. Vi fu chi organizzò una colletta, e andò di casa in casa con la carta delle offerte. La somma raccolta l'ebbe in consegna il sagrestano, e la portò lui all'Agnese. Se lo vide arrivare un giorno che nevicava forte, e tutta la valle era bianca e grigia, con il cielo basso sugli alberi. Disse: – Con questo tempo, Alfonso? Che cosa volete? – Lui sbatteva via la neve dalle scarpe, sulla porta: era un vecchio curvo, magro, con un profilo rapace. – Abbiamo raccolto questi soldi, – rispose, – per onorare la memoria del povero Palita. Tutto il paese ha concorso. Non sono molti, ma di buon cuore –. Le tese il pacchetto, poi tirò indietro subito la mano: – Forse potrebbero servire a far dire delle messe. – Date qui, – disse l'Agnese, – e ringraziate tutti quelli che si sono ricordati di me. Per le messe non v'incaricate. Penserò io –. Mise l'involto dei soldi nella tasca del grembiule, e versò da bere al vecchio. Quando egli le rese il bicchiere vuoto, lei disse: – Ecco, – come a significare che il colloquio era finito. Alfonso rimase lí ancora un poco, ma in silenzio: non sapeva piú che cosa dire, rimpiangeva quasi di avere accettato quell'incarico. L'Agnese gli stava davanti in piedi, larga, pesante, con la grossa faccia immobile: sembrava aspettare con pazienza che se ne andasse. – Vi saluto, – disse il vecchio ad un tratto, e se ne andò; gli scarponi gli entrarono tutti nella neve. – Grazie anche a voi, – disse l'Agnese. – E state sicuro: Palita ha patito l'inferno coi tedeschi prima di morire. Non ha bisogno di messe.

Con quel denaro comperò della lana di pecora. Si mise a fare delle calze per i partigiani, quando era sola, la sera, vicino al fuoco.

Il giovane dalla faccia da bambino che l'Agnese conosceva col nome di Tarzan non era piú tornato. Le dissero che era morto, torturato dai tedeschi, ma non aveva detto una parola. Un altro era venuto al suo posto, un uomo piuttosto grasso con un viso allegro, che pareva sempre di buon umore, anche quando parlava di arresti e di fucilazioni. Venne in casa dell'Agnese per incontrarsi con Toni e Mingúcc, i due vecchi compagni di Palita, e con lui c'era uno magro, patito, con gli occhi chiari. Sembrava il piú debole, come se da un minuto all'altro dovesse stendersi sul letto per una lunga malattia, ed era invece instancabile, resistente, una durezza d'acciaio. Si organizzavano queste riunioni quando l'aia era vuota: le ragazze in paese, Augusto e la Minghina chiusi in casa. Tutti sedevano attorno alla tavola come se giocassero a briscola, e avevano infatti davanti le carte, e il bicchiere pieno. Parlavano a lungo, senza fermarsi mai. L'Agnese non riusciva a tener dietro ai loro discorsi. Si sedeva in disparte, con la calza in mano, e se afferrava un argomento, una frase che le apparivano comprensibili, dopo ci meditava sopra, approvando per tutto il tempo che essi occupavano in altre cose, oscure per lei.

Intese una volta il progetto di portare una radio trasmittente. Sapeva che cosa era, a che cosa serviva; si credette in dovere di avvertirli. Disse, tutta rossa per lo sforzo di intervenire nella discussione: – Qui vicino abitano delle persone poco sicure... – Le mancarono a un tratto le parole, perché tutti si erano voltati a guardarla. Toni e Mingúcc dissero che era vero, che bisognava pensarci, ma subito il compagno allegro dichiarò: – Me ne incarico io, – e quello magro si mise a ridere. L'Agnese si tranquillizzò, ma sperava nel suo solito sogno, per avere il consiglio in cui credeva tanto. Invece per quella notte e per altre seguenti vide un Palita confuso ed inespressivo, oppure dormí di un pesante sonno nero, deserto. Aspettò, comunque, cercando di non preoccuparsi, e una mattina presto Toni venne in bicicletta, e le portò una cassetta inchiodata, che fu subito nascosta in un ripostiglio del muro, dietro l'armadio. Le annunciò anche la visita dei compagni per la sera stessa, e quando lei osservò che non sapeva se le ragazze fossero assenti, rise piano e disse: – Non state ad aver paura. Ci pensiamo noi...

La sera il compagno grasso le mostrò una borsa da avvocato: – Qui dentro c'è il documento che persuaderà la tua amica Minghina –. Erano tutti molto lieti: sembrava che avessero preparato un piacevole scherzo. Egli trasse dalla borsa una rivoltella, la mise nella tasca della giacca, insegnò all'Agnese quello che doveva fare, e lei uscí sull'aia, e chiamò sotto la finestra della Minghina: – Augusto, aprite. C'è qui uno sfollato che ha bisogno di voi –. Tardarono un pezzo a rispondere, si capiva che discutevano fra loro, poi s'intesero le ciabatte della Minghina che si avvicinavano, il rumore del catenaccio, il cadere della stanga. La porta si schiuse appena appena: una fessura da cui appariva un faccia spaventata. – Scusi se la disturbo, signora, – disse cortesemente l'uomo grasso. – Volevo chiedere soltanto se ha una camera da affittarmi. Desidero portare qui la mia famiglia –. La Minghina aperse un po' piú la fessura, lui mise un piede nel mezzo, spinse, fece indietreggiare quella faccia bianca col suo allegro sorriso. Gli bastò quel momento per entrare, chiudere la porta dietro di sé.

L'Agnese tornò nella sua cucina, dove erano rimasti gli altri: il cuore le batteva forte. Si fece calma vedendo che erano tutti e tre molto tranquilli. Bevevano il vino, fumavano e giuocavano a carte. Passò un tempo che a lei parve lunghissimo, e non erano che pochi minuti. Il compagno grasso rientrò, sorrideva piú che mai: – Son là che tremano, i tuoi vicini, – disse. – Gli ho mostrato la pistola e gli ho detto che se gli scappa una parola su quello che può succedere qui o fuori di qui, vanno difilato a concimare i campi. – E le figlie? – domandò l'Agnese. – Sono quelle che stanno sempre con i fascisti –. L'uomo grasso sedette, disse che voleva fare una partita, aspettò che fossero distribuite le carte, guardò le sue; poi rispose. – C'erano anche loro. Hanno preso una paura del diavolo. Adesso sono dietro a rinvenire.

Le ore passavano: era una serata strana, nessuno parlò di politica né di partigiani. Pareva una veglia familiare, organizzata per il tresette. L'Agnese faceva la calza con la gatta in grembo, e pensava a tante altre sere passate cosí, prima della guerra. Palita sedeva al posto del compagno magro, e c'erano gli stessi Toni e Mingúcc, e un terzo amico, una canaglia che adesso lavorava al servizio dei tedeschi. Anche allora non parlavano di politica, bevevano e giuocavano fino a tardi, con risate grosse e pugni sulla tavola.

Verso mezzanotte s'intese un passo di fuori, qualcuno bussò appena appena, col dito. Subito tutti interruppero la partita, e l'Agnese che si stava dolcemente addormentando, e scivolava nell'opaca letizia del sogno, si svegliò al rumore delle sedie, e fu di nuovo condannata alla realtà. – È il tecnico, – disse Toni, socchiudendo la porta.

Entrò uno, piccolo, giovane, con la tuta da meccanico. Aveva anche lui una cassetta di legno sotto il braccio. Passarono tutti nella camera da letto. L'Agnese domandò: – Devo fare qualche cosa? – Le risposero di no, e lei rimase seduta nel suo angolo, ascoltando le parole caute, il discreto strisciare dei passi. Riconobbe il rumore dell'armadio spostato, capí dallo scricchiolío del legno che i compagni schiodavano la cassetta. S'udí poi aprirsi la finestra, e il fruscío di un corpo fra i rami dell'albero grande dietro la casa. Ancora le voci, piú basse, perché uno di loro parlava da fuori: « Certo, – pensò l'Agnese, – s'è arrampicato sul ciliegio », e un altro stando affacciato alla finestra. Si sentivano pure dei suoni metallici, e dei colpi lievi di martello: un lavoro assiduo, preciso. Questo continuò per un pezzo, e ogni tanto uno dei compagni parlava, sullo stesso tono basso e breve. Poi tutti tacquero, e stavano fermi, la stanza pareva vuota. Una voce disse: – È pronto, – con una certa solennità. All'Agnese sarebbe piaciuto andare di là, per vedere, ma non le avevano detto di entrare, e non si azzardava, quasi che la casa non fosse piú sua. Nel silenzio s'intese lo sfrigolío della radio, e la luce elettrica si abbassò un poco. La stessa voce che aveva detto « è pronto », ricominciò a parlare, ma chiara, staccata; ripeteva sempre una frase, che parve all'Agnese priva di significato: – Qui, la barca è in mezzo al fiume, qui, la barca è in mezzo al fiume –; smetteva un momento, poi riprendeva. Un'altra voce a un tratto scoppiò nella stanza, come di qualcuno liberato da un bavaglio, grossa, straniera, subito contenuta e ridotta normale da chi regolava il volume dell'apparecchio. Anche questa voce diceva: – La barca è in mezzo al fiume –. E incominciò il dialogo.

L'Agnese non seguiva le parole, che pure si udivano distinte. Pensava alle due voci che si rispondevano, quella del partigiano italiano e quella del soldato alleato: s'incontravano, si capivano, si mettevano d'accordo per andare avanti a combattere una guerra cosí difficile, strana e misteriosa, una guerra di talpe nascoste sottoterra o di lupi sparsi in campagna; quelle voci attraversavano la notte, tante miglia d'aria, tanto cielo senza strade, passavano, avanti e indietro, sopra le armi dei tedeschi.

Dopo poco il dialogo era finito. Parlò per ultima la voce netta, nella stanza: – Qui, la barca è in mezzo al fiume, – poi si spense con un piccolo urto, il distacco della presa. L'Agnese ricominciò a far la calza, i compagni lavorarono ancora per qualche tempo, finalmente richiusero la finestra; anche quello salito sull'albero era rientrato. Tornarono in cucina, parlavano tutti insieme, erano contenti. L'uomo grasso e allegro batté sulla spalla dell'Agnese: – Tutto bene. Puoi andare a letto. Noi aspettiamo un poco, poi partiamo –. Ma l'Agnese non aveva piú sonno, e restò con loro. Se ne andarono appena cominciò a farsi chiaro, Toni per primo in bicicletta, con la cassa della radio trasmittente, gli altri a piedi in direzioni diverse attraverso i campi. L'apparecchio ricevente lo lasciarono all'Agnese, le spiegarono come doveva fare perché funzionasse; le consigliarono di ascoltare le notizie, radio Roma e radio Londra. – Ti farà compagnia, – disse l'uomo allegro. – Guarda però che dicono molte « balle », tutte e due.

Appena fu giorno fatto, la Minghina e le figlie vennero fuori sull'aia, con le facce sciupate di chi non ha dormito. Andavano qua e là per le faccende, guardavano la porta dell'Agnese, avevano voglia di parlare con lei, di sfogarsi per la paura della sera prima, di tutta la notte. Ma l'Agnese uscí per dar da mangiare alle galline e al maiale e non badò a loro. Le dissero: – Buongiorno, – e non ebbero il coraggio di aggiungere altro. Non s'azzardavano neppure ad aprire la radio, e fu l'Agnese a dirglielo, nelle prime ore del pomeriggio, con una richiesta che pareva un ordine. Subito la voce potente precipitò fuori dalle finestre, invase la casa e l'aia, raccontò che in Italia, « nell'Italia nuova di Mussolini, vigilata e difesa dai fedeli alleati tedeschi, c'erano i ribelli, gli assassini, i fuorilegge che si coprivano di delitti, spargendo il sangue degli eroi ». L'Agnese stette un poco ad ascoltare, poi chiuse la porta e le finestre, girò il bottone del suo apparecchio, si scontrò con gli stessi gridi, con gli stessi nomi detestati. Allora sputò per terra e cambiò l'onda per consolarsi, in qualche modo, con la voce straniera.

V.

L'Agnese disse: – Io i tedeschi in casa non li voglio –. Le due figlie della Minghina si misero a ridere piano, di nascosto. E la Minghina osservò: – Se vengono bisogna prenderli, c'è poco da fare –. Si sentivano chiare, dal paese, le grida e le voci dei tedeschi, arrivati in gran numero in quell'ora opaca e spenta del crepuscolo, quando gli aerei alleati, a causa della luce falsa, smettevano di bombardare e di mitragliare.

– Troverò il modo che non vengano in casa mia, – disse l'Agnese, senza guardare in faccia le vicine. – È meglio che non portiate piú da mangiare a quelli che sono nascosti alla Canova, – disse una delle ragazze, e sua madre le dette una spinta per farla tacere. L'Agnese si voltò di furia: voleva rispondere qualche cosa, aveva voglia di darle uno schiaffo, ma si trattenne. Dopo la sera della rivoltella e dell'uomo grasso, i rapporti erano cambiati. Invece del compreso e sprezzante silenzio di prima, correvano fra loro parole acute, ironiche. Qualche volta sembrava che si sfidassero, che dovessero saltarsi addosso come galli. Poi si calmavano con sforzo, ma la voce rimaneva tremante, e la faccia rossa di rabbia. Avevano paura: la Minghina e le figlie per se stesse, l'Agnese per i compagni. Se ne vendicavano dandosi a vicenda le notizie che facevano dispiacere, che rammentavano a ciascuna di essere in potere dell'altra. Dietro la Minghina c'erano i fascisti, dietro l'Agnese i partigiani: tiravano, ognuna dalla sua parte, la corda tesa della minaccia.

Cominciava a far scuro. Si udivano ancora i rumori delle carrette, il passo dei cavalli e dei muli, e quegli scoppi di voci che salivano su come razzi. Dall'aia l'Agnese entrò in cucina, sedette nel mezzo rivolta contro la porta aperta. Subito la gatta nera le saltò in grembo, si mise a far le fusa. L'Agnese chinò la testa, placata da quel suono. Pensava a Palita, al giorno che se n'era andato. Partendo sul camion dei tedeschi, le aveva detto: – Mi raccomando la gatta –. Era la sua compagnia, costretto a rimanere solo in casa tutto il tempo, quando lei passava le giornate al lavatoio. L'Agnese accarezzava la gatta sul pelo lucido e fitto, e ne sentiva vibrare tutto il corpo mormorante, come se dentro vi fosse un motore. Quel ronzio metteva una gran pace nella cucina, la pace di una volta, ma adesso Palita era morto, e fuori c'erano la Minghina e le figlie che parlavano ancora dei tedeschi.

Qualcuno veniva di corsa per il sentiero; era Augusto. E dietro di lui il frastuono di un carro; poi tante figure pesanti occuparono l'aia e l'Agnese rivide l'antico aspetto odiato, gli elmetti calcati sulle orecchie, le facce bionde, sbiadite, inespressive, come quel giorno che erano venuti a prendere Palita. Parlavano forte, e la Minghina e le figlie fecero di sí, di sí con la testa. Un maresciallo venne dritto alla porta, guardò dentro. L'Agnese non si mosse, stava seduta con le gambe larghe e la gatta in grembo. Cosí grossa, sembrava prendere tutto il posto nella cucina, che non ci fosse piú spazio per un passo. Il tedesco guardò un poco, poi disse: – Qui niente bono, – e voltò le spalle. La gatta riprese a far le fusa piú forte: era stata zitta ed immobile fintanto che il corpo massiccio aveva occupato il vano dell'uscio.

I tedeschi requisirono quasi tutte le altre stanze della casa, e vi misero un comando di compagnia. Si facevano cuocere il cibo nella cucina della Minghina, e le due ragazze erano sempre a lavorare per loro. Tutta la famiglia, anzi, correva di qua e di là, sotto la spinta delle voci dure, che raschiavano la gola. In compenso i tedeschi davano la roba razziata nei precedenti saccheggi, offrivano cognac e sigarette, vino e cioccolata. E le donne lavavano, stiravano, impastavano la sfoglia, i dolci, e parlavano continuamente dei tedeschi con entusiasmo, con intimità; quando dicevano «Kurt, Fritz, il maresciallo» avevano l'accento tenero, e sapevano tutto di loro, la città, la famiglia, la storia di ognuno, e sembrava che lo facessero con piú gusto quando l'Agnese sentiva. Lei stava zitta e sputava in terra. In silenzio, col suo largo viso smorto e il suo grande corpo irresoluto, riusciva a tenersi in disparte. I compagni non venivano piú a fare le riunioni in casa sua. Toni e Mingúcc, con l'arrivo dei tedeschi, s'erano allontanati dal paese, nascosti nella valle. Anche gli altri forse erano con loro, non si sapeva dove. Per il «lavoro» le mandavano delle staffette, donne sconosciute che si presentavano con una parola d'ordine. Si chiudevano in cucina con lei, poi se ne andavano, e lei usciva con due sporte, seguiva il canale camminando sull'argine, svoltava attraverso i campi, verso la valle, e tornava dopo molte ore: le sporte erano vuote. Per il momento non aveva altri incarichi.

I tedeschi non le badavano: agitavano le mani all'altezza della fronte e dicevano: – Matta. Vecchia brutta e matta, – e le ragazze ridevano. Una volta un soldato le porse un bicchiere di cognac: – Bere, mama –. L'Agnese mise il bicchiere sulla tavola, ci caddero dentro due mosche, e lei allora buttò il cognac sull'aia. Il soldato rise: – Dilicata, mama. Buone, mosche kaputt. – Imbecille, – disse piano l'Agnese.

L'estate si consumava in un clima di cordialità imposta, di pace bugiarda. Gli aerei alleati risparmiavano il paese, che per ora non offriva obiettivi. Si sentiva il fronte rumoreggiare, sempre gli stessi rombi, gli stessi scoppi. Ormai tutti vi erano abituati. Ma i tedeschi non rinunciavano ad una brutalità di padroni, di dentro erano frusti, stanchi, disperati. Sentivano l'odore marcio della sconfitta come quello dell'acqua stagnante. Il villaggio aveva paura di loro e ne mendicava con sottomissione la benevolenza, ma essi con tutte le loro armi e la loro crudeltà, avevano paura del villaggio. Quando tornava a casa con le sporte vuote per il sentiero dell'argine, dopo le sue misteriose assenze, l'Agnese capiva bene quella paura. E sorrideva.

La Minghina uscí di casa gridando e minacciando con la scopa. Dava dietro alla gatta nera, che le fuggí rapidissima, balzò attraverso l'aia, si rifugiò in cucina dall'Agnese, sotto la madia. – Mi ha rubato la salsiccia, – urlò la Minghina. L'Agnese chiuse la porta, s'inginocchiò con difficoltà, tirò fuori la gatta. Essa brontolava sorda, e palpitava come se il cuore le si fosse ingrandito. Aveva in bocca un topo. L'Agnese disse: – Ecco la salsiccia, – e buttò il topo morto dalla finestra, contro i piedi della Minghina.

Sul muretto dell'aia stavano seduti il maresciallo e una delle ragazze. Il maresciallo rise e disse: – Gatta kaputt –. Kurt, un soldato grasso, veniva in quel momento dalla strada. Aveva il mitra, e lo teneva stretto contro il petto come un bambino. Era ubriaco, ma si sforzava di camminare diritto. Il maresciallo gli parlò in tedesco, e lui fece il saluto e rispose: – Ja, ja, – e s'appoggiò al muro, dietro l'angolo della casa. La gatta saltò dalla finestra, e camminò piano piano sull'aia, poi fece un balzo di fianco e si mise a correre. Forse cercava il topo. La raffica la raggiunse in una piccola nube di polvere, la gatta rotolò in terra, si appiattí. Sembrò uno straccio nero buttato via. La ragazza e il maresciallo s'avviarono per la cavedagna; si tenevano per mano e ridevano. Kurt entrò in cucina dell'Agnese; sedette presso la tavola. Disse: – Katz kaputt, mama.

L'Agnese era rimasta ferma, diritta presso la finestra. La luce le batteva sulla faccia pallida, larga e sudata. Lentamente uscí sull'aia, raccolse la gatta morta, si sporcò di sangue le mani e il grembiule, la tenne cosí, senza guardarla. Poi la posò in terra sotto il pesco, sedette sull'erba, si asciugò lungamente le mani col fazzoletto. Quando fu quasi buio si alzò, andò verso la casa, si arrestò sulla porta. Le parve di vedere la gatta accucciata sul ripiano della madia, dove stava sempre. Kurt, il soldato grasso, si era addormentato con la testa appoggiata al braccio. L'Agnese guardava: quella cosa nera che le era parsa la gatta era il mitra di Kurt.

Il suo passo si fece a un tratto leggero e senza strepito: sfiorò appena le pietre del pavimento, la portò vicino alla madia. Lei allungò una mano e toccò l'arma fredda, con l'altra afferrò il caricatore. Ma non era pratica e non ci vedeva. Lo mise a rovescio, non fu buona a infilarlo nell'incavo. Allora prese fortemente il mitra per la canna, lo sollevò, lo calò di colpo sulla testa di Kurt, come quando sbatteva sull'asse del lavatoio i pesanti lenzuoli matrimoniali, carichi d'acqua.

Il rumore le sembrò immenso, e nell'eco di quel rumore corse fuori, traversò l'aia, traversò il canale sulla passerella, corse dietro l'argine opposto. Piú lontano si distese in terra, lungo la pendenza dell'argine, alzò piano piano la testa, guardò verso la casa: era buia, silenziosa. Le parve di addormentarsi.

La riscosse un frastuono di voci, lo scoppiettio di una motocicletta, stette a vedere le ombre nere che adesso si agitavano sull'aia. Sentí il rumore di un camion, e un gran pestare di passi, e dei colpi di cose pesanti trascinate per terra, e ancora voci, voci tedesche. Poi si levarono urli di donne, disperati, terribili, inutili. E a un tratto s'accese una fiamma, prima azzurra, bassa, poi rossa, piú alta, avvolta nel fumo nero, contro il cielo schiarito. E ancora le voci tedesche, e gli urli di donne. La casa bruciava.

Allora l'Agnese si alzò, risoluta e tranquilla. Seguí il sentiero sull'argine, svoltò attraverso i campi, contro la valle. Camminando svelta, diceva: – Godeteveli, i tedeschi!

VI.

Proseguí lungo un canale, e arrivò all'argine del fiume. Lo superò con fatica, perché era alto e ripido, e scese dall'altra parte, fino al sentiero della riva. Era venuta fuori la luna, e l'acqua era bianca, sembrava una strada. « Anche dal cielo deve parere cosí, – pensò l'Agnese, – perché spesso gli aeroplani inglesi si sbagliano e tirano le bombe nel fiume ». Faceva dei pensieri inutili, staccati, che si accendevano e si spegnevano subito. Ma non riusciva a fermare la mente su quello che aveva compiuto. Era stata un'azione che le somigliava tanto poco, che era venuta dal di fuori, come il comando di un estraneo. Adesso se la trascinava dietro come un peso, un fagotto scuro, e aveva voglia di svolgerla, di rivederla, ma non ne era capace. Sapeva bene invece che cosa le restava da fare, e aveva fretta, camminava con i piedi stanchi nelle ciabatte, fra i cespugli e i gambi neri delle canne. Bisognava che avvertisse al piú presto i partigiani, che andassero via subito, che certo i tedeschi avrebbero fatto dei rastrellamenti, delle rappresaglie. Ogni tanto le veniva un brivido giú per la schiena, se pensava di non arrivare in tempo. I « ragazzi » potevano essere presi, ed era colpa sua, per aver fatto « quella cosa ». Allora la sua larga faccia si riempiva di sudore, e lei cercava di andare piú svelta, ma era grassa, pesante: ansava.

Sentí da lontano il rombo di un apparecchio: « Se vengono gli aeroplani, – pensò, – è meglio, è una fortuna, i tedeschi non si muoveranno ». L'apparecchio si avvicinò rapidissimo, brillò basso sopra di lei nella luce della luna, fece la picchiata, sganciò due bombe poco distante, oltre il ponte, sgranò una raffica di mitraglia. «Forse la casa brucia ancora, – pensò l'Agnese, – e loro l'hanno vista e ci tirano».

Arrivò al guado, passò l'acqua con le ciabatte in mano. L'apparecchio tornò indietro, lei era proprio come su una strada, si muoveva sola e nera contro lo specchio bianco del fiume, ma il rombo che le precipitava intorno s'allontanò, si spense. Allora soltanto le venne in mente che avrebbe potuto essere colpita, ebbe paura in ritardo, per sé e per quelli che non sarebbero stati avvertiti del pericolo, traballò scivolando sui sassi tondi, raggiunse l'altra riva, rimase un poco nell'ombra per riprendere fiato. Il cuore le sbatteva nella gola, come una campana.

Cominciò a risalire l'argine, ma le sottane bagnate le legavano le gambe. Dovette tenerle aperte con le mani, per far posto al passo. Arrivò in cima, si mise a correre per la discesa. Vedeva già la casa dove stavano i partigiani.

Era una delle chiuse d'acqua della valle: non vi abitava nessuno. I «ragazzi» avevano forzato la porta, e vi si erano installati in una ventina, in una stanza sotterranea scavata nello spessore dell'argine, fra i vecchi congegni fermi da tanto; dietro la casa s'allungava un canale, con le barche pronte. Ci si poteva allontanare facilmente in mezzo alla valle deserta, immensa, solo acqua, canneti, silenzio, zanzare. Il luogo era adatto, sicuro: per questo vi avevano messo il comando di brigata.

L'Agnese sbucò dal sentiero di fianco alla casa. Intese lo scatto di un'arma, una voce bassa: – Chi è? – Si arrestò di colpo, volle rispondere, ma era tanto affannata che non poteva parlare. L'uomo venne avanti col mitra, la riconobbe, abbassò la canna. Disse con meraviglia: – La Agnese di Palita –. Lei si asciugava il sudore, e ritrovò il fiato, era un ragazzo del paese, lo conosceva fin da bambino. – Sono io, Clinto, – disse chiamandolo col nome di battaglia. – Bisogna svegliarli tutti, che si preparino, e andar via subito. – Che cosa è successo? – domandò Clinto. – Chi vi manda? – Nessuno, – rispose l'Agnese che adesso aveva il respiro calmo. – Sono stata io. Ho ammazzato un tedesco.

Il Comandante venne su per la scaletta del sotterraneo; si faceva lume con un fiammifero, ma vi soffiò sopra quando fu nella stanza terrena, l'unica della casa. Dietro di lui salirono gli altri. Si muovevano al buio nel vano stretto e vuoto di mobili. Si udiva soltanto il rumore delle scarpe. Il Comandante disse: – Ciro con altri tre vanno a sorvegliare l'imbocco del sentiero dell'argine. State nascosti perché c'è la luna e ci si vede come di giorno. Tu Mario con Gim andate qui fuori e rimanete di guardia alla casa. Al primo allarme tutti alle barche. Gli altri mettano a posto la roba. Appena pronti si parte –. Aveva la voce fredda e pacifica, e parlava adagio, come un maestro che assegni il còmpito agli scolari. Subito si aperse sul chiaro di luna il rettangolo della porta, e gli uomini uscirono e chiusero. Di nuovo si sentí sulla scaletta di legno lo scalpiccío delle scarpe. Il Comandante disse: – Clinto, aspetta. Lei dov'è? – L'Agnese rispose tremando: – Sono qui.

Stava appoggiata al muro, e aveva paura. Da un pezzo lavorava per i partigiani, ma il Comandante non lo conosceva. Sapeva che lo chiamavano «l'avvocato», che era uno istruito, un uomo della città, che aveva sempre odiato i fascisti, e per questo era stato in prigione, e poi in Russia e in Ispagna. E adesso aveva una grande paura di lui, della sua voce quasi dolce, delle parole che avrebbe pronunciate. Certo doveva sgridarla per il suo gesto pazzo che distruggeva uno stato di quiete e di sicurezza. Lei aspettava il rimprovero da quando era entrata, e il ritardo aumentava il suo orgasmo. Nella stanza sembrò che non ci fosse piú nessuno. Poi il Comandante parlò, ed a lei parve di ascoltarlo in sogno. Disse proprio cosí: – Clinto, la mamma Agnese viene con noi.

Ad uno ad uno gli uomini risalivano col loro carico.

Uscirono tutti sul prato, chiamarono fischiando quelli che erano di guardia. Si avviarono al canale. Nella notte non c'era alcun rumore, solo un passo di vento fra le canne. Il Comandante camminava presto, portava anche lui un sacco da montagna. L'Agnese, che gli veniva dietro, si meravigliò che fosse piccolo, scarno, coi capelli biondi e grigi.

In una delle tre barche, seduta tra Clinto, il Comandante e altri due partigiani, l'Agnese a un tratto ebbe voglia di parlare. Ma tutti stavano zitti, e lei strinse sotto il mento il nodo del fazzoletto, e fissò l'acqua torbida, piena di erbe marce. Un brivido d'aria corse sulle terre basse: il cielo si faceva bianco, era l'alba fredda della valle. Il rematore spinse forte il paradello contro il fondo, la barca andò veloce. Erano ormai lontani dall'argine, nascosti nei canneti; la casa non si vedeva piú.

Si udirono allora rombi e scoppi distanti: – Si svegliano, – disse Clinto. – Siamo venuti via in tempo –. L'Agnese sussurrò: – Mi dispiace. – Vi dispiace di aver ammazzato il tedesco? – disse Clinto, e il Comandante si mise a ridere. L'Agnese li osservò con timidezza: – Mi dispiace che si sia dovuto lasciare il posto –. Arrossí un poco, la voce si fece piú ferma: – Ma del tedesco non m'importa, e neppure che mi abbiano bruciata la casa, e di non avere che un vestito addosso. Volevo ammazzarli quando vennero a portare via mio marito, perché lo sapevo che l'avrebbero fatto morire, ma non fui buona di muovermi. Invece ieri sera è venuto il momento.

Rivide finalmente nella memoria la sua cucina scura, il soldato grasso appoggiato alla tavola, risentí nel cervello, nelle braccia quell'onda di forza e di odio che l'aveva buttata nell'azione. Non si pentiva piú. Le sembrò di essere calma, quasi contenta.

Il partigiano del paradello si piegò in avanti, remando. Disse: – Ma come hai fatto, compagna? Gli hai sparato? –

L'Agnese afferrò per la canna il mitra che Clinto teneva fra le ginocchia, lo sollevò, rispose: – Io non so sparare. Gli ho dato un colpo cosí –. Fece l'atto, poi rimise piano piano il mitra sul sedile. La sua vecchia faccia era immobile, contro il chiaro dell'alba. Tutti, nella barca, guardavano quelle grandi mani distese.

Parte seconda

1.

Andavano con le barche dentro il canale verde, viscido come una lumaca. Ai lati le canne erano alte, ma non facevano ombra: il sole passava fra i gambi diritti, nudi, come da un'inferriata, e bruciava sull'acqua, sulle erbe a galla che parevano bisce morte. Il paradello, quando il partigiano lo sollevava per la remata, ne portava attaccati dei fasci dondolanti che sbattevano spruzzi in faccia a quelli delle barche: erano gocce tiepide, pesanti, sembravano unte. L'Agnese si asciugava ogni tanto il viso colle punte del fazzoletto. – Fa caldo, – disse il Comandante, e si levò la giacca. Aveva un vestito di lana grigia, che da nuovo doveva essere stato bello, ma adesso era consumato e un po' scolorito. All'Agnese ricordò vagamente un medico famoso da cui aveva condotto una volta Palita. In quell'occasione si erano fermati tre giorni in città, dormivano all'albergo, mangiavano in trattoria, e la sera andavano al cinema; Palita avrebbe desiderato andare anche a teatro, ma lei non volle, per paura che non bastassero i soldi, e anche perché si vergognava di muoversi in mezzo alla gente. Invece Palita era ardito, disinvolto, e pareva molto piú giovane, tanto che il dottore credette che lei fosse la mamma. Disse, dopo aver guardato ed ascoltato con tutti i suoi strumenti: – Suo figlio ha avuto una grave malattia, signora. Se l'è cavata bene. Con un po' di riguardo può vivere fino a novant'anni. Moriremo prima di lui, signora –. Come rideva, Palita, per lei che era diventata rossa! Tutti e tre avevano riso per l'equivoco, e il dottore s'era scusato. Un dottore cosí bravo certo non si sbagliava. Palita doveva vivere fino a novant'anni, se non ci fossero stati i tedeschi.

Il partigiano del paradello sudava. Le barche andavano piano, e tutto intorno era un deserto, un labirinto di acqua marcia, di terra sommersa durante l'inverno, ora asciutta per il calore, ma screpolata e fermentata come un lievito; una distesa di canne simmetriche, tristi e luminose sotto il sole, tristi ed inutili coi loro pennacchi come un enorme esercito di soldati in parata. – Poco verde per far bene alla vista, – disse Clinto, e l'Agnese pensò alla sua casa, al prato, al ciliegio, al pesco che non faceva frutti ma solo ombra sull'aia, ed ebbe all'improvviso una gran sete. Ne aveva già patita tanta, di sete, quando veniva in questa stessa valle a raccogliere le piante palustri, i « brilli », gambi lucidi e duri che rompevano le palme, facevano dei tagli obliqui su ogni dito, sempre al medesimo posto. Lasciando il lavoro, la sera, le donne sentivano il bisogno di agitare continuamente le mani, si appendevano al collo o alle spalle sporte e fagotti per avere le mani libere, e le scuotevano per tutta la strada come se fossero bagnate. La notte le ferite si cicatrizzavano un poco, ma il mattino dopo, al contatto dei primi stecchi, si riaprivano e bruciavano senza sangue. E le donne avevano sempre sete, perché in questa valle non c'era acqua da bere. – In questa valle non c'è acqua da bere, – disse l'Agnese. – Berremo del vino, – rispose il partigiano col paradello.

Le barche si fermavano, accostavano alla riva, dove s'apriva un sentiero; i partigiani scesero, con tutta la loro roba addosso, uno per uno entrarono in quello stretto corridoio quasi giallo, dopo pochi passi furono invisibili. – È un luogo magnifico, – disse il Comandante. – Le canne non fanno verde, non fanno ombra, ma nascondono. Basta stare fermi ad un metro di distanza, e di qui non passa nessuno –. Sbarcò anche lui col suo sacco da montagna, lo seguirono l'Agnese e gli altri. Sul bordo del canale rimasero i tre del paradello per mettere anche le barche in maniera che non si vedessero. Il sentiero a biscia sbucò in uno piú largo, un po' avanti c'erano le capanne: una decina in fila sui lati del sentiero, costruite con uno scheletro di grossi pali, fasci di canne legati a formare le pareti, e, come tetto, altri fasci messi a spiovente. Se ne servivano, prima, i pescatori di frodo: ne fabbricavano una o due al principio di ogni estate, per le donne dei « brilli », dicevano, ma poi vi stavano loro, la notte, per pescare quando non c'erano le guardie vallive. Quest'anno le capanne crescevano di numero: molte famiglie del paese le avevano fatte per rifugiarvisi durante « il passaggio del fronte ». In quel tratto di valle sprovvisto di strade, di ponti e di case, protetto dai canali morti, dai canneti deserti, dal fango, dai larghi specchi stagnanti, non ci sarebbero stati assalti né battaglie, né bombardamenti, né nulla. Una terra incontrollata, lasciata indietro quando fosse giunto il momento: e qui pensavano di salvarsi gli abitanti del paese investito. Ma il « fronte » tardava. Gli anglo-americani stavano fermi, o procedevano con avarizia, a passi prudenti: non si parlava di grandi offensive. Radio Londra diceva molte parole per annunciare piccoli fatti, e chiamava « caduta dell'importante centro di X... » la conquista di una ignota frazione che consisteva in quattro case distrutte. C'era soltanto, in realtà, una grande abbondanza di bombe che venivano giú dagli aerei alleati, una pioggia di bombe sulla pianura, sulle montagne, sulle città, su tutta l'Italia ancora invasa dai tedeschi.

Cosí le famiglie proprietarie, spento il primo entusiasmo, avevano abbandonato il posto, riportando a casa la roba: giorni e giorni di fatica perduta. Adesso le capanne erano tutte vuote, con le porte, fatte di rami e di canne, spalancate o rotte.

Faceva caldo. I « ragazzi » avevano voglia di mangiare e poi di dormire. Misero giú il carico, radunarono le provviste, scavarono in terra il focolare e vi accesero il fuoco su due pietre. C'era una grande « meta » di legna, legna secca di golena, cespugli e sterpi che bruciavano presto. E c'era il sole bianco di mezzogiorno, che batteva a picco sulla valle come se volesse spaccarla. – Bellissimo posto, – disse il Comandante.

Coi primi lavori nell'accampamento, l'Agnese sentí perdersi in lei quel senso di precarietà che l'aveva tenuta sospesa dal primo passo della sua fuga. Rinasceva l'abitudine alla vita, aveva fame, sete e sonno come gli altri. Quando vide Gim che tirava fuori i tegami e le pentole, ridivenne donna di casa. Si mise in una capanna, e appese gli utensili di cucina ai pali sporgenti; i piatti e i bicchieri li dispose in fila sulle cassette. Poi riordinò tutta la roba da mangiare, rialzò i sacchi di farina e di pasta con delle pietre perché non prendessero umidità, tese un filo di ferro da una parte all'altra, e vi attaccò le salsicce e i salami. Clinto portò una panca zoppa perché servisse da tavola, riuscirono a farla stare in piedi appoggiata in un angolo. La capanna acquistò un'aria di abbondanza. – L'acqua per la minestra è già sul fuoco, – disse Clinto. – Voi fate il condimento. È tanto che non mangiamo un buon soffritto.

Di fuori il Comandante dava degli ordini: fece un deposito di munizioni in una capanna piú lontana, addossata ad un albero, l'unico della valle, e vi mise un partigiano di guardia; un altro lo appostò sul sentiero, all'altro limite del campo, un terzo allo sbocco sul canale. Furono tagliate le canne per liberare un tratto di terreno intorno al fuoco acceso, e sopra vi fabbricarono un tetto per riparo dal sole. Il pentolone pieno d'acqua bolliva sulla fiamma, e un partigiano s'era seduto vicino, stava attento a buttarci sotto la legna, e sudava come in un forno. Si udiva l'Agnese pestare il lardo, un rumore noto di casa; uscí col tegame del soffritto, lo mise a cuocere sulla brace. Subito l'odore s'allargò come una ventata: i «ragazzi» dicevano: – Che fame! – e venivano, ora l'uno ora l'altro, a vedere se la pentola bolliva.

L'acqua era quella del canale, piuttosto torbida e sporca: l'Agnese la schiumò con la ramina, e buttò giú la pasta. Quando fu cotta la scolarono alla meglio e vi misero dentro il condimento. Nel gran fumo bianco l'Agnese rimescolava con un bastone: poi assaggiò, e disse, seria, con la voce quasi solenne: – Va bene, – e due partigiani sollevarono il pentolone e lo portarono di corsa nello spazio vuoto fra le capanne.

Gli altri stavano seduti in terra, con il piatto e la forchetta pronti. Appena avevano la loro parte, si mettevano a divorare in silenzio. Quando l'Agnese ebbe finito di riempire l'ultimo piatto, dovette ricominciare dal primo, che era già vuoto. – Un momento, – disse con severità, e fece le razioni per quelli di guardia. Andò lei stessa a portarle, poi entrò nella capanna a tagliare il pane e il salame, e portò fuori il vino e i bicchieri. – Mangia anche tu, Agnese, – disse il Comandante, ma lei andava ancora avanti e indietro; portò un cesto di mele e raccolse i piatti sporchi e le posate. I partigiani avevano finito, erano sazi e contenti, non s'accorgevano neppure di essere al sole, si stendevano beatamente accendendo la sigaretta. Allora l'Agnese prese la sua minestra, si sedette sulla legna, in disparte, e cominciò a mangiare adagio, guardando nel piatto.

Sebbene avesse passato la notte in piedi, non si sentiva stanca, neppure quando si rifece buio. I partigiani invece, esauriti i lavori, dati i turni di guardia, spegnevano ad uno ad uno le parole nell'oscuro riparo del sonno. Adesso tutte le capanne erano abitate e silenziose, si sentiva il mormorio delle zanzare, e lo sbattere delle mani nei movimenti istintivi per schiacciarle. Ma fuori, fra i canneti piú lontani, non c'era silenzio. L'Agnese conosceva quel rumore della valle di notte: un ronzare sordo, un grido isolato; il soffiare del vento nelle canne che fanno come uno strepito di passi, il propagarsi di un respiro caldo, il salto delle rane nell'acqua, tac, tac – sembra che qualcuno sia sulla riva e si diverta a tirare dei ciottoli nel canale –, e il loro canto insistente che viene da una parte, e pare invece tutto intorno, legato in un cerchio; altre misteriose presenze di insetti che volano sòlo di sera, e nessuno li vede. L'Agnese stava seduta davanti alla porta, e ascoltava, aspettando di aver proprio sonno per mettersi giú. Le avevano lasciato un po' di paglia raccolta qua e là nelle capanne, un letto abbastanza soffice; ma lei era grassa, provava un po' di difficoltà a star distesa sveglia. Poi era la prima notte, da quando, con lo stesso gesto violento, aveva spaccato la testa al tedesco e diviso in due la sua vita. La prima parte, la piú semplice, la piú lunga, la piú comprensibile, era ormai di là da una barriera, finita, conclusa. Là c'era stato Palita, e poi la casa, il lavoro, le cose di tutti i giorni, ripetute per quasi cinquant'anni: qui cominciava adesso, e certo era la parte piú breve; di essa non sapeva che questo.

Gli occhi le si chiudevano piano sui pensieri non chiari: le venne in mente che a quel tedesco sceso dalla Germania in Italia per fare la guerra era capitato di morire a causa di una gatta nera; e a proposito della gatta nera rivide quel momento che era stata colpita dalla raffica, e provò un dispiacere grande che fosse morta, un dispiacere per una bestia come per una persona di casa, forse perché era di Palita, l'unica cosa viva di suo che le rimanesse, o forse soltanto perché le faceva compagnia. Aveva gli occhi chiusi e piangeva; piangeva proprio per la gatta. E si addormentava senza saperlo, cosí seduta contro la parete della capanna, con le canne ruvide che le graffiavano il collo, e le gambe stese sulla terra dura. Quando fu dentro nel sonno, sognò qualche cosa: qualcuno, ma non era Palita. Sognò di vedere uno diritto sul sentiero, che non era né il Comandante né Clinto né un altro dei partigiani. Anche lui si sedette contro una capanna, e poi la capanna diventò una casa, la casa rossa del fabbro Magòn, dove era andata una volta con il tritolo nella sporta. Lei si avvicinò in punta di piedi, per vedere chi fosse quell'uomo, e vide che aveva un mitra sulle ginocchia. Cercò di svegliarsi, perché sapeva già che cosa doveva succedere, e non ci riuscí. Allora riconobbe l'uomo seduto con le spalle contro la casa rossa: era Kurt, il soldato tedesco, e lei sognò che tornava ad ucciderlo.

Tutto il giorno si riposarono, perché alla sera ci sarebbe stato da fare. Si godevano a star distesi, col corpo al sole, caldo come una coperta, e la testa dentro la soglia di una capanna: l'unico modo di aver l'ombra almeno sugli occhi. Ebbero molte visite: per prime due guardie vallive, di cui una era in realtà il commissario politico della brigata. Vennero dal sentiero, già avvertite dello spostamento del comando. Verso mezzogiorno approdarono due barche: erano partigiani di un'altra compagnia, che aveva la base piú a sud, dove la valle diventava palude. Quelli stavano sempre nelle barche, a mangiare, a dormire, durante il giorno in attesa della sera. Appena buio raggiungevano una strada vicinissima, si appostavano sotto un ponte o dietro le siepi, e tiravano raffiche e bombe a mano sui camion tedeschi. Da quindici giorni non mangiavano minestra, sempre pane e roba fredda: per la prossimità di posti tedeschi non potevano accendere il fuoco. Pranzarono all'accampamento, e l'Agnese dovette fare due volte il soffritto, perché un solo pentolone di pasta asciutta non era abbastanza. Andarono via felici, con un fiasco di caffè caldo e della salsiccia cotta per i compagni di laggiú. Durante il pomeriggio vennero anche due donne, staffette di collegamento, ripartirono con gli ordini per gli altri gruppi della brigata. Non videro l'Agnese: il Comandante la fece nascondere. Le bastò entrare nel canneto, e rimanere diritta, ferma, pochi passi appena dietro le capanne. Le donne dissero che a S... i tedeschi avevano fatta la rappresaglia per l'uccisione di uno dei loro: una casa incendiata e quattro persone ammazzate. Non sapevano i particolari, in paese non erano andate per evitare altri guai: avevano sentito dire che il tedesco era stato « fatto fuori » dai partigiani, ma la gente parlava poco, si rifugiava in casa. Una grande paura s'era sparsa dappertutto: si temeva che i tedeschi non avessero ancora chiusa la partita.

L'Agnese uscí dalle canne appena le donne furono andate via: era un po' pallida, con gli occhi stanchi, si stringeva il nodo del fazzoletto sotto il mento. – Hai sentito? – le chiese il Comandante. Lei disse: – Prenderanno degli altri: altri sei. Dicono sempre dieci italiani fucilati per un tedesco –. Il Comandante sperava di no: – Avrebbero già preso degli ostaggi, – disse. – Forse tutto finisce cosí.

Ma lei continuò a stare in pena: prima non se ne curava, ora capiva che il suo gesto aveva scatenato una strage, ed ebbe paura del dolore che sommergeva il suo villaggio. Le vennero in mente gli urli che aveva udito quando scappava da casa. Solo urli disperati, non scariche di armi. Era sicura che gridassero, la Minghina e le figlie, per la roba che andava distrutta. Non aveva mai pensato che fossero urli di morte. Invece le donne dicevano: – Quattro persone ammazzate –. Quattro persone: Augusto, la Minghina, le due ragazze; nella casa c'erano soltanto loro, il conto tornava.

L'Agnese entrò nella capanna a preparare la cena. Tagliava grossi pezzi di pane, e fette di salame e formaggio, apriva le scatole di marmellata. Dalla porta aperta vedeva il sole che andava giú piano, lasciando un cielo pallido, quasi bianco. L'aria era agitata e fresca. I rumori venivano da molto distante, spinti e ripercossi dall'acqua, dai canneti: si sentiva un carretto che passava sulla strada del paese, e le voci della gente nelle case di legno oltre l'argine, lontano dei chilometri. I «ragazzi» respiravano quel nascere di ombra, dopo il sole spietato di tutto il giorno; si misero a cantare una canzone partigiana. – Soffia il vento e infuria la bufera - scarpe rotte eppur dobbiam partir, – cantavano tutti insieme. Ma il Comandante arrivò di corsa dalla capanna delle armi, li fece smettere. Cenarono che già si faceva buio. – Adesso dormite un poco, – disse il Comandante. – Vi sveglierò io quando sarà ora –. Rimasero distesi in terra dove erano. – Tanto, – disse il Giglio, – il letto dentro è uguale a questo di fuori –. Incominciò il concerto delle zanzare. Verso mezzanotte i partigiani s'alzarono, fecero un po' di strepito con i cinturoni e le armi. Quelli che le avevano, andarono a mettersi le scarpe, ma erano scalzi quasi tutti. – È quasi meglio, – osservò Gim, legandosi con una corda degli stracci intorno ai piedi. – Faremo meno chiasso in questa maledetta valle che risuona come un tamburo. – Pronti? – chiese il Comandante. – Domattina avrete le scarpe. Andiamo ragazzi –. Era per avviarsi, ma si ricordò di una cosa, si guardò intorno: – Dov'è l'Agnese? – Lei rispose: – Sono qui.

Stava seduta dietro la « meta » di legna: era là da molto tempo, a cena non aveva mangiato niente. Il Comandante le disse: – Non andiamo via tutti. Resti tu, i tre di guardia, e i tre del secondo turno. Clinto va in azione vicino a casa tua. S'informerà della rappresaglia. Buonanotte –. Camminavano piano, uno dietro l'altro: si vedevano sporgere su dalla spalla le canne dei moschetti. Soltanto Clinto e il Comandante avevano il mitra. – Speriamo di trovare anche altre cosette, oltre le scarpe, – disse lo « studente ». Tutti, passandole davanti, dissero: – Buonanotte Agnese.

I tre del secondo turno andarono a dormire nelle capanne, ma lei rimase fuori: si sbatteva la faccia e le gambe con un ramo per mandar via le zanzare: ascoltò il fruscío dei passi che si allontanavano, intese scambiare la buonanotte con l'uomo di guardia allo sbocco sul canale, poi con l'altro di guardia sul sentiero, e ancora i passi sempre piú leggeri, e finalmente il silenzio, coi soliti suoni notturni. Aveva tanti pensieri nella testa che non poteva dormire.

« Tutti e quattro li hanno ammazzati, – pensava, – proprio i loro amici tedeschi. Non c'è niente di male metter via dal mondo quelli che fanno la spia. Hanno fatto prendere Palita. Se non c'erano loro Palita sarebbe ancora qui. Mi dispiace per Augusto, lui non aveva detto niente, ma per le donne sono contenta ». Sentí davvero di essere contenta, di avere messo il cuore in pace. Ma dietro il pensiero delle donne vennero su i ricordi di tanti anni, dei suoi rapporti con la famiglia da quando Augusto aveva comperato metà della casa e un pezzo di podere, e c'era andato con la Minghina, appena sposati. Fin da principio lei li guardava male, per la gelosia di avergli dovuto dar la terra. C'era ancora vivo il babbo di Palita. Poi alla Minghina era nata la Maria Assunta, e poco dopo la Vandina. Erano tanto belle da piccole, quasi uguali di statura, sembravano gemelle. La Vandina era piú affettuosa. Voleva bene a Palita, veniva sempre in casa, stava con lui, imparava a fare i cestini, chiacchierava e lo faceva ridere. Allora erano buone bambine, peccato che poi si fossero guastate crescendo. La colpa fu della Minghina, avara, bugiarda, che insegnava alle figlie a portar via le uova, a sfilar la legna dal mucchio. La prima volta che litigarono fu proprio per delle uova che mancavano nel pollaio. L'Agnese era sicura che le avevano prese loro. Dopo quella volta non andarono piú d'accordo: ogni tanto saltavano su a dirsene di tutti i colori, e l'una non entrava piú in casa dell'altra. Si parlavano dalla porta o dalle finestre, e bisticciavano fuori sull'aia. Le bambine diventarono grandi e facevano l'amore con chi capitava. Cosí nessuno le voleva per fidanzate. Poi cominciarono ad andare coi fascisti. Che dispiacere aveva Palita! Ma tutto era stato per causa della madre, forse le ragazze non erano cattive, non avrebbero denunciato Palita che le faceva divertire da piccole e comperava per loro le caramelle.

Anche stasera l'Agnese s'addormentò seduta: le cadde il ramo e le zanzare le mangiavano la faccia.

Non sentí neppure quando i partigiani cambiarono la guardia. Dormí tante ore, si svegliò verso mattina, che già faceva chiaro. Tremava di freddo e andò a prendere una coperta. Voleva aspettare che tornasse Clinto. Invece tornò prima il gruppo guidato dal Comandante. Li intese venire da lontano, avevano il passo pesante, lento, comparvero in fondo al sentiero, erano carichi come muli. Misero giú i sacchi dalle spalle; anche i tre nelle capanne corsero a vedere. C'era di tutto: molte paia di scarpe, delle camicie, dei pantaloni, tanta roba da mangiare. – Povera gente, – disse il Comandante. – Avevano una paura. Portavano giú la roba come se facessero un trasloco. Hanno messo fuori anche dei soldi. Gliel'hai data la ricevuta, studente? – Il ragazzo disse di sí. – Che bel recupero, stanotte! – concluse il Comandante, e pareva molto contento.

Continuavano a vuotare i sacchi: due erano pieni di cocomeri. – Questi, – disse Tonitti, – li abbiamo presi nella baracca dove li vendono, lí proprio dietro l'argine, e di là c'è la casa del fascio. Appena ci ha visti, il cocomeraio è quasi morto di un colpo. Lo chiamavamo: non aver paura, non ti facciamo niente, vogliamo solo comperare i cocomeri, ma lui è saltato via come un coniglio! Chissà dove è corso. Gli abbiamo lasciato dei soldi nella cassetta, non era giusto che lui ci rimettesse i cocomeri. È un bravo uomo, e poi è povero.

I partigiani ridevano, lavorando a mettere a posto la roba. Dall'ultimo sacco venne fuori una maglia da donna ed un involto di carta velina. Il Comandante disse: – Abbiamo pensato anche a te, Agnese. Non hai che un vestito. Se si rompe come fai? Una signora ci ha dato questo. – Ossia, lei non voleva, – corresse Gim. – Diceva: che ve ne fate di cose da donna? Non dovremo già raccontare a lei i nostri interessi. Allora Lampo le ha mostrato la pistola e lei s'è persuasa. Ma piangeva e diceva: è una vestaglia nuova, non l'ho mai messa... – rideva tanto che non riusciva piú a parlare. – Allora, – continuò lo studente, – io le ho detto: va bene che sia nuova. Cosa ti credi che la nostra signora porti i tuoi avanzi? – Il Cino che aveva appena sedici anni, saltava dalla gioia come un puledro. – Dio come sono tirati i ricchi! – disse, e si fermò per riprendere fiato. – Piangono per uno straccio. Con la vita in pericolo, si disperano per uno straccio di seta –. Svolse la carta velina, spiegò la vestaglia: era lilla, a grandi fiori piú scuri, una stoffa lucida, morbida. Il Cino vi passava sopra le dita, se la fregò sulla guancia: – Oh che delizia, Agnese. Quando l'avrai intorno, sembrerai una regina –. L'Agnese prese la vestaglia con le mani incerte, la guardò, perplessa. – Forse non è molto adatta, – disse il Comandante, – ma non abbiamo trovato nient'altro che potesse andarti bene. Erano solo donne magre. – Sí, – osservò rassegnata l'Agnese. – Io sono grossa.

Andò nella capanna, si levò il vestito nero, vecchio, un po' logoro. Era necessario che lo risparmiasse, se mai veniva il bisogno di uscire dalla valle. Lo piegò con cura, s'infilò quel vestaglione vistoso che le arrivava ai piedi, chiuso sul fianco e sul petto da grossi nodi di nastro viola. Sorrise vedendosi cosí addobbata, alzò le spalle: – Non fa niente, – disse. E tornò fuori.

I partigiani ridevano da matti, le facevano grandi inchini grotteschi: – Signora marchesa, i miei rispetti –. Lo studente fece l'atto di baciarle una mano, il Cino le presentò un pennacchio di canna come se fosse un mazzo di fiori. Ma lei non se l'aveva a male. Scrollava il capo guardandosi addosso i fiocchi viola, tutta quella seta chiara e frusciante, s'immaginava come doveva essere ridicola, col fazzoletto nero in testa, la faccia larga, rossa, e le ciabatte fruste.

Ormai era giorno fatto. Veniva su il sole, asciugava la valle bagnata dalla notte. Passò il solito brivido di vento della mattina, e sbatteva le canne, come se ci fosse in mezzo un muovere affrettato di piedi, una moltitudine in marcia, vicina e distante. Il Comandante ascoltava, ma non era vero, non c'era nessuno. Disse ad un tratto: – Come sarà che Clinto non torna? – E subito tutti smisero di ridere.

L'Agnese accese il fuoco e preparò il caffè. Era caffè buono, ne avevano trovato un pacco in un camion tedesco. Faceva bene berlo dopo la nottata in faccende. Ma adesso erano in pena per i compagni, e lo gustarono poco. – Tra mezz'ora gli andremo incontro, – disse il Comandante. Invece arrivarono prima. Li annunciò la sentinella venendo di corsa. Dal suo posto di guardia si controllava un tratto dell'argine: col binocolo li aveva visti che camminavano curvi per non farsi scoprire, erano ormai scesi al sicuro fra i canneti. – Sono carichi, – aggiunse il partigiano, e tre uomini si mossero per andare ad aiutarli.

Infatti erano carichi. Avevano in spalla delle cassette, uno portava sotto il braccio un involto lungo, di tela di sacco. Quando posarono a terra il peso, si asciugarono il sudore con le mani. – Munizioni, bombe a mano, cinque sten, due mitra, un parabello, una *machine*-pistola, – contò svelto il Comandante. – È stata proprio una bella notte! – Un colpo facile, – disse Clinto. – Eravamo sotto il ponte, dietro il muro della casa crollata. La camionetta ha dovuto rallentare perché c'è il buco di una bomba. Con la pistola ho fatto fuori l'autista. La camionetta ha sbandato contro il parapetto. I tedeschi sono rimasti storditi, sbatacchiati dalla scossa. Gli siamo saltati sopra. Non ci fu bisogno di far rumore con gli spari. Poi abbiamo spinto la macchina e tutto giú dal ponte nel fiume. Il piú brutto è stato a passare il guado, ché ci si vedeva già bene, e c'erano due tedeschi a fare il bagno. Ci siamo dovuti mettere in una di quelle trincee antischegge scavate nell'argine, e star lí finché non hanno finito..., – si arrestò di botto, perché era comparsa l'Agnese, maestosa e ricca nella sua vestaglia, portando le tazze del caffè.

Scoppiarono tutti a ridere, anche il Comandante, anche l'Agnese che non rideva mai. Ma lei smise subito; disse: – Clinto, hai saputo che cosa hanno fatto i tedeschi al mio paese? – Clinto dimenticò la vestaglia, la figura buffa dell'Agnese non gli destò piú nessuna allegria. – In paese non hanno fatto niente, – rispose. – Vi cercarono molto, guidati da quelli che vi conoscono. A casa vostra è bruciato tutto, e hanno proprio ammazzato quei quattro. – Poco male, – commentò Gim. – Delle sgualdrine e delle spie –. Ma l'Agnese aspettava, e Clinto aveva ancora qualche cosa da dire: – Li hanno ammazzati a baionettate: erano come delle bestie. A una delle ragazze piantarono la baionetta nella gola, e poi giú, fino in fondo alla pancia.

Fu trovata così, quando lasciarono che la gente seppellisse i cadaveri, tutta aperta –. Si fermò un momento: certo doveva essere stata una cosa orribile. Finí in fretta: – Era incinta. Aveva dentro il bambino –. Stettero per un poco tutti zitti. Poi l'Agnese domandò, guardando in terra: – Quale delle due ragazze? – Mi hanno detto, – rispose Clinto, – la piú grande di statura, la piú piccola di età. – Era la Vandina, – disse l'Agnese.

11.

Adesso gli aerei venivano molte volte di giorno e di notte a bombardare il ponte. S'erano messi in testa di buttarlo giú, scendevano in picchiata ad uno ad uno, sganciavano e andavano via. Con quel girotondo, pareva che giocassero. Avevano l'aria di fare delle scommesse, una gara per vedere chi riusciva a colpire il bersaglio. Ma il ponte era duro: le bombe facevano dei buchi sulla strada, rovesciavano nel fiume dei tratti di parapetto, si schiacciavano sull'argine, distruggevano le case vicine, e basta. Il ponte rimaneva saldo e largo sui suoi piloni, e le autocolonne tedesche continuavano a passare. La gente si spaventava, pensava che un giorno o l'altro sarebbero venuti i bombardieri pesanti, che non avrebbero certo risparmiato il paese. Le famiglie che abitavano nei pressi del ponte, lasciarono le case, cercarono rifugio in altri luoghi. Ogni giorno aumentava la paura.

Nel pomeriggio della domenica la sentinella avvisò che cinque persone camminavano sull'argine, ed erano scese nella valle. Subito i partigiani entrarono fra le canne, e stettero fermi, in cerchio, invisibili e vicinissimi. L'Agnese chiuse le porte delle capanne, le legò col filo di ferro, poi si mise anche lei dentro nel folto, un po' piú lontano degli altri per via di quella maledetta vestaglia chiara, che si vedeva facilmente: sembrava che diventasse luminosa quando c'era bisogno di nascondersi.

I cinque giunsero nello spazio vuoto fra le capanne: erano due donne e tre uomini. Si guardarono intorno con curiosità, stupiti per quella specie di villaggio di paglia, che, pure se appariva deserto, aveva un'aria abitata, familiare. – Qui ci sta della gente, – disse una delle donne, toccando il filo di ferro delle porte. – Meglio, – rispose l'altra. – Avrei paura a rimanerci da soli –. Nel sole pomeridiano le canne erano diritte e immobili, senza vento e senza fruscío. Si sentí da lontano il ronzare di un aereo, e la piú giovane delle donne si voltò con lo spavento sulla faccia: – Eccoli che ritornano. Madonna mia che vita! – I tre uomini proseguirono per il sentiero oltre le capanne, si fermarono qualche passo piú avanti. – Qui, – disse uno. – Bisogna fare un po' di largo –. Prese dalla sporta un falcetto, cominciò a tagliare le canne. Gli altri due le legavano a fasci. – Andate anche voi a tagliare, – disse l'uomo, e le due donne entrarono nel folto, scomparvero. Si udirono nel silenzio i colpi chiari dei falcetti, e i pennacchi alti tremavano e cadevano.

Allora il Comandante e Gim si fecero avanti coi piedi scalzi, senza rumore. Avevano i pantaloni corti, il cinturone con le pistole, il binocolo a tracolla. Erano calmi e sorridenti, e facevano paura: cosí i tre se li videro contro all'improvviso. – Zitti, – disse il Comandante. – Non spaventate le donne –. Essi erano lí, ansanti, con la bocca aperta. Non trovavano il fiato per parlare. Gim disse: – Qui stiamo noi partigiani. Mi dispiace, ma non possiamo prendere sfollati –. Di nuovo s'intese il rombo scuro degli aerei, poi, rapido, l'urlo della picchiata e gli scoppi pesanti: due, tre, dieci bombe in direzione del ponte. Uno degli uomini ricuperò la parola: – Le donne e i bambini non ne possono piú. Sentite? Ci bombardano sempre. Noi abitiamo vicino al ponte –. Aveva la faccia pallida, gli tremavano le mascelle. – Non ci fate del male, – aggiunse. Il Comandante sorrise: – I partigiani non fanno del male, – prese la pistola nella fondina, la mostrò cortesemente. – Però non dovete parlare con nessuno. Capito? E se volete farvi le capanne, andate piú avanti, di là dai tre canali. C'è un altro sentiero come questo, ci stanno molte famiglie di sfollati. Avrete compagnia piú adatta –.

Sorrise ancora e concluse, con la sua voce dolce, cauta: – Qui fa troppo caldo. – Grazie, – mormorò uno dei tre uomini. Era un vecchio coi capelli bianchi. Non aveva piú paura; si asciugò gli occhi e la fronte. Piangeva. – Ho un figlio disperso in Russia. Dalla ritirata non ne sappiamo piú niente. Vorrei che fosse qui con voi. – Arrivederci, – disse il Comandante. Rimise la pistola nella cintura e strinse la mano al vecchio. – Non spaventate le donne, – ripeté.

Le donne erano in mezzo al canneto, si vedeva il punto preciso dall'agitarsi dei pennacchi. – Tanti auguri, – disse Gim. Prima di entrare anch'essi fra le canne, i tre uomini si voltarono indietro. I partigiani venivano fuori dal nascondiglio: due passi appena, ed erano visibili. Pareva che nascessero dalla terra. E i tre ebbero il senso di una moltitudine, di una folla. Gli sembrò che tutto il canneto si muovesse, che fosse pieno di armati: non venti come erano, ma cento, duecento ne videro i loro occhi stupiti. Andarono via in fretta, si sentí piú lontano la loro voce chiamare. Quello del figlio disperso girò ancora la testa, una volta, due volte. Camminava seguendo i compagni, con un passo duro, di vecchio. E piangeva.

Di giorno i partigiani dormivano, mangiavano, si distendevano al sole. Il sole era sempre su di loro, bruciava la schiena, anneriva la faccia, pesava come un carico sulle spalle. La terra, le canne, la legna secca si riempivano di calore, tutto rimaneva caldo e arido anche dopo il tramonto, fino a quando cominciavano a svolgersi i veli sottili della nebbia di notte, sulla ferma umidità dei canali. Si sentiva allora l'odore morto degli stagni, odore di muri marci, di stracci bagnati, di muffa, come nelle case dei poveri. Erano sere di luna piena, non belle per le azioni. Ma quasi sempre i partigiani facevano lo stesso i due gruppi, uno con Clinto, l'altro col Comandante. Andavano in direzione opposta verso le due grandi strade ai bordi della valle, camminavano per chilometri nei campi, o al riparo degli argini, o dentro il buio delle siepi. I camion tedeschi venivano inchiodati nelle salite, o sbandati a precipizio giú per le discese. Al mattino i soldati tedeschi si trovavano in meno, qualcuno ci aveva lasciato la pelle sotto la luna, e adesso era fuori della guerra, dormiva prima del tempo, risparmiava lavoro ai proiettili del fronte. Oppure una caserma di brigata nera si svegliava senza armi, ai militi pareva di esser nudi, tanto tremavano anche se faceva caldo. Oppure la gente di una casa di ricchi guardava il vuoto dove prima era stato un mucchio di grano o un pacchetto di biglietti da mille. I partigiani rientravano al campo, mettevano le armi nella capanna dell'albero, i sacchi di frumento in cucina, il conto dei morti nella memoria, e si facevano fare il caffè dall'Agnese. Poi si sdraiavano sui loro letti di terra, uguali in casa e fuori, con la testa sul rotolo della coperta. Dormivano aspettando le visite, si svegliavano ad ogni arrivo, poi tornavano a dormire, si svegliavano per mangiare, e tornavano a dormire. Verso sera cantavano, con voce bassa perché nessuno li sentisse, e il canto sembrasse poco piú del fruscío delle canne, un po' di vento piú forte in mezzo alla valle.

Le staffette portavano all'accampamento il pane, il vino, gli ordini, e le circolari, la stampa, le notizie di Radio Londra. Le notizie erano sempre le stesse: «Continua la vittoriosa avanzata delle nostre truppe. Su tutto il fronte scontri di pattuglie», e voleva dire che non avevano fatto niente. «Gli scali ferroviari di X... martellati», e voleva dire che gli aerei avevano distrutta una mezza città.

Agosto portò il primo temporale. Venne su dal mare una riga di nuvole nere, ferme sull'orizzonte come se fossero di pietra: nella valle l'aria diventò piú bassa, sotto il sole infuocato e triste. Era un'aria da tortura, e i partigiani respiravano corto, col sudore che bruciava negli occhi; un fiato oppresso di sofferenza li teneva desti, agitati nelle camicie madide. L'Agnese si sentiva male, e se ne meravigliava, lei che non conosceva né malattie né medicine. Seduta sulla panca zoppa dentro nella capanna, immaginò di essere per morire, che il cuore si arrestasse come una macchina inceppata. Le dispiaceva per quel suo grande corpo pieno di carne, che sarebbe rimasto lí, ingombrante, e per la buca fonda che i compagni avrebbero dovuto scavare: una fatica dura, con quel caldo, e la terra tanto asciutta. Pensava all'inutilità dei cadaveri, che bisogna vegliare, lavare, seppellire. Sarebbe bello che la morte li disfacesse, come distrugge i sensi, la ragione, la coscienza, la forza dell'individuo; quando uno muore non dovrebbe rimanere niente di lui, una nuvola, un respiro, e il posto vuoto dove è caduto. Anche Palita era stato, da morto, ingombrante. Prima nel vagone dove i vivi non lo volevano piú, poi su quel marciapiede della stazione: certo i tedeschi, al buio, nel fuggire per la minaccia dei bombardieri, l'avranno pestato, inciampando, bestemmiando contro quello stupido fagotto scuro. Anche lei stava per morire, ma non credeva di rivederlo, non credeva nell'altra vita; da quando era venuta in valle non l'aveva neppure piú sognato, chi sa perché. A questo punto il cuore riprese a poco a poco, le rimase soltanto sulla fronte un sudore, chiaro e freddo come acqua, e intanto il cielo si era fatto tutto nero. Il vento si precipitò dentro le canne, un vento matto che le afferrò come una mano, e corse in tondo, spezzandole. Anche gli uccelli volavano in tondo, e si buttavano giú fin quasi a terra negli spazi scoperti, come se cadessero. Parve ad un tratto che qualche cosa si fosse spezzata; un rombo, una strada di rumore nell'aria, e venne la grande pioggia, torbida, opaca come un sipario, che sollevò di colpo in alto la polvere. I partigiani si scrollavano come cani bagnati, e gridavano forte; col frastuono nessuno poteva udirli, e loro godevano a risentirsi la gola libera, dopo tanti giorni di parlare sottovoce. Poi corsero nelle capanne, ma pioveva dappertutto. L'Agnese tirò i sacchi nel mezzo della cucina, li coperse, vi mise sopra anche la panca. Ora stava meglio, respirava nel fresco dell'acqua come la valle. Stette lí, sulla porta, a guardar piovere, e intanto ascoltava cantare i partigiani.

La pioggia era appena un po' meno fitta, che una donna scese correndo dall'argine, corse per il sentiero, arrivò senza essere vista alle capanne. Era giovane, coi capelli neri, lisci e bagnati. Scoppiò il tuono, si rinforzò il ritmo dell'acqua; la donna entrò dall'Agnese. Tremava di freddo, per il vento e per la pioggia che aveva nei vestiti e nei capelli, l'Agnese le diede uno straccio per asciugarsi, la guardava per riconoscerla, le pareva di averla già veduta, ma non era sicura. La ragazza disse: – Sono la Rina, la staffetta di Biagio. Mi manda lui –. Biagio era la guardia valliva, commissario politico della brigata.

L'Agnese le versò un bicchierino di grappa. – Bevi questo, – disse. Vedeva che la ragazza era pallida, con gli occhi velati. – È successo qualche cosa? – domandò. La Rina si mise le mani sulla faccia: – La brigata nera è venuta stanotte. Hanno preso mio padre e mio fratello. Hanno preso altri quattro a L... Li hanno portati in caserma. Siamo state tutta la notte sulla piazza, noi donne. Li torturavano. Sentivamo i loro urli. Stamattina all'alba li hanno fucilati –. Stava in mezzo alla capanna, dritta, e si tirava indietro i capelli dalla fronte. – Sono scappata perché cercavano anche me, ho fatto otto chilometri, ho visto Biagio. Lui mi ha detto: « Va' in valle. Lungo il sentiero della Trasversa c'è il comando di brigata. Di' che ti tengano con loro ». Ho corso per altri dieci chilometri, poi si è messo a piovere –. Le lacrime calde le scendevano sul viso, facevano delle righe lucide, e lei le asciugava in fretta con le dita. – Qui dovrebbe esserci anche il mio fidanzato: lo chiamano Tom. – C'è, – disse l'Agnese. Mise un braccio intorno alle spalle della ragazza: – Bevi un altro bicchierino di grappa, – aggiunse. – Adesso vado a cercare Tom. Aspettami qui. Siediti, – e tirò giú la panca zoppa. Uscí sotto la pioggia; nel maltempo faceva cosí scuro che sembrava sera. Andò di capanna in capanna: i partigiani stavano seduti nel mezzo, riparati dal punto piú alto dello spiovente. Ma dai lati, negli angoli, lungo i fasci di canna, colava la pioggia, faceva il fango per terra. Il sentiero era tutto una pozzanghera. L'Agnese trovò il Comandante e trovò Tom; li condusse nella cucina. Per timidezza, Tom e la ragazza davanti agli altri si salutarono appena. Il Comandante cominciò a interrogare, e lei rispose svelta ed esatta, e neppure parve commuoversi quando raccontò la fucilazione del padre e del fratello, i corpi esposti sulla piazza con la guardia armata perché nessuno andasse a coprirli, a portarli via, il terrore in tutte le case, e la fuga di notte attraverso i campi, piangendo, fino alla casa di Biagio. – Io so chi ha fatto la spia, – disse alla fine. – Anche Tom lo conosce. Tutta la sua vita ha fatto la spia, fu lui nel '32 a far prendere mio padre, che stette poi in prigione otto anni. È Veniero, il figlio del segretario. – Poco da vivere, il figlio del segretario, – disse Tom. – Gliela faccio io la buca.

Non pioveva piú, dalla porta aperta si vedeva un cielo fresco, lavato, e le pozzanghere sul sentiero diventavano azzurre. C'era il sole rosso e basso del tramonto, un tramonto chiaro dopo il temporale, con l'odore buono dell'acqua. – Aiuterai l'Agnese, – disse il Comandante. – Poi penseremo anche per te –. Uscí in fretta, e Tom disse: – Torno subito, – e gli tenne dietro. Poco dopo venne il Cino a prendere qualche cosa da mangiare per tre: – Il Comandante, Clinto e Tom vanno in azione. Non prendono nessun altro, e staranno via forse due giorni. Il campo lo comanda Gim.

Partirono che c'era ancora un po' di luce: il Comandante aveva il suo vestito grigio coi calzoni rimboccati a mezza gamba perché non si infangassero. Anche gli altri due s'erano messi i pantaloni lunghi e la giacca. Tom entrò un momento a salutare la ragazza, ma lei dormiva seduta sulla panca, con la testa contro la parete, e la faccia sporca di lacrime e di fango.

Furono due giorni molto lunghi. La sentinella guardava col binocolo verso l'argine, e i partigiani, ora l'uno ora l'altro, andavano per il sentiero fino all'imbocco della valle, di dove si vedeva lontano. Tutti sapevano che cosa erano andati a fare quei tre, ma nessuno ne parlava. Mangiavano, dormivano e giuocavano a carte. Il sole non tramontava mai e poi sembrava che la notte si fosse stirata come un elastico, tanto l'alba tardava a spuntare. La ragazza lavorava con l'Agnese, ma spesso piangeva e diceva: – Perderò anche lui, – e l'Agnese le batteva la mano sulla spalla senza rispondere. La seconda mattina le disse: – Non aver paura. Ho sognato mio marito, e mi ha assicurato che tutto andrà bene –. Era contenta perché Palita aveva trovato anche la strada della valle, ma era stato un sogno breve: lei dormiva tanto poco, per il disagio di star distesa, cosí grossa, sul sottile strato di paglia.

La seconda sera tutti erano nervosi ed impazienti. Andarono a dormire tardi, sperando di svegliarsi col chiasso dell'arrivo dei compagni. Si levò il sole, la sentinella guardava col binocolo e non vedeva niente. Il Giglio e Tonitti dissero: – Se stasera non sono tornati, andremo noi a cercarli. – Non c'è l'ordine, – provò a dire Gim. Ma loro risposero: – Se non sono tornati, andremo senza l'ordine –. Invece tornarono verso mezzogiorno. Vennero giú dalla parte opposta, comparvero in silenzio alla svolta del sentiero, dove era la capanna dell'albero. La sentinella voleva correre a dar l'avviso, ma il Comandante disse di no con un gesto. Non erano piú tre, ma quattro, e il quarto aveva i pantaloni da soldato e la camicia nera.

Lo faceva andare avanti Clinto, con la pistola contro le reni. Era un bel ragazzo bruno, alto, aveva le spalle larghe e la vita sottile. Adesso però appariva molto pallido, con i capelli spettinati. I primi che lo videro saltarono su, gli corsero incontro. – Poco chiasso, – ordinò il Comandante, e tutti si fermarono, e nessuno parlò. I quattro entrarono in una delle capanne: Clinto e Tom legarono il prigioniero, poi gli si sedettero vicino, in terra, e Clinto prese il mitra fra le ginocchia. – Fa bene stare con questo, – disse, infilando il caricatore. – Non mi piace aver solo la pistola.

– Vigliacchi, – mormorò il giovane bruno. – Sta' zitto che ti spacco la testa, – disse tranquillamente Tom.

Gli altri partigiani stavano davanti alla capanna stretti in gruppo. Quando il Comandante ricomparve sulla porta, e chiamò: – Rina, – si staccarono l'uno dall'altro, senza che nessuno l'ordinasse si misero sull'attenti. Il silenzio e il sole pesavano. Le donne erano un po' discoste di lí, vicino al fuoco, dove bolliva la pentola della minestra, ma la ragazza venne subito di corsa, entrò nella capanna, e il giovane legato fece un movimento brusco quando la vide, tentando di liberare le mani. – È questo? – chiese il Comandante, e la Rina accennò di sí. Il prigioniero tirò di nuovo le mani nelle corde; i polsi gli diventarono rossi. – Che cosa mi fate? – gridò con la faccia scomposta, ma Clinto lo obbligò a star fermo, muovendo il mitra verso di lui. – Niente, – rispose il Comandante. – Non ti facciamo niente. Ti teniamo in ostaggio –. Si volse contro lo sguardo stupito e deluso della ragazza, e aggiunse: – E adesso andiamo a mangiare.

Quelle parole ricondussero il campo alla normalità. La Rina tornò dall'Agnese, i partigiani si mossero, risero, si sedettero in cerchio, il solito grande cerchio affamato. Successe anche che l'Agnese condí il riso asciutto in un pentolone di terracotta, e il condimento era molto buono, si sentiva dal fumo. Ma poi due «ragazzi» sollevarono la pentola per i manici, e il fondo si staccò netto: tutto quel buon riso condito scivolò giú, formò un piccolo monte, e il fumo aperto faceva ancora migliore odore. L'Agnese accorse con la faccia costernata, cercò di raccogliere il riso con la ramina, ma i «ragazzi» la prendevano in giro, dicendo che aveva trovato un nuovo modo di apparecchiare la tavola e di risparmiarsi la lavatura della pentola; poi ognuno si prese direttamente la sua parte dal mucchio, e quando ebbero finito il primo piatto, tornarono al rifornimento, e gli ultimi presero addirittura col cucchiaio il riso da terra. – Tanto è pulito, – disse il Cino, che avrebbe mangiato anche le pietre. – Ci batte il sole tutto il giorno.

L'Agnese mandò la Rina a portare la razione ai tre di guardia al campo. Andò lei con la minestra per Clinto e per Tom che non volevano muoversi dalla capanna e avevano rifiutato il cambio. Il giovane bruno s'era disteso di fianco, ma stava scomodo, con la spalla dura contro la terra e la testa che cadeva troppo giú, per le braccia legate che doveva tenere tese in avanti. L'Agnese l'indicò con gli occhi, e aspettò che Tom e Clinto le dicessero di portare anche a lui qualche cosa da mangiare. Tom disse: – Lascia andare, tanto... – e fece un piccolo segno rapido colla mano. Invece Clinto le porse il suo piatto già vuoto: – Se ce n'è, dagliene. Io non ne voglio piú –. Gli slegarono le mani: si levò a sedere con fatica, e mangiò in fretta, senza dir niente. – Dàgli anche un bicchiere di vino, – disse Clinto, ma Tom parve scontento. Proprio allora entrò il Comandante. Clinto gli parlò all'orecchio, e lui rispose: – Meglio subito –. Di nuovo tutto il campo fu sveglio ed ansioso.

I « ragazzi » erano distesi qua e là, abili come sempre a sfruttare ogni piccolo spazio di ombra, ma oggi, invece di dormire o di giuocare a carte, guardavano e ascoltavano. E guardavano ed ascoltavano la Rina, e l'Agnese che l'aveva raggiunta, anche se parevano intente a lavare i piatti. E videro il Comandante che uscí per primo dalla capanna, poi il prigioniero in mezzo agli altri due. Nessuno si mosse, erano tutti come sospesi, e sembrò ad un tratto che il sole facesse piú caldo. – Mi lasciate andare? – chiese il giovane guardandosi attorno, e poiché non ebbe risposta, ripeté: – Posso andare? – C'era nella sua voce una strana umiltà. Il Comandante disse a Clinto: – Accompagnalo, – e Clinto lo prese a braccetto, cominciarono a camminare sul sentiero.

Tutti gli altri, adesso, si erano alzati, a sedere o in piedi, e quel movimento spaventò il prigioniero che si volse: guardò un momento con stupore anche la grande vestaglia dell'Agnese. Ma il braccio di Clinto lo tirava, e lui dovette continuare. Ormai avevano oltrepassato il partigiano di sentinella, erano fuori dal campo. – Adesso fa un salto e scappa, – disse il Cino, e nessuno gli badò.

Tom si mise anche lui per il sentiero. Andava senza rumore, s'era levato le scarpe, i piedi gli bruciavano sulla terra calda. Passò in silenzio in mezzo ai compagni: il Comandante gli porse la pistola. – Grazie. Ho la mia, – rispose Tom. Fece ancora qualche metro, poi entrò di lato fra le canne. Per un poco durò il fruscío, ma leggero, come un respiro d'aria che passa. Poi niente. I partigiani erano tutti fermi e zitti in ascolto, ma non s'intese niente.

III.

Pareva che l'estate non dovesse finire piú. I canali erano quasi asciutti; quando i partigiani andavano colle secchie, le sfregavano sul fondo e veniva su del fango. Bisognava risalire fino all'argine, dove il canale era piú largo e pieno, e stare attenti, anche, a non berla quell'acqua, che portava le malattie. L'Agnese la faceva bollire, poi scavava una buca vicino alla riva dove la terra era piú umida, e vi metteva la pentola a raffreddare. Ma l'acqua risultava viscida e calda, non certo fatta per spegnere la sete. Tutti avevano sempre sete: quando andavano in giro, la notte, si fermavano ad ogni fontana. E di giorno bevevano del vino.

Si erano seccate, sotto il sole, le poche foglie verdi della valle, che era ormai tutta gialla, colore della canna. Poteva prendere fuoco da un momento all'altro, lo diceva anche Biagio che vi faceva la guardia da vent'anni. Questa era la stagione pericolosa: altre volte era accaduto che la valle si coprisse di fiamme. Poi venivano le piogge, e restava sommersa. Si vedeva, sull'argine, il segno dove arrivava l'acqua durante l'inverno. – Tra poco bisogna pensare ad andarcene, – dicevano i partigiani. – Non ci sarà tempo di aspettarli qui, gli alleati –. Facevano questi discorsi la sera, mentre attendevano l'ora di andare in azione. Ragionavano calmi, nel buio, adesso che la luna era finita, e sembravano contadini pacifici che si riposano al fresco dopo la giornata carica di sole. Tom soltanto stava in disparte con la ragazza.

Si volevano bene: adesso lei non aveva piú nessuno, e parlavano della fine della guerra, di quando si sarebbero sposati. Poi una volta Tom disse che era meglio sposarsi subito, in brigata si poteva fare, il Comandante era come un ufficiale di stato civile.

Si sposarono una sera che un aereo inondava la valle di bengala. Pareva che volesse illuminare la cerimonia. Ma tutti dovettero mettersi a terra e stare immobili in quella luce; era pericoloso farsi vedere in tanti, potevano prenderli per tedeschi. Poi l'aereo se ne andò, rimase il buio, piú buio dopo tanto bianco. – Forza! – disse Clinto. – Sta' in gamba, Rina, che tu non sposi un altro. – Attenti! – comandò Gim. In mezzo al quadrato dei partigiani disarmati, sull'attenti, c'erano Tom e la Rina, muti e commossi come in chiesa. Ma era una notte scura, non si vedevano che macchie nere, e una macchia piú chiara, il vestito di lei. Il Comandante disse, con la sua voce quieta: – Voi tutti siete testimoni che quest'uomo che noi chiamiamo Tom vuole sposare questa donna che noi chiamiamo Rina. Tom, la vuoi sposare? – Sí, – rispose Tom. La voce riprese: – Voi tutti siete testimoni che la Rina vuole sposare Tom. Rina, lo vuoi sposare? – E anche lei rispose: – Sí. – Allora, – disse il Comandante, – in nome del governo libero che qui io rappresento, vi dichiaro uniti in matrimonio. Buona fortuna, ragazzi. – Riposo, – comandò Gim. E si udí lo scalpiccio dei piedi che si muovevano. – Bello, – commentò il Cino. – Ma potevate sposarvi di giorno. Siamo testimoni, e non abbiamo visto niente.

Versavano il vino levando in alto il bicchiere per distinguere quando era pieno. Ridevano e dicevano delle frasi, qualcuna un po' ardita. Clinto domandò: – E l'Agnese? Non c'è? Non si vede la vestaglia dell'Agnese! – Sono qui, – rispose lei. Era una grossa cosa bruna, confusa coll'ombra. Per fare onore agli sposi, s'era tolta la vestaglia e aveva indossato il suo logoro vecchio vestito di casa.

Andarono via il Comandante, Clinto e Tom, « in borghese », disse il Cino, come quella volta della spia. Avvertirono di non aspettarli fino al giorno dopo. Tutti i partigiani furono subito inquieti e curiosi. – Vanno a *prelevare* qualcuno, – dicevano. – Si scava una buca –. S'immaginavano di vederli arrivare in quattro: ma tornarono al mattino, soli, e Tom portava sulle spalle un agnello morto. – Invece si prepara l'arrosto, – disse quello che aveva parlato di buca.

Clinto spiegò che il Comandante aveva voluto andare a prendere un po' di carne fresca; era tanto che mangiavano prosciutto e salame e marmellata, faceva bene cambiare. Decisero la festa per la sera. Le donne fecero le tagliatelle asciutte, lavorarono da matti tutto il giorno. L'agnello fu scuoiato, infilato a pezzi nelle baionette. Due partigiani si misero vicino al fuoco, improvvisarono una specie di sostegno; facevano girare la carne sulla fiamma e si bruciavano le dita. Tutto il campo stava in allegria: erano come bambini, andavano dalle capanne al fuoco a curiosare, e ogni volta domandavano quanto ci voleva prima che fosse pronto il pranzo. Videro a un tratto il Comandante avviarsi sul sentiero da cui era venuto la mattina. Camminava piano, e osservava attento da una parte e dall'altra. I partigiani si guardavano in faccia, e si chiedevano che cosa facesse. Uno disse: – Segue una pista. – Ha trovato delle impronte, – aggiunse un secondo. – Forse scarponi coi chiodi. Nessuno di noi ha gli scarponi coi chiodi –. Gim intervenne: – Come può essere passato qualcuno, stanotte? Ci sono le sentinelle. – Forse dormivano, – disse il Cino. Ma gli dettero tutti sulla voce.

Il Comandante era quasi arrivato alla capanna dell'albero. Tornò indietro, sempre guardando in terra, si trovò contro il gruppo in attesa. Li vide tutti, con le facce interrogative, già pronti e disposti a combattere. – Che cos'hai, Comandante? – chiese Clinto, e il Giglio disse: – C'è puzzo di nazifascisti in valle? – Allora egli si mise a ridere, a ridere forte, come certo non faceva da tanto; e ridendo spiegò che insieme all'agnello s'era fatto dare dal pastore della salvia e del rosmarino, li aveva messi in tasca, e perduti, purtroppo, ritornando al campo. – Si tratta ancora dell'arrosto, – disse il Cino leccandosi le labbra.

L'arrosto lo mangiarono senza salvia né rosmarino, e anche mezzo crudo, perché i due compagni preposti al servizio non furono buoni a regolarne la cottura. Mezzo crudo, affumicato e insipido. Ma erano tutti tanto allegri ed affamati che piacque lo stesso. E per mandarlo giú cosí duro, bevvero bicchieri e bicchieri di vino, e poi cantarono sottovoce fino al momento di andare in azione. – Non è poi tanto brutta la vita del partigiano, – diceva Tonitti. – Quasi meglio che fare il contadino.

Partirono in barca, per raggiungere i partigiani della palude. Si sentí per poco il rumore dei paradelli; andavano avanti a fatica nella scarsa acqua dei canali. Poi, d'improvviso, si rifece il silenzio; certo le barche erano entrate nel canale fondo, scivolavano via presto nella notte. La Rina, che aveva accompagnato il gruppo alla riva, tornò dall'Agnese, si sedette con lei fuori dalla capanna. Quando Tom era in giro, aveva poca voglia di dormire. Vegliarono fino a tardi, in compagnia delle zanzare.

Scoppiò a un tratto un clamore sulla strada a fianco della valle, oltre l'ultimo argine. Era lontano e sembrava vicino. Ricordò all'Agnese la sera che aveva ammazzato il soldato grasso. Gridi, comandi, imprecazioni; voci secche, inumane, voci tedesche. E si levarono urli di donne, proprio come quella sera, e una fiamma alta, prima chiara poi rossa, che si spiegò contro il cielo.

– Bruciano le case dell'argine, – disse l'Agnese. Venne di corsa Zero, che era di guardia alla riva: montò sulla « meta » di legna. Col binocolo l'incendio si vedeva bene: erano proprio le case dell'argine che bruciavano. Fatte di assi, fecero un falò che durò poco. Si quetarono anche le voci fruste dei tedeschi. Rimase soltanto, sospeso in alto, quel pianto rotto di donne. – Non so che cosa è successo, – disse l'Agnese. – Ma certo è una brutta cosa.

Stettero desti e in allarme anche quando non si sentí piú niente. La Rina tremava, andava dall'uno all'altro dei partigiani di guardia, si consolava perché le facevano coraggio. L'Agnese invece stava zitta e ferma, pensava: «Ecco, qui adesso è finito. Stasera è stato l'ultimo pranzo». Lei lo sapeva che questa vita non era fatta per durare. Stavano insieme da tanto, avevano eseguito molte belle azioni, e mai niente era accaduto, né morti né feriti né malati né traditori: un tempo fortunato. Ma in guerra i tempi fortunati sono brevi, dopo cominciano i guai. Le dispiaceva per la Rina, che era tanto in pensiero, e per il Comandante e per Clinto e per tutti i partigiani. Era stata con loro come la mamma, ma senza retorica, senza dire: io sono la vostra mamma. Questo doveva venir fuori coi fatti, col lavoro. Preparargli da mangiare, che non mancasse niente, lavare la roba, muoversi sempre perché stessero bene. Neppure loro dicevano molte parole, ma erano contenti, la tenevano volentieri. Se qualcuno per impazienza alzava la voce con lei, gli altri lo sgridavano, e lui non chiedeva scusa, non serve a niente chiedere scusa, ma diventava buono, le parlava con gentilezza. Dopo le sue disgrazie, questo era stato molto bello: ma adesso lei lo sapeva che doveva finire, con quell'incendio già spento che fumava appena, che non si vedeva piú, ma si sentiva l'odore, portato dentro la valle dal vento. Passarono piano tutte le ore della notte, e lei stava lí sempre zitta e ferma a pensare. Non fu buona a far coraggio alla Rina, anzi le disse, poi, delle cose che la fecero piangere.

Al principio dell'alba, quando l'aria diventò bianca e fredda, udirono qualcuno che veniva scalzo di corsa per il sentiero dalla parte della capanna dell'albero. S'intese anche uno scatto del mitra messo in posizione di sparo, ma quello che arrivava disse: – Sono il Cino, – e passò senza fermarsi davanti alla sentinella. Era ansante, stanco e infangato, doveva aver camminato per molte ore. S'era levate le scarpe entrando nella valle, aveva i piedi graffiati dai sassi. – Mi manda il Comandante, – disse alle donne e ai partigiani di guardia accorsi per le notizie, – a dire che voi tre lasciate il posto e veniate via subito. Prendiamo piú munizioni che si può e il resto niente. Anche voi, – disse all'Agnese e alla Rina, – dovete andarvene di qui. A L..., ha detto il Comandante. Là c'è Walter, un compagno. Chiedete di lui, ditegli che vi manda « l'avvocato ». Ditegli: « Le mine sono esplose ». Penserà a mettervi a posto.

Vi fu un silenzio. Tutti guardavano, nel lume scuro dell'alba, il campo, le capanne, il tetto di canne che copriva il focolare scavato in terra. Guardavano queste cose come la loro casa. – E la roba? – domandò l'Agnese. – Quello che potete portare e il resto niente. Nascondetelo fra le canne, – rispose il Cino.

Si ricordarono di non avergli neppure chiesto che cosa fosse accaduto. Gli sembrava già di saperlo, non importava che il Cino lo raccontasse. Era un fatto dei soliti che li faceva andar via. – Quanti tedeschi avete ammazzato? – chiese l'Agnese senza troppo interesse. – Non siamo stati noi, – disse il ragazzo. – Vuoi che fossimo cosí stupidi? Dei cretini sono stati: lasciare un tedesco morto e uno ferito sull'argine proprio davanti al sentiero che conduce qui. Rovinare questo posto, rovinare tutta la zona per colpire due maledetti tedeschi che andavano a pescare... – L'interruppe Zero con un gesto sgarbato. – E allora che cosa aspettiamo, che vengano a prenderci?

Quasi non si salutarono, con le donne; dissero: – Arrivederci, – come se dovessero ritornare.

Adesso erano sole nella valle. Veniva su un giorno caldo, ancora il caldo di tutta l'estate. Si sentiva piú forte l'odore bruciato dell'incendio. La Rina a un tratto sedette per terra e si mise a piangere, con le mani sul viso; parlava piangendo, diceva delle cose che non si capivano, non sapeva neppure lei, forse, quello che diceva, ma ripeteva: – Tom, Tom, mio marito, Tom –. L'Agnese era nella capanna e riempiva una sporta, uscí, con la faccia inespressiva, stupita. – Che cosa dici? – domandò. – Perché piangi? – La Rina si tirò indietro dalla fronte i capelli, si pulí le lacrime: – Tom doveva tornare, lo sa che io rimango qui sola. Mi ha sposato, no? Allora poteva farmi andare con lui. Cosí si fa quando si ha la moglie –. L'Agnese strinse forte il nodo del fazzoletto sotto il mento; disse: – Tu ti credi che conti la moglie quando uno è in guerra? Qui siamo in guerra, sai, – e aggiunse, col viso severo: – E se il Comandante ha ordinato cosí, è segno che va bene cosí.

Si rimise intorno alle sue sporte, e i dolori privati della Rina svanirono dal suo pensiero. Aveva un'altra idea in testa, e la considerava con pazienza, come quando si rivolta da tutti i lati un oggetto sconosciuto. A poco a poco l'idea diventò progetto, decisione. – Cercheremo di salvare la roba, – dichiarò. – A L... andremo piú tardi –. La Rina si oppose; disse che se il Comandante aveva mandato a dire di andare a L..., bisognava obbedire e andarci subito, che da un momento all'altro potevano venire i tedeschi, e poi la roba dove l'avrebbero portata, se nessuna delle due aveva piú una casa? L'Agnese l'ascoltava con sopportazione, come se parlasse un bambino. Infine disse: – Io porterò prima via la roba.

Cominciò a lavorare, sotto il sole che bruciava. Trascinò fuori il primo sacco di farina, e lo divise in due sacchetti piú piccoli. Se ne caricò uno sulla spalla. – Dove andate? – gridò la Rina, saltando in piedi. – Vado laggiú, – rispose l'Agnese segnando vagamente con la mano. – Ho visto una vecchia barca dietro l'argine. Ci metterò la roba e la nasconderò in un canale di scolo. Potrò venire a prenderla domani, o dopo, quando sarà finito –. Spiegava con calma, quasi con gentilezza, diceva: farò, potrò, come se fosse certa di rimanere sola, che la Rina se ne andasse. – Ma ci sono due chilometri fino all'argine. Come si fa a portare tanto peso? – disse la Rina. – Si porta, – rispose l'Agnese. – Si porta finché si può –. S'avviava, piegata di lato sotto il carico, con la mano sul fianco; e il sacco di farina, scosso, fece un lento polverío che le piovve sul vestito nero. La Rina stette un momento a pensare, poi si tirò sulla spalla l'altro sacco, e camminò dietro di lei.

Avanti e indietro, avanti e indietro, dalle capanne all'argine. La farina e la pasta e i fagioli e le patate. E poi le sporte piene di salami, di salsicce, di lardo. E poi le pentole, i piatti, i bicchieri. Sotto la sponda deserta stava la barca, vecchia, consumata da chissà quanti anni di valle. Nel fondo si raccoglieva un po' d'acqua, e dovettero metterci dei fasci di canne, e sopra la roba, che non si guastasse. Avanti e indietro, chilometri e chilometri lungo il sentiero fra le alte pareti senza ombra, e la giornata bruciava. Erano cariche, le donne, di fatica e di sete. Bevevano del vino intiepidito dal sole, e avevano piú sete di prima. Sulla camicetta rossa della Rina si allargavano per il sudore grandi macchie scure. Una volta lei non resistette, disse all'Agnese che andava a lavarsi la faccia, invece bevve l'acqua torbida del canale. Rinunciarono a trasportare la damigiana quasi piena di vino; non furono buone a sollevarla. L'Agnese scavò una buca fra le canne, ve la nascose, la coprí anche con un fascio di sterpi. Perse molto tempo a rompere col badile la terra dura, compatta come una pietra. – Abbiamo finito, – disse guardando attorno nelle capanne vuote, e andò a disfare con due calci il suo primitivo focolare. Fu allora che vide il fumo. Si levava dal lato opposto dell'accampamento, veniva su diritto, poi si sfioccava, si disfaceva contro il sole ormai sbieco. – Agnese, – gridò la Rina. – Brucia la capanna dell'albero –. Si udiva ora come uno scroscio fatto di piccoli colpi precipitosi, e il fumo s'annerí. Erano le munizioni rimaste che scoppiavano. – Vado a vedere, – disse l'Agnese, e si levò le ciabatte rotte per camminare piú presto. La Rina le corse dietro: – Se ci sono ancora i tedeschi vi fucileranno. Hanno trovato le munizioni, capiscono che qui c'era la base partigiana. Tornate indietro, andiamo dall'altra parte, andiamo alla barca, siamo state anche troppo in questo maledetto posto –. Ma l'Agnese non le dava ascolto, voleva vedere se proprio erano stati i tedeschi, o se la capanna s'era incendiata da sé, forse per l'accensione di un proiettile aggredito dal calore. Andava piú in fretta che poteva, con le sue gambe stanche. La Rina si fermò, disse: – Non vengo –. Sedette sul sentiero. Non vide piú l'Agnese che aveva piegato alla svolta e ora arrivava dove era stata la capanna dell'albero. Non c'era piú niente, un ultimo palo crollato finiva di incenerirsi. La capanna l'avevano incendiata i tedeschi; per terra stava il bidone di benzina che avevano adoperato perché prendesse fuoco. « Loro sono andati via subito, – pensava l'Agnese, – non gli piaceva di rimaner qui in mezzo alla canna; hanno paura, una grande paura dei partigiani ». Era contenta che avessero paura, ma capí che anche lei e la Rina dovevano andar via subito. Come erano venuti una volta, i tedeschi potevano tornare. « Ha ragione la Rina, se ci prendono qui, ci fucileranno ». Corse indietro, incontrò la ragazza in pena, molto spaventata. – Sono stati i tedeschi, – disse. – Andiamo –. Nel traversare il campo osservò che forse sarebbe stato meglio incendiare anche le altre capanne, distruggere tutto per far dispetto ai tedeschi: – Ma se non vengono e l'accampamento si salva, potremmo ritornare, il Comandante sarebbe contento di ritrovare la base. Diceva sempre: « Questo è un magnifico posto ». – Per mio conto, – disse la Rina, – preferisco non tornarci, in questo « magnifico posto ».

Arrivarono all'argine che il sole era già andato sotto, lasciando un'aria grigia, bagnata di caldo. Perdettero dell'altro tempo, a tentare di nascondere la barca nel canale di scolo, piú piccolo, basso, quasi coperto dai canneti. Scesero in acqua per trascinare il grosso peso dondolante, scivolavano sul fondo viscido e grasso, muovendo le erbe decomposte che avevano l'odore marcio dei morti. Volavano nel tramonto grandi insetti sconosciuti, che sbattevano qua e là come ciechi. La Rina gridò quando se ne sentí uno contro la faccia. Ora la barca non si vedeva, al riparo di un cespuglio: finirono di legarla a una radice con una grossa corda, e risalirono all'asciutto. Faceva già quasi buio. – Adesso andiamo a L... – disse l'Agnese.

Camminavano una dietro l'altra sull'argine basso che serrava la valle, passarono la chiusa del canale grande, furono nei campi larghi e verdi, verso il fiume. Qui c'era silenzio, silenzio scuro. La terra aveva un altro odore, di erba sana, pulita, di alberi vivi, di acqua. « Voglio bere tanta acqua, – pensava la Rina, – appena arrivo in un paese ». Sentiva ancora sui capelli, sui vestiti, il fiato scialbo della palude, quel calore bagnato, quel sudore che non si asciugava mai. L'aria fresca della notte glielo portava via a poco a poco, le sembrava di lavarsi, di essersi cambiata la stoffa addosso, stava bene malgrado la sete, non era neppure molto stanca... Metteva i piedi dietro le grosse ciabatte strascinate dell'Agnese, avrebbe voluto che andasse piú in fretta, e anche parlare, per distrarsi dal pensiero sordo di Tom. – Abbiamo fatto tutto bene, – disse a un tratto. – Sono contenta di avervi dato ascolto. Abbiamo fatto tutto anche troppo bene –. Le ciabatte davanti al suo passo si fermarono. Per l'arresto improvviso quasi sbatté il naso contro la larga schiena nera. L'Agnese si voltò: – Non è vero che abbiamo fatto tutto, – disse. – A pensarci prima, dovevamo portar via anche la roba dalla capanna dell'albero.

IV.

Ecco, finalmente erano al fiume. Davanti si levava il grande argine, ripido, alto, come un muro in pendío: si sentiva la corrente sciacquare intorno ai sassi del guado, e il vento fresco passava sui cespugli in golena, sugli alberi della riva, e sollevava un rumore lieve di foglie, proprio uno stormire leggero, non quel fruscío sonoro delle canne come in valle, che pareva sempre qualcuno in agguato. Si fermarono vicino ad una chiusa d'acqua, piccola casa disabitata sui suoi congegni fermi. Parve all'Agnese che fosse la stessa dove piú di un mese prima aveva raggiunto i partigiani nella sua notte di azione e di fuga. Ma era soltanto una uguale. Quella era molto piú in giú, là dove il fiume faceva una curva deserta, si piegava dentro la valle. Qui, invece, già piú vicino al paese, si vedeva una casa poco distante, e c'era della gente, si udivano delle voci di donne. – Adesso passiamo il fiume, – disse la Rina, – e presto siamo sulla strada –. Le pareva già di sentire il terreno sodo, battuto, la polvere bianca sotto le scarpe; e vedere case a destra, a sinistra, un mondo di vivi, dopo la morta larghezza della palude. – Andremo sulla strada fino a L... Arriveremo da Walter prima che vadano tutti a letto –. Le piaceva pensare a questa cosa, che da molte notti non aveva avuto: un letto per dormire.

L'Agnese si era seduta sullo scalino della porta. Si levò in piedi, poi tornò a sedersi. – Non possiamo andare a L... a quest'ora, – disse. – C'è il coprifuoco. Mi viene in mente adesso –. La Rina non rispose niente, ma il suo silenzio fu risentito ed ostile. – Bisogna passare qui anche questa notte, – osservò l'Agnese, e intanto pensava come poteva lei, di giorno, traversare il paese, dove tutti quanti l'avrebbero riconosciuta. Dalla sporta che aveva con sé, trasse il pane, del formaggio, un fiasco di vino. Mangiarono al buio, e pareva quasi che il cibo, senza vederlo, non avesse nutrimento né gusto. Poi l'Agnese disse: – Adesso ci mettiamo a dormire dietro la casa –. Avevano anche una coperta: si sdraiarono, se la misero addosso. Col fiume vicino, l'erba era fresca ed umida.

Mentre stavano cosí, distese, per la stanchezza di tanti passi, le gambe si muovevano, davano delle scosse improvvise. Loro due tiravano la coperta e sbadigliavano di continuo, senza poter addormentarsi. Allora cominciarono a percepire un rumore monotono, regolare, brum, brum, brum; il rumore di soldati in marcia. Veniva di lontano, si faceva sempre piú forte, era al di là del fiume, sulla strada. Di colpo si fermò. – Sono i tedeschi, – disse l'Agnese. Per un poco non si sentí piú niente. Poi una voce dette un comando, e si udirono subito molti piedi entrare nell'acqua, spezzare quel sussurro quieto del guado, sciacquare svelti come se camminassero in fretta dentro al fiume. Un tratto breve di silenzio. Una figura bruna comparve sull'argine, un'altra, un'altra, tante. Tanti soldati tedeschi sull'argine. Si vedevano neri contro il cielo meno nero, si riconosceva la forma degli elmetti, il gesto del braccio che teneva il fucile. – Non ti muovere, – sussurrò l'Agnese, sotto la coperta. Vennero giú quasi di corsa per il pendío. Si sentiva solo il rumore delle scarpe. Ripresero il passo regolare, monotono, brum, brum, brum, un po' meno sonoro a causa dell'erba. La voce dette un altro comando: tutti si fermarono, ormai si poteva respirare, erano passati. Ma sull'argine, l'Agnese e la Rina li distinguevano bene, molti erano rimasti. Dritti, fermi a una distanza di qualche metro l'uno dall'altro, una distanza precisa, che pareva misurata. Non avevano niente che spaventasse, niente di vivo, parevano pali. Poi sparirono: ma non erano andati via, si distendevano uno per uno a terra, non si vedevano ma stavano lí, nella notte, e quella loro invisibile presenza era una paura pesante che riempiva l'aria, il cielo: la loro stessa paura che li faceva feroci. – Che cosa fanno? – chiese la Rina, tremante. Sparavano: cominciarono a sparare contro la valle, lontano, coi fucili mitragliatori. Le pallottole traccianti passavano alte, fischiando. Erano belle e serene come i fuochi d'artificio, segnavano un arco lucente, l'eco dei colpi le accompagnava nel viaggio, si spegnevano sul fondo buio, geometriche, precise. L'Agnese immaginava l'arrivo dei proiettili laggiú, sul sentiero, sulle capanne, nel canneto: ma era cosí grande lo spazio che ci voleva un gran lavoro, un lavoro metodico di operai, proprio come facevano, da sinistra verso destra, spostando il tiro di poco, e sparando piú indietro, piú avanti, su una stessa riga, come se aprissero le stecche di un ventaglio perché tutta la valle risultasse battuta. « Un lavoro inutile, – pensava l'Agnese, – un lavoro della paura ».

A lungo andare gli scoppi cosí vicini diventavano intollerabili, e anche quei fischi uguali, sempre lo stesso tono lagnante ripetuto: un'ossessione sentirli sopra la testa. La Rina si lamentava piano, sotto la coperta: – Dio mio, Dio mio, Tom, – e l'Agnese la toccò con una mano, le disse: – Sta' zitta –. Quando ebbero finito di aprire il ventaglio, i tedeschi smisero. Loro non si erano stancati, sparavano sempre con la stessa calma, non avevano né orecchi né nervi né fretta. Certo gli piaceva star distesi al riparo di un argine, e picchiare con diligenza, da lontano, su una zona dove c'erano i partigiani, in questo modo si passavano bene le ore di servizio.

Come i colpi cessarono, il silenzio parve privo di misura: un riposo rassicurato. Ma era una notte senza pace, e subito si levò il comando secco, per i soldati che si erano fermati piú in basso. Ricominciò la marcia, meno piacevole, questa, cosí buia, in quel grande terreno ignoto, anche se era stato seminato di spari. Il rumore delle scarpe si sciolse lontano, a poco a poco. L'Agnese calcolava nella memoria la strada: i campi, poi la chiusa sul canale grande, poi il limite della valle; e fu allora che vide i primi fuochi. S'alzavano alti come torri, si riflettevano nel cielo, e il cielo poi tutto intorno diventava piú nero, vi si cancellavano le stelle. Bruciavano le «mete» di legna e di erbe palustri, faticosa ricchezza del villaggio, accatastate lungo il piccolo argine. Infatti i fuochi si seguivano, uno dopo l'altro, segnando la via. E avanti, adesso che ci si vede, con quei riflessi rossi. I tedeschi dovrebbero essere arrivati al sentiero che taglia la valle in mezzo: si scende giú di qualche metro, fra le canne. Non è certo bello, qui non giungono i bagliori degli incendi, è un corridoio stretto, ci si passa appena, e il resto è tutta canna alta, dove si può nascondere un esercito, basta un passo per rendere invisibili. La canna poi fa rumore di notte, sembra sempre piena di gente, viva, fruscii e cigolii e schianti, muoversi di animali cauti, e non si sa se siano con le ali o a quattro zampe, non si sa che cosa siano, se volino o camminino. Pare che il sentiero finisca, ci si trova bruscamente con le canne che ti sbattono sulla faccia, invece è solo una svolta; riprende, ma sempre chiuso fra i due muri ondeggianti. – Un posto magnifico, – diceva il Comandante. E l'Agnese si consolava. Quanta paura avranno adesso i tedeschi.

I primi grossi falò erano ancora alti e rossi, quando scoppiarono altri fuochi, là, nel mezzo, molti ma piú piccoli, rapidi, con le fiamme quasi azzurre. Bruciava roba piú leggera, e forse ci mettevano della benzina. Erano le capanne, e l'Agnese quasi le riconosceva dalla posizione: la cucina, la dispensa, il comando, un po' discoste dalle altre, poi il gruppo stretto come un villaggio, tutto un solo fuoco chiaro. Pareti, porte di canna arida, pali secchi per il lungo caldo, facevano presto a bruciare: divampavano le fiamme tese come lenzuoli, poi s'annerivano, cadevano. I resti dell'incendio erano palpitanti come la brace fra la cenere calda. «Tutte le notti vengono gli aeroplani, e stanotte no, – pensava l'Agnese. – Quando vedono un fuoco ci tirano delle bombe. Sarebbe stato bello per i tedeschi».

Ma il cielo era vuoto e tranquillo, abitato soltanto dalle stelle.

Intanto, nella valle, oltre le capanne già spente, quasi all'opposta estremità del sentiero, si videro nascere delle strisce accese, basse, svelte, come lingue rosse che leccassero. Subito dopo, dov'erano passate, il fuoco sorgeva, si dilatava, pareva che mangiasse larghi tratti di terreno, qua e là perdeva forza, forse per un diradarsi della canna, poi riprendeva il cammino, si alzava di colpo, guadagnava spazio. E sempre le lingue leccavano a destra e sinistra, e fra l'una e l'altra leccata ancora si propagava la fiamma, cresceva la terra che ardeva, si stampava a poco a poco il disegno della valle. Piú i lanciafiamme si facevano indietro, e piú il fuoco si distendeva e avanzava; anche questa un'opera diligente e metodica, come uno che zappa o semina, e vuole che tutto il campo sia zappato e seminato. Era proprio la stagione della canna secca, qualche volta prendeva fuoco anche da sé, ora era assalita, aggredita, trafitta dalle righe ardenti dei lanciafiamme, bruciava con passione, con impegno, senza difesa, stava diventando proprio, come diceva Biagio, tutta una fiamma sulla valle. Si cominciava già a sentire a tratti, nel vento rado, l'odore delle cose arse.

Adesso i tedeschi forse ci vedevano, ma certo venivano via di corsa. Ormai il fuoco aveva preso, faceva strada, inseguiva; doveva dare, col caldo e lo strepito degli infiniti gambi spezzati, anche il senso orribile di essere chiusi nel mezzo, di non uscirne piú. L'Agnese di nuovo controllava in mente il cammino di ritorno: l'ultimo tratto di sentiero, di corsa, poi l'argine, la chiusa, i campi. Le pareva che fosse già passato il tempo necessario, sperava, sperava con tutto il cuore che fosse già passato, che i tedeschi non tornassero, che la fiamma, il fumo, il calore li avesse raggiunti e afferrati con grandi mani soffocanti, sbattuti sulla terra che scottava, e di loro non si tròverebbe piú nulla, neppure le armi, neppure le ossa, neppure la crudeltà, solo i nomi rimasti negli elenchi del reggimento. Ma era una speranza assurda, essi sanno fare il loro mestiere, avranno calcolato bene. Adesso erano certo già fuori dalla valle, si asciugavano il sudore, respiravano l'aria, l'acqua, l'erba, avevano scampata anche questa (« Guerra niente bono, a morte i partesani »), potevano andare a dormire, a bere e a mangiare. Infatti si sentí appena appena, poi forte, poi piú forte, il passo regolare, a ritmo scandito, brum, brum, brum. Vennero su dai campi, questa volta passarono molto vicino alle due donne stese sotto la coperta, salirono l'argine. S'intese qualche voce scambiata con i camerati sul ciglione, tutti s'erano fermati a guardare. Il mare di fiamme copriva la valle, cupo e chiaro, ondeggiava simile a una distesa di grano investita dal vento. Era bello, lontano, fantastico e sicuro come una scena da film. L'Agnese pensava: « Un altro lavoro della paura ».

Cadde dall'alto il rombo discreto di un aereo, fece qualche giro stupito su tutto quel bagliore, vi mise un bengala, che parve povero e opaco come un lume a petrolio. Il rombo si moltiplicò, erano caccia-bombardieri che arrivavano tardi, attratti dal fuoco come le farfalle. I tedeschi si precipitarono dall'argine, si udirono gli scarponi rovinar giú come una frana, lo sciaquío lesto del guado, il silenzio di chi si butta a terra per lasciar passare l'incursione. Gli aerei si abbassarono per veder meglio, di lassú si godevano uno spettacolo superbo; stettero ancora un poco a volarci sopra, si decisero a gettarvi un'inutile ricchezza di bombe. Certamente nessuno, né tedeschi né partigiani, poteva esser vivo in quel catino di fiamme; non si capiva perché gli alleati sprecassero della roba cosí costosa. I motori si addolcirono, si persero: dopo l'enigmatica impresa di bombardare una valle che brucia, gli aerei se ne andavano a sganciare bombe sul solito ponte. Anche i tedeschi pareva che se ne fossero andati tutti. Si riudí, dopo poco, il battere della marcia sulla strada.

La Rina mise fuori la faccia dalla coperta, guardò la cresta dell'argine, le parve vuota. – Non ne posso piú, mi alzo in piedi. Che notte, mamma mia! – Sta' zitta e non ti muovere, – sussurrò l'Agnese. – Ce ne sono ancora –. La ragazza si mise a piangere. – Non ne posso piú, non ne posso piú, – diceva. – Io mi alzo. I tedeschi sono andati via –. L'Agnese l'afferrò duramente per una spalla, la tirò sotto. – Vuoi star zitta? Ti dico che ce ne sono ancora –. Nella valle il fuoco bruciava con felicità, ma cominciava a scolorire, per un po' di lume d'alba che stava nascendo, bianco contro il fumo nel cielo. Quando la luce fu piú diffusa, si videro sull'orlo dell'argine le cupole nere degli elmetti tedeschi. – Hai visto? – disse Agnese. – Ci sono ancora –. Ma la Rina era ormai eccitata e stanca: – Dunque come faremo a resistere? Com'è lunga questa maledetta notte! Quanto ci vuole prima che faccia piú chiaro? – Quando farà piú chiaro, – disse l'Agnese, – i tedeschi ci prenderanno.

Infatti le presero. Venne uno giú dall'argine, arrivò vicino alle donne, spostò con un piede il lembo della coperta. – Voi qui cosa fare? – disse severamente. L'Agnese si levò seduta con uno sbadiglio cosí largo che le occupò tutta la faccia, ma la Rina scattò in piedi, cominciò a parlare in fretta, col grottesco linguaggio infantile di cui tutti, ormai, da che c'erano i tedeschi, avevano preso il vizio: – Noi venire dal paese, noi paura aeroplani, stanotte bum bum, noi paura, scappare qui, brr. Molto camminare, paura bum bum –. Ripeteva le medesime cose, implorando, sotto gli occhi pallidi del tedesco che le guardava le gambe. Ad un tratto lui si mise a ridere, ma solo con la bocca piena di denti di metallo, gli occhi rimasero gli stessi, fissi e liquidi come se fossero colmi d'acqua. Le puntò contro un dito bruscamente; disse: – Tu partesana –. La Rina indietreggiò spaventata: – Io non partesana. Niente partesani qui. Io tornare mio paese, – si guardava attorno con agitazione, vide la sporta appoggiata al muro della casa, l'afferrò, levò fuori il pane, il fiasco di vino. – Io andare a casa. Tu volere bere vino, mangiare pane bianco? – Glielo offriva a mani tese, tremando. Il tedesco le osservò ancora una volta le gambe, prese il fiasco, il pane, raccolse da terra anche la sporta. Sedette sullo scalino, dall'argine i camerati non potevano vederlo: cavò di tasca un coltello, tagliò il pane, frugò dentro lo sporta e trovò il salame e il formaggio. Cominciò a mangiare come se fosse digiuno da una settimana. L'Agnese, sempre seduta e zitta, sbadigliava da slogarsi le mascelle.

La Rina lo guardava mangiare. Vedeva con gioia i grossi pezzi di pane, le fette rosse di salame cacciati dentro quella bocca larga e smorta, i sorsi di vino rovesciati in gola come in un buco aperto. Aspettava che avesse finito, che mangiasse e bevesse tutto; dopo certo la lasciava andar via. Glielo chiese subito, con un gesto della mano verso la strada: – Io andare. Tu vuoi? – Oh sí, – disse il tedesco. – Bono, bono. Io carrozzella! – aggiunse indicando il fiasco, e si toccò la fronte, per dire che era ubriaco. – E tu andare tua casa con mama –. Strizzò l'occhio all'Agnese, puntò anche a lei un dito contro il petto: – Tu mama niente sapere partesani? – Va' all'inferno, porco, – rispose l'Agnese a mezza voce, e la Rina intervenne, atterrita, con la solita lagna: – Niente sapere, noi scappare bum bum, paura, inglesi niente bono –. Il tedesco aveva finito di mangiare; si mise in tasca i resti di pane e salame, prese il fiasco sotto il braccio, e le restituí la sporta vuota. – Danke, – disse. – Io dire camerati voi passare –. Fischiò, aspettò un fischio di riscontro, gridò qualche cosa in tedesco. – Voi andare, – disse, – Auf Wiedersehen –. La Rina e l'Agnese s'avviarono sul prato, costeggiando l'argine. – Passeremo il guado piú avanti, – diceva la Rina, – purché possiamo essere lontane di qui. – Addio, bella segnorina, grande amore, – gridò ancora il tedesco che s'incamminava dalla parte opposta col fiasco in braccio. – Venite Agnese, – diceva la Rina. – Facciamo presto. A star qui ho tanta paura –. L'Agnese fece un sospiro, mentre ricominciava a mettere piú in fretta una avanti all'altra le sue vecchie ciabatte cariche del fango della valle.

Otto soldati comparvero sul ciglio, scivolarono fino in fondo. Tenevano i mitra e gli sten branditi in alto, come per una fotografia pubblicitaria. – Alt, – disse il primo che arrivò in basso. – Voi dove andare? – E gli altri lo raggiunsero, e subito smisero di giocare, e furono i soliti tedeschi rigidi e senza vita, numeri di matricola, ai comandi di un pazzo. – Noi tornare a casa, – supplicò la Rina. – Vostro camerata detto: tornare a casa –. Il tedesco si mise a ridere: aveva la bocca piccola e pulita, con due baffetti da tenore: – Ah, detto camerata! Ah, ah, camerata! – Sorridevano tutti, mentre infilavano i caricatori nelle armi. La Rina si prese la faccia fra le mani: un gesto disperato. – Lasciateci andare, – pregava. – Non abbiamo fatto niente di male. Abbiamo paura dei mitra. Vi giuro. Non abbiamo fatto niente. – Raus! – disse il tedesco diventando serio e spingendola indietro con una manata sul petto. – Raus! – Lei fece un grido acuto, le lacrime le rigavano il viso. Ma sentí a un tratto la mano dell'Agnese stringerle forte il braccio, e la sua voce vicino alle orecchie: – Finiscila dunque. Non vedi che si divertono? – Ebbe vergogna e stette zitta. L'Agnese la lasciò, si volse, si mise a camminare in mezzo ai soldati, larga e pesante, con la grossa faccia come di pietra.

Tornarono alla chiusa. Sull'argine passò un gruppo di uomini, circondati e spinti avanti dai tedeschi; dietro venivano delle donne piangenti, e pregavano e imprecavano. Altri gridi si udirono dalla casa vicina, e un secondo gruppo di uomini fu spinto sull'argine. I tedeschi ripresero la marcia, ma le donne non le vollero piú. Un graduato le minacciò col frustino, le costrinse a scendere il pendio, altri due soldati le buttarono indietro, verso la casa dove tutti piangevano.

L'Agnese e la Rina stavano lí, diritte contro il muro della chiusa, e gli otto tedeschi con mitra e sten si sdraiarono intorno sull'erba. Sembravano stanchi e noncuranti, ma quando la Rina provò pian piano a sedersi, subito due saltarono in piedi, e con le canne puntate fecero segno: – Su, su –. La ragazza si attaccò al braccio dell'Agnese:

– Perché non vogliono? Perché non ci mandano là insieme alle altre? – D'improvviso le venne in mente una cosa, il suo viso si fece bianco come se svenisse: – Mi hanno raccontato che quest'estate una donna ha ammazzato un tedesco, – disse piano, muovendo appena le labbra. – Siete voi, vero? Siete voi –. L'Agnese aspettò un poco prima di rispondere: da quando i tedeschi l'avevano presa, anche lei pensava a quella cosa. – Sono io, – disse. Allora la Rina tacque, lasciò andare il suo braccio, rimase ferma e rigida con la schiena contro il muro. Sulla sua fronte stretta sotto i capelli neri e lisci ci fu ad un tratto una forza decisa, un coraggio nuovo che nasceva dalla paura: lei voleva scappare, riuscirebbe a scappare, e maledetta quella volta che c'era venuta. Si cancellavano in lei il pensiero di Tom, l'immagine del padre e del fratello insanguinati sulla piazza, i ricordi dell'accampamento: tutto travolto dal suo « non voler morire ». Era salito nel cielo un giorno lento, bianco, imbottito di nebbia. Lei guardava quel cielo, e giurava che non sarebbe stato l'ultimo che vedeva; e neppure l'argine, e la distesa dei campi, e la valle bruciata dovevano essere le ultime cose per i suoi occhi. Adesso c'era un gran silenzio, una pace come certe mattine al campo, quando i partigiani erano tornati da un'azione e dormivano. In quelle mattine lei andava con Tom nel canneto, si baciavano al sole, l'ombra sottile dei gambi di canna faceva delle righe sul viso, sul corpo, come una grata. Loro sembravano piú belli in quel giuoco chiaroscuro, e si baciavano. Dicevano anche: non ci lasceremo piú. Invece Tom era chissà dove, e lei qui, fra i tedeschi, contro un muro per essere fucilata. Ma se scappava, non moriva, se andava lontano dall'Agnese – che aveva ammazzato un tedesco e poteva essere riconosciuta – era salva. Sarebbe come le altre donne che prima piangevano laggiú nella casa, e ora non c'erano piú, erano andate tutte via, a distanza, dietro il branco degli uomini rastrellati. Le avevano lasciate andare, non le tenevano contro il muro, in piedi, come lei e l'Agnese, facendo la guardia coi mitra, in otto per due donne sole.

– Voi sapere partesani. Voi venire dalla valle, – disse il tedesco dai baffetti, che comandava il gruppo: non s'era mai messo in terra come gli altri, e camminava avanti e indietro, tenendo pronto lo sten. – No. Veniamo dal paese, – gridò la Rina con rabbia, e subito pensò che sarebbe stato bello mettere le unghie a sangue su quella faccia. – Perché allora avere fango sulle scarpe, e fango sulle mani? – ribatté il tedesco. – In strada non fango, solo polvere –. Si mise a ridere fissando le ciabatte dell'Agnese, che mosse i piedi, impaziente. – Attenzione, – gridò, imbracciando lo sten. – Si voi dire dove partesani, noi subito lasciarvi. Ma si nostro camerata ferito morire, noi fucilare tutti, anche donne e bambini. Tutti –. Si udí, franca, la voce dell'Agnese: – Vi ho già detto dieci volte, noi niente sapere. Mai visto partigiani da queste parti –. Il graduato sedette in terra vicino agli altri, lasciò lo sten accanto a sé, sull'erba. Avevano tutti posato le armi, non ci voleva tanta fatica a tener ferme due donne. Invece fu proprio allora che la Rina scappò.

Fece un salto in avanti, oltrepassò i tedeschi, corse su per la salita dell'argine, curva, con la testa china: non era lei che correva, ma la sua paura. I soldati balzarono in piedi, afferrarono i mitra, l'Agnese sussultò di spavento, immaginando gli spari, il corpo che rotolava giú per gli sterpi secchi. Ma la paura va forte, e la Rina superò il ciglione, si buttò dall'altra parte, raggiunse i cespugli della riva, scomparve. Due dei tedeschi puntarono le armi sull'Agnese che non si era mossa. Gli altri spararono due o tre raffiche contro niente, salirono anch'essi di corsa il pendio, il graduato urlò un ordine, ritornarono indietro. Non era una fuga importante, si sdraiarono di nuovo sull'erba.

L'Agnese era molto stanca. Si sarebbe seduta volentieri ma le dispiaceva di fare qualche cosa che poi i tedeschi le avrebbero proibito. Preferiva appoggiarsi ora su un piede ora sull'altro, e sopportare il male che le si andava svegliando nelle spalle, piuttosto che essere comandata da loro. Era contenta che la Rina se ne fosse andata. Aveva sentito il peso della sua presenza, della sua agitazione, e anche quello, piú grave, della propria responsabilità. Se la Rina fosse morta, era colpa di lei, che non aveva voluto abbandonare la valle in tempo, disobbedendo all'ordine del Comandante. Pensava pure che se i tedeschi la tenevano lí, ora che il rastrellamento sembrava finito, voleva dire che forse qualcuno l'aveva riconosciuta. Si chiedeva che cosa aspettavano a fucilarla, se sapevano che aveva ammazzato uno dei loro. Ma non le importava di niente. Era soltanto stanca, desiderava di sedersi, non poteva piú dondolarsi sui suoi larghi piedi, gonfi anche nelle ciabatte. Camminare per tutto un giorno con dei carichi sulla schiena, star desta la notte intera a veder bruciare la valle, rimanere diritta per tante ore con le reni contro un muro... adesso basta, doveva sedersi, anche se i tedeschi non volevano.

Si lasciò andare giú, con fatica, distese le gambe, e fece « Ah! » con grande sollievo. I soldati non dissero niente, non parvero accorgersene. Guardavano verso l'argine come se aspettassero qualcuno, e il graduato dai baffetti pareva nervoso: strappava ciuffi d'erba intorno a sé e li buttava via, due o tre volte osservò l'orologio al polso.

La mattina veniva avanti lenta e pigra; piano piano si sciolse la nebbia a strappi, cominciò a far caldo. All'Agnese si asciugava addosso il vestito umido della notte: lei stava bene, si riposava, non pensava piú nulla. Aveva un gran sonno, la testa le cadeva in avanti, si addormentava un momento, poi si svegliava con una scossa. Allora riprendeva a sbadigliare furiosamente, aprendo la bocca quanto poteva aprirla; per lo stirarsi dei muscoli le venivano le lacrime agli occhi. E davanti a quella bocca spalancata, per contagio, sbadigliavano uno dopo l'altro anche i tedeschi.

Finalmente si udirono delle voci al di là dell'argine; i soldati scattarono come molle, dissero all'Agnese: – Su, su, – facendo cenno con le canne puntate, e lei si dovette alzare. Comparvero un maresciallo e due soldati, scesero di sbieco, guardando con cura dove mettevano i piedi. Il gruppo li aspettava sull'attenti. Il maresciallo si fermò, rispose al saluto; disse con la voce forte: – Heil, Hitler, – e proseguí a parlare in tedesco. Il graduato dette rapide risposte a tutta una fila di domande, ma il superiore aveva il viso molto severo, non era contento. Il graduato indicava spesso l'Agnese, e in particolare le ciabatte e i piedi infangati; pareva che spiegasse, che si giustificasse, con ragioni che a lui parevano molto importanti, ma che non servivano a niente sulla faccia scura del maresciallo. Anzi, piú lui parlava, e piú il superiore s'innervosiva. A un certo punto gli troncò la parola con lo scoppio di una voce alta, bianca, una voce dove sventolava la collera, ben diversa dal tono devoto e marziale con cui aveva pronunciato « Heil, Hitler ». Si voltò di colpo, e s'avviò a passo di marcia con la sua scorta. E dietro gli marciarono tutti gli altri, senza nemmeno volgersi a guardare il muro e l'Agnese. Lei stette ferma a vederli andar via, e stette ferma ancora un bel pezzo dopo che non li vide piú. Poi sputò per terra, nel posto preciso dove erano stati seduti.

Invece di traversare il fiume, seguí il sentiero sul ciglio dell'argine. Evitò cosí di avvicinarsi al paese. Col suo passo tranquillo e stanco camminò per molto tempo, e non incontrò nessuno. Aveva messo la coperta piegata dentro la sporta, e prima di sbucare sul ponte si aggiustò i capelli e strinse con cura sotto il mento il nodo del fazzoletto. Ebbe perciò un aspetto non insolito, di contadina anziana che va per le sue faccende; passò facilmente il posto di blocco, proseguí sulla strada maestra verso L... Era mezzogiorno, in tutte le case la gente sedeva a pranzo, si sentivano le voci e il rumore dei piatti. L'Agnese aveva fame: non mangiava dalla sera prima, ed era stato un pasto insufficiente e affrettato. Ma continuava a camminare con calma, sulla polvere, senza fermarsi mai. Intanto pensava: a quelle strane cose dei tedeschi, ai partigiani, alla roba rimasta nella barca. Il sole le batteva sulle spalle, la faceva ansare e sudare. Ci vollero altre quattro ore per arrivare alle prime case di L...

Domandò ad una donna dove abitava Walter. Le fu indicata una piccola via traversa fra i campi. C'erano degli alberi ai lati, meno polvere e piú ombra. Andò avanti ancora un lungo tratto, e infine giunse alla casa: era bianca, pulita, con il portico, e un orto verde. Tutte le finestre chiuse; pareva che non ci fosse nessuno. Ma appena ebbe svoltato nel cancello, un uomo aprí la porta, le corse incontro: – Sono Walter, – disse; e dietro di lui l'Agnese vide i capelli neri, la faccia pallida e sciupata della Rina. S'abbracciarono strette senza dir niente: la ragazza piangeva, e venne da piangere anche all'Agnese.

Poi si trovò dentro la cucina fresca, coi piedi sotto la tavola, la schiena contro la spalliera della sedia, un piatto di minestra davanti, e il pane, il vino, la carne, tutte cose buone e la famiglia intera a servirla. Nessuno le chiese dei tedeschi, e come aveva fatto a scampare il pericolo, a uscire da quelle unghie. Le sorridevano, parlavano soltanto di mangiare e di dormire. Piú tardi la condussero in una stanza, dove c'erano due letti bianchi rifatti, e le tendine bianche stirate alla finestra. Si spogliò, distese le gambe, i piedi fra le lenzuola, appoggiò la testa al cuscino. Era appena il tramonto, una gran luce d'estate, ma per lei fu subito buio, notte. Da tante ore non dormiva e da tanto tempo non dormiva in un letto.

V.

Venne una staffetta di Biagio a portare notizie e ordini da parte del Comandante. Nella notte dell'incendio la compagnia era entrata in azione nelle strade basse oltre la palude: avevano avuto uno scontro coi tedeschi, una battaglia furiosa nel fango, al limite dell'acqua. Il bilancio era triste: tre feriti e un morto. L'Agnese fissava, ascoltando, la faccia rozza e stanca della ragazza che aveva fatto, dalla mattina, sessanta chilometri in bicicletta, ed era venuta alla casa di Walter per dire questa cosa: tre feriti e un morto. Domandò: – Lo sai chi è? – La staffetta rispose: – Hanno detto che lo chiamavano il Cino.

Il Cino, il piú giovane della brigata. L'Agnese se lo ricordava, sempre intorno a lei, al fuoco, alle pentole. Aveva fame in continuazione. Chiedeva quanto mancava a cuocersi la minestra, s'informava della pietanza. Le stringeva l'occhio perché gli facesse il piatto colmo. Era allegro, saltava e cantava. Era ancora un bambino. Arrivò di corsa quella sera ad avvertire al campo che andassero via tutti, le donne da Walter, i partigiani con lui, per raggiungere gli altri. Sembrava ancora all'Agnese di sentir battere i suoi piedi scalzi, come quando era apparso correndo dal sentiero. La prima volta che non l'aveva visto ridere, l'ultima volta che lo aveva visto. E si rammentava adesso che era andato via in fretta, dietro i compagni, con il sacco da montagna carico di munizioni sulla schiena, quasi senza salutare. Pareva impossibile che fosse morto. La ragazza disse: – Hanno detto che è stato colpito al cuore.

I tre feriti erano Tonitti, il Giglio e il Comandante. Ma

tutte ferite leggere. Il Comandante mandava a dire che sarebbe venuto lui stesso da Walter, fra pochi giorni. La staffetta portava anche una lettera di Tom per la Rina: c'era scritto che partisse subito, che andasse a casa dai suoi: – Mia mamma ti prenderà come una figlia, – diceva. – Raccontale del matrimonio, vedrai che penserà lei a tutto. Io sarò piú tranquillo quando ti saprò a casa mia –. La Rina pianse su quella lettera, disse che preferiva non andare, che voleva restare con l'Agnese. Ma l'Agnese la guardò. Allora lei si ricordò che aveva avuto paura, là, contro il muro della chiusa; poteva aver paura ancora, e un'altra volta scappare, e un'altra volta lasciare la compagna sola in mezzo ai tedeschi. Vide tutto questo negli occhi che la guardavano, che pure erano buoni e tristi, senza rimprovero. Si persuase, partí la mattina dopo: Walter attaccò il biroccino per accompagnarla al ponte, e l'Agnese l'abbracciò stretta sulla porta di casa.

L'estate finiva sulla campagna impolverata, i giorni erano piú corti, le notti si facevano fredde. L'Agnese dormiva bene nel letto che le avevano dato, dormiva dei lunghi sonni beati, e quelli della famiglia andavano in punta di piedi per non svegliarla. La casa era silenziosa e pulita, si sentiva soltanto il rombo duro del fronte, e gli scoppi delle bombe quando gli aerei bombardavano i ponti e le strade. Walter e i suoi lavoravano tutti per la « resistenza », lui dirigente politico del paese, sua moglie e sua figlia staffette, sua cognata infermiera della brigata, e perfino il suo figlio minore, un bimbo di dodici anni, serviva a portare roba in giro, roba da farsi fucilare sul posto, se la trovavano i tedeschi. Ed erano tutti puliti e silenziosi come la loro casa, una piccola compagnia disciplinata, agli ordini del capo. Possedevano un bel podere che dava da vivere largamente, e l'orto e il frutteto e le mucche e il pollaio; non avevano bisogno di nulla e di nessuno, avrebbero potuto starsene sicuri nel loro angolo appartato, badare agli affari, curare gli interessi, far quattrini con la borsa nera, e invece rischiavano la pelle tutti i giorni: lavoravano per la « resistenza ».

L'Agnese stava bene con loro; stava bene nella casa ben fornita, comoda, quasi ricca, ritrovava i suoi lavori di una volta, badava al maiale, alle galline, lavava la biancheria. In attesa del Comandante si occupava delle semplici cose che erano state nella sua vita da quando era al mondo, cose di un tempo in cui non conosceva né il partito né i tedeschi né i fascisti. E la notte, nei sogni lunghi, si sognava Palita riposato e grasso, che le diceva: – Agnese sta' tranquilla. Tutto andrà benissimo –. Si svegliava in pace, col sole sulle tendine bianche.

Tornò la staffetta: il Comandante aspettava l'Agnese in una strada della « bonifica », quindici chilometri all'andata, quindici al ritorno. Le diedero una bicicletta, e lei andò, con la ragazza per guida. Il Comandante lo ritrovò come al solito, « in borghese », come diceva il povero Cino, scarno, biondo e grigio e con la dolce voce discreta. Diventò rossa nel salutarlo, per l'antica soggezione. Sedettero tutti e tre sulla proda di un fosso nel deserto tramonto di ottobre: e l'Agnese attese gli ordini, puntando per terra, aperte, per lo sforzo dell'attenzione, le sue grandi mani scure. – Abbiamo una « caserma », laggiú, – disse il Comandante, con un gesto verso la distesa di acqua colorata e brillante nel cadere del sole. – Ci sono cinquanta uomini, li comanda Clinto. La strada per andarci la sa la moglie di Walter. Tu ti incaricherai di tutti i rifornimenti, organizzerai le staffette, una è questa, le altre te le indicherò, e porterete alla « caserma » quello di cui gli uomini hanno bisogno. Farai il deposito a casa di Walter: è un posto sicuro. Sarai tu responsabile di tutto. La famiglia ti aiuterà –. Disse tutto questo in fretta, semplicemente, spiegò con accuratezza altri particolari, dette le prime istruzioni precise. L'Agnese diceva sempre sí, sí con la testa, ma le pareva, ad ogni parola, che le buttassero sulle spalle un gran peso. Era difficile, complicato, il lavoro che avrebbe dovuto fare; non arrivava a persuadersi come mai il Comandante lo desse proprio a lei, un tale carico di responsabilità, la direzione di tanta gente. Si sentiva orgogliosa e impaurita, ma decisa a metterci l'anima per riuscire, sicura che non si sarebbe sbagliata, pensandoci giorno e notte. Il Comandante disse: – Allora hai capito, Agnese. Sono certo che tutto andrà bene –. Erano le parole di Palita nel sogno, e lei accennò ancora di sí con la testa, e disse, come sempre quando riceveva un ordine: – Se sarò buona... – Il Comandante sorrise: – Ma sí che sarai buona. A proposito: ti salutano i compagni, tutti meno uno, povero Cino. Li rivedrai alla « caserma » –. Parlarono ancora un poco, della valle bruciata, della cattura e liberazione dell'Agnese, cose senza senso come ne facevano tante i tedeschi, della Rina fuggita sotto le canne dei mitra. – Ha avuto molto coraggio, – disse il Comandante. Poi si salutarono, ripartirono in bicicletta, ognuno dalla sua parte, lui solo, lei con la sua compagna. La valle era ormai scura, lo specchio chiaro dell'acqua non si vedeva piú. Le donne pedalavano svelte sulla lunga strada tra i campi arati della « bonifica »; cominciarono a udire dei motori di aereo: era « Pippo » che iniziava il suo lavoro di ogni notte. « Mi sono dimenticata una cosa, – pensava l'Agnese. – Volevo domandare al Comandante quanti tedeschi hanno ammazzato loro, la volta che è morto il Cino ».

Avvicinandosi a casa, videro della gente sulla strada: tutti apparivano sconvolti e affaticati, sotto grossi carichi di sacchi, fagotti e valige. Qualche donna piangeva. – Andate a L...? – disse un uomo all'Agnese. – Hanno bombardato il paese due ore fa. Ci sono dei morti –. L'Agnese spinse forte con le sue vecchie gambe per accelerare l'andatura. Incontravano sempre altra gente, ma non domandarono piú nulla. Non erano in pena per Walter e i suoi: per fortuna stavano fuori dal paese, pensava l'Agnese, una casa isolata. – Disgraziati quelli che ci sono rimasti sotto le bombe. Morti, sempre morti. Maledetta la guerra e chi l'ha voluta. – Chissà se hanno bombardato anche dove sto io, a San P..., – disse la staffetta. – Si viene via e si ha paura di ritornare e di trovare una disgrazia, – e anche lei ripeté il pensiero dell'Agnese: – Meno male che la casa di Walter è sicura –. Era notte quando fecero l'ultima voltata: ci si vedeva bene, con un quarto di luna, bianco, una piccola barca lucente in un gran mare nero. La ragazza si fece avanti, guardava in giú, verso l'arrivo, perché era stanca. Aveva voglia di mangiare e di dormire. Anche l'Agnese era stanca, aveva messo via tutti i pensieri del lavoro, e pensava solo alla stanza e al letto. Ma la ragazza a un tratto dette una scossa che per poco non la rovesciò dalla bicicletta, e gridò: – Agnese, Agnese, non c'è piú la casa!

Un mucchio di macerie tra l'orto e il frutteto. Dove erano state le belle camere e la grande cucina, il forno e il portico, non c'era piú niente: in pezzi anche le pietre. Una linea di meno nel paesaggio, un vuoto che lo rendeva strano, sconosciuto, un posto cambiato. E un'altra famiglia che due ore prima aveva tante cose, adesso se ne andava a cercare un ricovero per la notte, con le mani vuote e il vestito che portava addosso; e contentarsi se erano tutti salvi.

Una casa bianca fra l'orto e il frutteto, lontano dalle altre case con intorno soltanto dei campi, non è un obbiettivo militare, non conta per la guerra, né intatta né distrutta. Ma passarono gli aerei alleati, sopra, al ritorno dal bombardamento, e avevano qualche bomba rimasta. Forse un aviatore, di buon umore perché rientrava al campo, disse al compagno di volo: – Scommetto che ci prendo in quella casa là, – (agli anglo-americani piacciono le scommesse), – e il collega rispose: – Scommetto di no. – Allora proviamo? – Proviamo, – e fissarono la posta in dollari o sterline, o frazioni di dollari e sterline. Poi giú in picchiata contro la casa bianca. Una bomba, due bombe, niente. E il collega sorrise. Un giro, e di nuovo giú in picchiata: una, due, tre bombe, le ultime, dopo non ce n'erano piú. Un altro giro sulla nuvola di fumo e di terra, e il collega s'era fatto serio: – Bravo. Bel tiro. Hai vinto la scommessa –. E via, in rotta, verso il campo, la mensa, il comodo letto degli ufficiali e sottufficiali aviatori inglesi e americani. Dice il rapporto: tutti gli obbiettivi sono stati colpiti.

Incontro all'Agnese e alla compagna, ferme davanti al cancello scardinato, veniva Walter in bicicletta: – Hai visto? – disse indicando il mucchio. – Siete tutti sani? – domandò l'Agnese, e Walter rispose: – Eravamo fuori. Bisogna dire: che fortuna per noi. In paese ci sono quattordici morti –. Tacque un momento guardando in alto il vuoto dove erano state le finestre della sua casa. – Venite adesso, – aggiunse. – Ci siamo messi in una stalla poco lontano di qui.

Mentre rimontava in bicicletta, l'Agnese si sentí il cuore pesante, malato, e le gambe flosce come due stracci. Pensava: « Il Comandante ha detto: farai il deposito a casa di Walter. È un posto sicuro... » e disse forte, premendo con fatica sui pedali: – Tutto da ricominciare.

VI.

Ricominciarono. Misero i rifornimenti della compagnia in una capanna rimasta chi sa come intatta dietro la casa frantumata. Con una rete da letto ricuperata sotto le macerie e un materasso, l'Agnese vi andò a dormire, per badare alla roba. Di notte faceva già freddo: l'aria entrava nella capanna da molte fessure. Anche sotto la coltre imbottita l'Agnese tremava e stava sveglia: intanto pensava a quello che doveva fare appena veniva giorno.

Molte cose aveva sempre da fare: preparare i sacchi, le sporte, gli involti per quando arrivavano le donne: quattro staffette del paese e quelle della famiglia di Walter. Andavano via in bicicletta, a due, a tre per volta, cariche fin sopra il manubrio. Facevano tutti quei chilometri fino alla « caserma », al limite estremo della « bonifica », dove cominciava la valle.

Faceva freddo anche dentro la « caserma »: era una lunga casa di pietra, senza pavimento né intonaco. Quattro muri e un tetto fabbricati alla meglio, sul terreno battuto. Aveva servito finora alle guardie vallive, per la sorveglianza contro la pesca di frodo: un luogo triste, grigio, un orizzonte sconsolato, e la distesa liquida e ferma coi ciuffi scuri dei « dossi » e dei « barri », rare isole strambe. Questa era la valle grande, che s'apriva verso il mare, e mangiava chilometri e chilometri di terra, e copriva di miseria tutta quella buona, che avrebbe potuto essere campo, prato, vigneto. Nello sterminato spazio c'erano anche le strade: strade d'acqua nell'acqua, segnate dalla pratica di secoli. I partigiani guardavano tutto quel grigio, che veniva avanti con l'autunno, le ondate di nebbia che nascondevano gli scarni alberi della bonifica, e pensavano ai tedeschi e alla morte. Allora qualcuno si metteva a cantare, e il coro cresceva fitto come in chiesa. Qui potevano cantare, anche cinquanta voci insieme, nessuno li sentiva. I campi erano grandi, la valle immensa. E loro stavano soli, slegati dal mondo come prigionieri.

L'Agnese andò la prima volta un giorno che pioveva. Tre donne erano ammalate, le altre non bastavano. Lei caricò un sacco sulla bicicletta, e partí senza guida. Ormai dai racconti delle compagne aveva imparato la strada. Si mise a piovere, e il cielo fu basso e nero sui campi. Il vento veniva dal mare, a raffiche: le correva addosso come se l'aggredisse. Ma lei teneva la testa china col fazzoletto bagnato stretto sotto il mento per non sentire l'acqua sulla faccia come punte fredde. Arrivò coperta di sudore quasi fosse d'estate a mietere al sole. – L'Agnese! – gridò Clinto che la vide dalla finestra. Le vennero incontro tanti che conosceva, Tonitti, il Giglio, Lampo, Tom, Zero, Santino, Ciro il macellaio, tutti i ragazzi dell'accampamento. Dicevano: – Stai bene, Agnese? – Come mai con questo tempo? – Venite dentro a scaldarvi, – come se fosse arrivata la mamma.

Nel camerone vide tanti visi sconosciuti, non familiari. Meno pochi, venuti dai paesi bassi delle valli, erano tutti stranieri gli altri della compagnia: quattro disertori dell'armata tedesca, e poi russi, inglesi, cecoslovacchi, neozelandesi, alsaziani, gente di tutto il mondo riuniti dalla guerra in un'attesa che sarebbe diventata eterna, per chi era destinato a rimanere lí, fra acqua e terra, sotto il cielo pieno di nuvole o pieno d'azzurro, senza riuscire a raggiungere il giorno della libertà.

L'Agnese non aveva piú caldo e neppure freddo: non si sentiva stanca. Faceva a Clinto delle domande lente, precise: se avevano abbastanza da mangiare, abbastanza da coprirsi, se c'era qualcuno malato, se il servizio di rifornimento risultava regolare e ben fatto. Tornò indietro molto tardi, con la bicicletta vuota e il cuore leggero, sola sulla interminabile strada della «bonifica» che si copriva di pioggia e di notte.

– Le mie donne, – disse Walter all'Agnese, – non possono piú stare in quella stalla –. L'Agnese capiva: rivedeva nella memoria la casa bianca, il portico, l'orto, i mobili lucidi, nuovi, e capiva come soffrissero le donne nella stalla del contadino, fra le poche cose rotte dissotterrate dal mucchio di pietre e il puzzo delle bestie.

– Non è per questo, – disse Walter. – Sono rassegnate a tutto. Sono contente che siamo vivi e basta. Ma è per la gente della casa: troppo curiosi, specialmente la padrona. E ladri, tutti: avari, speculatori, esosi; caverebbero soldi dai sassi. Guardano, frugano, tirano fuori un sacco di domande. Non possiamo assolutamente rimanere, quelli sono i tipi che fanno la spia –. L'Agnese strinse gli occhi nello sforzo di riflettere: – Io so un posto, – disse. – È una baracca di legno in mezzo alla «bonifica». Si vede appena dalla strada. Sono andata una volta per sapere chi poteva starci laggiú. Non c'è nessuno. – Vado subito, – disse Walter prendendo la bicicletta. La baracca era vuota, soltanto d'inverno inoltrato ci venivano i pastori. Il posto appariva adatto anche per i rifornimenti, piú nascosti e sicuri, e vicini alla « caserma ». Vi si arrivava per una strada tracciata su un piccolo argine, che poi si perdeva, finiva. La vecchia baracca sorgeva in uno spazio nudo, deserto: qualcuno aveva forse pensato di fabbricare una casa, perché vi era un pozzo artesiano, sorgente di acqua buona. Ma intorno non si vedeva che sabbia, e uno strano terreno bianco, brillante, come impregnato di sale: lí c'era stata acqua salata, quando la « bonifica » era ancora valle, e adesso non ci cresceva nulla, né erba, né cespugli, solo qualche sterpo stentato. Di là dall'argine cominciavano i campi, le vigne, le piantate di frutti. Un taglio netto fra terra bruciata e terra nutrita, un limite, un confine. Si stava bene cosí all'aperto, nel vento che soffiava sempre e aveva sapore di mare; pareva una spiaggia nordica, un paese di ghiaccio. Bisognò tener la stufa accesa fino dal primo giorno, per vincere l'umidità tarlata della baracca. Ma la Maria, la Silvia e la Delmira, le tre donne di Walter, respiravano di sollievo per esser padrone come nella casa di prima, e Mario, il ragazzo, si godeva a scivolare su e giú per l'argine e a rotolarsi nella sabbia. La notte i topi correvano fra le tegole del tetto, e qualche volta venivano giú nella stanza. Gli dava dietro l'Agnese con un bastone, perché gli altri, Walter piú di tutti, ne avevano ribrezzo: ma quando stava per colpire, neppure lei trovava il coraggio. Il topo sfrecciava via, si nascondeva con uno strillo. In quella solitudine anche i topi facevano compagnia.

Ma faceva compagnia soprattutto il pensiero della difesa, il perenne allarme della lotta clandestina. Quando la famiglia era coricata sui materassi distesi in ogni senso nell'unica stanza, e si scaldava sotto le coperte al residuo di calore della stufa, qualcuno restava sveglio, e ascoltava i rumori distanti. Il rombo di un motore spesso destava tutti dal sonno sospeso, vigile. Qui, su questa strada perduta, se veniva una macchina, veniva per loro, e le macchine le avevano i tedeschi e i fascisti. Era facile scappare, bastava uscire dalla baracca, passare l'argine, disperdersi nel buio delle piantate, ma era necessario accorgersene in tempo. E l'Agnese era quasi sempre sveglia sul suo materasso, e ascoltava, e quando il rombo si definiva, ed era quello di un aereo, lei diceva tra sé: «Meno male, è un apparecchio», e si godeva il silenzio dopo che il rumore moriva.

Anche Walter non dormiva molto: spesso parlavano piano, lui e l'Agnese, ma sempre attenti, con l'orecchio teso, e si fermavano di colpo a metà di un discorso: – Non ti sembra un'automobile sulla strada, questa? – diceva l'Agnese. Walter stava zitto ed ascoltava; ma lui – da quella volta che uno, correndo sul tetto, gli cadde quasi addosso, gonfio, panciuto, col tonfo grasso di uno straccio bagnato – ascoltava i topi e non le macchine. Una notte che l'Agnese era rimasta alla « caserma », i topi stavano quieti e Walter dormiva, arrivò fino alla baracca il camioncino della « brigata nera ». Cercavano Walter, lo presero proprio come in una trappola.

Alla « caserma », l'Agnese stava medicando con l'unguento i partigiani che avevano la rogna. A portare la rogna in brigata era stato un sudafricano disceso col paracadute da un aereo incendiato. Era pulito, elegante, coperto di panno, di pelo, di cuoio. Ma aveva la rogna. E poiché nessuno poteva pensare che l'avesse, nei pochi giorni che rimase in « caserma » prima di ripassare la linea, l'attaccò a parecchi dei compagni. L'Agnese vi metteva l'unguento e li sgridava se si grattavano, e loro si grattavano e ridevano. Finiva di ungere l'ultimo quando arrivò Mario in bicicletta.

Il bambino scoppiò a piangere sulla porta, non poteva parlare. Diceva: – Il babbo... il babbo... – disperato, con le mani sulla faccia. Gli furono attorno in dieci, ma si calmò soltanto contro il braccio dell'Agnese. E riuscí a dire che erano venuti la notte quelli della « brigata nera », avevano schiaffeggiato la Delmira, minacciato con le armi lui, la mamma e la Silvia, e il babbo l'avevano portato via. – L'ho visto io, – diceva piangendo, – uno di quei porci gli ha dato un colpo nella schiena col calcio del mitra, mentre lo faceva salire sul camion –. L'Agnese strinse una contro l'altra le mani pesanti, ancora lucide di unguento: rammentava un altro camion maledetto, e i tedeschi che tiravano su Palita per le braccia, con uno strappo, Palita che non era piú ritornato. – Niente paura, – disse Clinto. – Niente paura –. Si capiva che diceva cosí tanto per consolarsi, ma aveva poca fiducia, poca speranza nella salvezza di Walter. – Bisogna avvisare il Comandante, – disse l'Agnese; e aggiunse, decisa: – Vado io.

Si preparò a partire, nel silenzio di tutti. Un partigiano

le tenne dritta la bicicletta, l'aiutò a salire. Da quando lavorava tanto, il cuore le dava noia, faceva fatica a mettersi in sella. Andò via col ragazzo, e disse « Arrivederci » soltanto quando era già lontano sulla strada e nessuno poteva piú sentirla.

Si fermò un momento alla baracca, vide piangere le donne, le vennero le lacrime agli occhi. Le parve che mancasse tutto, che quel po' di calore di casa che avevano radunato fosse già disperso, finito. La baracca era miserabile, sporca, in mezzo al suo pezzo di terreno bruciato, in contrasto con la ricchezza della fontana e dei campi. Un posto di morte, un luogo di castigo, non buono neppure per nascondersi, per difendersi. Una trappola da bestie nel deserto. Si rimproverò di aver indicato quella baracca, come una sua parte di colpa nella cattura di Walter.

Si arrampicò di nuovo sulla bicicletta: anche ora, tanto era addolorata, si ricordò di dire « Arrivederci » alle donne che piangevano, quando fu lontano sulla strada.

Il Comandante stava in casa di Magòn il fabbro, molti chilometri distante. L'Agnese si fermò un'altra ora a L..., e dette gli ordini alle staffette per il tempo che sarebbe stata assente. – C'è la « responsabile », – dicevano le sue « organizzate » quando la vedevano arrivare. La chiamavano sempre cosí, la « responsabile », e a lei quel nome non piaceva, le sembrava buffo e solenne, e suonava come un ammonimento. « Potrebbero chiamarmi Agnese », pensava, con un dispetto subito travolto nel mucchio di altri pensieri piú importanti. Uscí dal paese tenendo la bicicletta a mano, per riflettere meglio se non si fosse dimenticata di qualche cosa. Percorreva la stessa strada di quella volta che aveva portato il tritolo per il ponte, ed era già passato quasi un anno. Lavoro, paura, e morti. Allora lei era piú forte nel corpo e piú tarda a capire: adesso il cervello le si era fatto pronto, ma il corpo s'indeboliva. E gli alleati facevano, coi cannoni, cogli apparecchi, con le parole, delle grandi nuvole di frastuono, delle tragiche isole di morti, ma non arrivavano mai.

Pedalando nel giorno scuro pensava a Walter, cosí piccolo di statura, apparentemente inadatto, inadeguato, e invece tanto forte e onesto e bravo, col suo viso da bambino e i capelli quasi grigi. Si chiedeva che cosa volevano fare di lui quelli della « brigata nera », che certo non l'avevano preso a casaccio, ma dietro un'indicazione precisa, una spiata. I tedeschi erano feroci, colpivano qua e là, a onde, come il vento del temporale quando sradica le piantate. Ma i fascisti sceglievano i « sospetti », gli « schedati », i piú noti per antifascismo. Cosí cadevano i migliori compagni, i capi, e per ognuno che spariva bisognava rammendare gli strappi nella resistenza, spesso ricostruire tutto raccogliendo i brandelli. Per questo faticoso fare e rifare ci si trovava dopo tanto tempo col cervello piú pronto e il corpo piú debole. Come lei, anche i compagni, i dirigenti, i « responsabili »: ognuno pagava duramente la propria responsabilità. E intanto gli inglesi gridavano da Radio Londra: – Partigiani tenete duro, combattete, veniamo, – e non arrivavano mai. – Maledetta la guerra e chi l'ha voluta, – concluse l'Agnese stanca di pensare.

Vide la casa rossa di Magòn e la salutò come un'amica. Erano i luoghi di quando lavorava con l'accorato timore di non riuscire, portava uno strumento di morte nella sporta e non sapeva neppure come si chiamasse. Era quasi notte e faceva freddo. Scese dalla bicicletta, aveva le gambe rigide e gonfie, non sentiva la terra sotto le piante dei piedi. Venne ad aprirle la donna bella e sciupata dell'altra volta. – Ah, sei tu, compagna, – disse. – Entra pure –. Con la luce accesa la cucina pareva piú piccola, vuota. Il fuoco era spento e non c'era nessuno. – Dov'è « l'avvocato »? – domandò l'Agnese. – Fuori, – disse la donna. – Dovrebbe tornare tra poco... – s'arrestò un momento e guardò in faccia l'Agnese, – ... se torna –. Avvicinò una sedia, cavò la tovaglia dal cassetto della tavola. – Mio marito e mio fratello li hanno presi stamattina a S... quelli della « brigata nera » –. L'Agnese sedette davanti alla tovaglia bianca, vi posò le braccia, rimase cosí per molto tempo, senza dir niente. La sveglia sul camino faceva il suo lavoro regolare, metteva via i secondi uno dopo l'altro. – Anche Walter l'hanno preso, – disse l'Agnese. – E anche Cinquecento, – aggiunse la donna. E basta. Non c'era piú niente da dire.

La donna preparò le posate e i piatti, affettò il prosciutto, portò il pane e il vino. L'Agnese si mise a mangiare con gratitudine: il suo stomaco aveva fame.

– C'è il Comandante, – disse la donna, e corse nel corridoio. L'Agnese non aveva inteso nessun passo, ma ingoiò in fretta il boccone e si pulí con le mani. Il Comandante entrò, sapeva già tutto, e strinse la mano all'Agnese con un sorriso vago, sforzato. – Povera mamma Agnese, – disse. – Quanta strada hai fatto –. Anche l'Agnese s'ingegnò a sorridere, e fece: – Eh, – alzando una spalla con una mossa ruvida, quasi sgarbata. – Li hanno già portati a X... – disse il Comandante. – Forse non c'è niente da fare finché sono là –. La donna si voltò e piegò la testa per la vergogna di farsi vedere a piangere, ma il pianto era piú forte del ritegno, e s'allargò nel vuoto della stanza. Durò poco a singhiozzare, s'asciugò gli occhi, si soffiò il naso: si faceva forza perché si era ricordata che anche il Comandante doveva mangiare. Poi tutti andarono a letto senza sonno, ad attendere un'altra mattina grigia, un altro tormentato giorno clandestino.

Ma la mattina dopo, invece, c'era il sole, e le cose sembrarono piú facili. L'Agnese e il Comandante presero per i campi con le biciclette a mano, con un lungo giro giunsero a una delle strade della « bonifica ». Montarono in sella, fecero tanti altri chilometri, che parevano raddoppiati nelle gambe stanche dell'Agnese. – Tu ti fermi alla baracca, – disse il Comandante. – Dirai alle donne di Walter che tenteremo di liberarlo, che si facciano coraggio.

Alla « caserma » ci vado da solo –. Fece il suo sorriso discreto, che valeva come una firma all'ordine, e lei non protestò. S'avviò lungo l'argine verso la baracca, vi giunse che il breve sole dell'autunno se n'era già andato. Le ore per l'Agnese passavano presto. Fra il « buongiorno » del mattino e la « buonanotte » della sera pareva che ci fosse appena lo spazio di un respiro. Furono piú lunghe, quelle stesse ore, per i militi della « brigata nera », che trovarono il tempo di picchiare Walter sei volte.

VII.

I partigiani aspettarono che fosse notte per lasciare la « caserma »; erano in sette, quattro avevano la divisa dei soldati tedeschi. Andarono per le strade della « bonifica », tutte tracciate sui vecchi argini della valle. Voltavano sempre a destra, per avvicinarsi a X... La sera non era buia, si alzò una luna tardiva che illuminò ad un tratto i contorni nudi e geometrici del paesaggio. Si fermarono un poco da un compagno contadino che aveva la casa lungo la via maestra. Il compagno, svegliato in piena notte, preparò una cena affrettata, a base di pane bianco, di salame e di vino casalingo. Ma il Comandante aveva fretta. Bevvero il vino, e il pane col salame lo mangiarono camminando. C'era ancora molta strada per arrivare a X...

Arrivarono con la luna alta, e ci si vedeva come di giorno. Andarono diritti alla caserma fascista. In mezzo al gruppo i tre in borghese, e uno era il Comandante; ai lati i quattro in divisa, coi mitra imbracciati. Clinto, grande, biondo, che sapeva qualche frase della lingua per essere stato una volta a lavorare in Germania, si fece avanti e bussò. Ma non fu facile farsi aprire. Il soldato di guardia chiamò un sottufficiale, poi ne venne un altro, e infine il tenente. Ognuno di essi parlamentava con l'esterno attraverso un finestrino, e Clinto ripeteva le stesse parole, diceva che avevano catturato tre partigiani, che volevano consegnarli. La parola « partesani » scuoteva i nervi ai fascisti. Erano contenti dell'acquisto. Immaginavano nuovi interrogatori, colpi, offese, urli, lamenti: preferivano però che tutto questo fosse accaduto di giorno. La notte, pensavano, è fatta per dormire. Ma il grande tedesco biondo si impazientiva fuori del portone, bisognava aprire se no era una grana. Non si mostravano mai molto teneri, i tedeschi, neppure verso le « brigate nere ». – Aprite, – ordinò il tenente.

Fu una cosa sbrigativa, Clinto, con una raffica, abbatté tutta la scala gerarchica, ufficiale e sottufficiali. I militi, accorsi semisvestiti, si trovarono sotto i buchi neri dei mitra, si persuasero subito alla resa, vedendo in terra i corpi fermi dei capi. Uno andò avanti con le chiavi, e aveva contro la schiena la pistola del Comandante. Aprí una cella dopo l'altra, preoccupandosi soltanto di far presto. Nella prima c'erano Magòn e il cognato che saltarono su dai paglericci, cacciarono i piedi nelle scarpe senza lacci, si misero la giacca lungo il corridoio, trovarono subito dei mitra come se ne sentissero l'odore. Ma le due celle vicine parevano vuote, buio, silenzio, neanche un respiro. – Fate luce, – disse il Comandante. Il Giglio scaraventò avanti a calci un milite, che tirò fuori immediatamente una lampadina tascabile. Il raggio bianco investí il pagliericcio, scoperse una forma umana, lunga, rigida, un viso dissanguato. – È Cinquecento, – disse il Comandante. – Morto –. Strappò al milite la lampadina, gli lanciò sulla bocca un pugno tremendo, lo buttò a terra come uno straccio. Parve impossibile tanta forza nella sua piccola persona. – Fallo fuori, – disse al Giglio. Non aspettò il colpo di pistola, corse nell'altra cella. Anche lí un corpo disteso sul pagliericcio, un volto gonfio e nero. Ma si muoveva, sbatteva le palpebre scure al chiaro della lampadina. – Walter, – chiamò il Comandante. Il volto risuscitò nella luce. Walter si levò seduto, fece un sorriso storto a sinistra, perché la guancia destra era enorme, immobile. Disse: – Bravi. Ma io non posso camminare. Ho i piedi rotti. – Ti porteremo, – rispose il Comandante. Chiamò con un fischio i compagni.

Nell'atrio i militi, dieci o dodici, erano in fila contro il muro e avevano di fronte soltanto Clinto tranquillo, che gli parlava in tedesco. – C'è piú nessuno nella caserma? – domandò il Comandante. – No, – balbettò uno, guardando sempre Clinto e il suo sten. – Né soldati né prigionieri? – insisté il Comandante. Arrivò Magon di corsa, disse: – Ho girato dappertutto. Non c'è piú nessuno.

Vennero dal corridoio i tre che portavano Cinquecento, poi due con Walter seduto sulle loro mani intrecciate: era piccolo, pesava come un bambino. Il Comandante fissò la faccia di Cinquecento, magra, bianca, addormentata, poi la sconnessa sorridente faccia di Walter. Disse, dalla soglia: – Fateli fuori tutti –. Lasciò passare la raffica lunga, guardò a destra e a sinistra, anche sulla piazza non c'era nessuno. – Avanti ragazzi, – ordinò, spegnendo la lampadina. Uscirono coi loro carichi: le strade erano deserte, sembrava un paese privo di abitanti, perché la paura stava zitta, nascosta, chiusa in casa. Marciavano battendo il passo pesante anche quelli che trasportavano il morto. Clinto gridava ogni tanto, con scomposta voce tedesca: – Ein, zwei, ein, zwei –. E cosí passarono con gioia davanti alla caserma delle SS.

Ma sulla strada aperta ridiventarono tristi. C'era fra loro il viso bianco di Cinquecento sotto la luna, e la voce di Walter che si scusava di lamentarsi: – Mi hanno picchiato ogni giorno, tante volte. Sento male dappertutto. Hanno tanto battuto sotto le piante dei piedi che devono avermeli rotti. Abbiate pazienza se mi lagno –. E diceva, anche: – Ma con loro, sai Comandante, non ho detto niente. Volevano il tuo nome, e sapere come sei, e picchiavano. Piú picchiavano e piú stavo zitto. Mi pareva davvero di non averti mai conosciuto –. Si lamentava piano che quasi non si sentiva, solo un po' piú forte quando uno dei suoi portatori barcollava inciampando in un sasso.

Magòn e il suo compagno stavano bene: avevano soltanto fame e sete, erano digiuni da tre giorni: – Ci tenevano cosí per prepararci all'interrogatorio. Se non venivate, incominciavano domani –. Raccontarono che a Cinquecento ne avevano fatte di tutti i colori. – Gli mettevano nelle orecchie le sigarette accese. Gli hanno strappato tutte le unghie. Ma nemmeno lui ha parlato. Un urlo, e poi stava zitto. Uno dei militi gli dette quattro o cinque calci nella schiena, con gli scarponi; forse gli ha spezzato i reni. Dopo ha gridato sempre, che si sentiva per tutta la caserma. Ieri sera ha smesso di gridare. Allora abbiamo capito che era morto.

Avanti, avanti, e presto, perché la notte andava ormai verso l'alba, e l'aria si faceva bianca. Walter aveva la febbre e tremava. Dovevano fermarsi spesso per dare il cambio ai portatori. Il morto, senza barella, era faticoso da trasportare. L'uomo che stava davanti e gli reggeva la testa e le spalle, si stancava presto, essendo costretto a camminare piegato da una parte. Altri due sostenevano il corpo, gli avevano passata una cinghia sotto le reni, e ne stringevano un capo ciascuno. Ma la cinghia dura tirava sulle mani, col freddo le scorticava. Il quarto gli teneva le gambe, un po' aperte, una per lato, sollevandole per le caviglie. Spesso i portatori perdevano il passo, e tutto il corpo si scuoteva, non aveva ancora una rigidità completa, la testa sbatteva di qua e di là con un'apparenza di vita. Avanti, avanti per strade disuguali che s'incrociavano come una rete: erano già lontano dai paesi, nel centro della bonifica. Salvavano i compagni vivi, si portavano con loro il compagno ucciso. Sten, mitra e pistole avevano lavorato bene: c'erano morti e feriti, laggiú, dentro la caserma della « brigata nera ».

Il piú era fatto, tra poco si arrivava a casa. Il Giglio fu spedito di corsa ad avvertire i compagni che preparassero il fuoco, scaldassero l'acqua per il caffè. – Ci vuole un buon caffè, dopo una nottata come questa –. Quando il Giglio si mise a correre, Clinto gli gridò dietro: – Che sia « corretto » il caffè, mi raccomando –. Giunsero alla « caserma » che già veniva chiaro. Sulla panca presso la porta era seduta l'Agnese, con la testa appoggiata al muro. Aveva fatto la notte bianca e adesso non era piú capace di rimanere sveglia; non aveva voluto andar dentro vicino al fuoco. Per veder piú presto quando tornavano, stava lí, tremava di freddo e dormiva.

Il Comandante e Clinto medicarono i piedi di Walter, li lavarono, li fasciarono immobilizzandoli con delle stecche di legno. Ma c'era la frattura delle ossa, ci voleva un medico. L'Agnese andò in bicicletta alla baracca ad avvertire le donne, fece venire la Maria e la Silvia alla « caserma », e la Delmira la mandò in un villaggio distante in cerca di un dottore che altre volte era stato in brigata. Lei proseguí per L. Doveva trovare una staffetta che andasse dalla sorella di Magòn a dirle che i suoi erano liberati. Sarebbe andata volentieri da sé, ma il Comandante le disse di mandare un'altra. Lei aveva da fare qui.

Tornò indietro prima di sera, dopo aver ascoltato quello che si diceva in paese, dove si era già sparsa la voce dell'attacco partigiano alla caserma della « brigata nera ». Qualcuno ne aveva dato l'annuncio, ma i particolari mancavano. Si sapeva che i partigiani avevano liberato i compagni e sparato sui fascisti, ma il numero dei morti e dei feriti era incerto. Cinque morti e sette feriti, o sette morti e sei feriti, o tutti morti. Comunque, un'azione riuscita, lo ammise anche la radio dell'VIII Armata nella trasmissione del mezzogiorno. Per ora nessuna rappresaglia in vista. Per la « brigata nera » i tedeschi si scomodavano raramente; s'arrangiassero, i fedeli di Mussolini e della sua repubblica. Appena giú dalla bicicletta, l'Agnese dette il resoconto al Comandante; poi la fecero sdraiare su una branda, perché capirono che non ne poteva piú.

Unica macchia sulla gioia, la morte di Cinquecento. Anche lui era disteso su una branda, lavato, pulito, le mani fasciate per nascondere le dieci piaghe nere al posto delle unghie, la faccia bianca e calma priva di sofferenza; sembrava egli pure soltanto pieno di stanchezza, come l'Agnese. Sembrava cosí, ma di fuori i compagni inchiodavano forte delle vecchie tavole per la cassa, e due bastoni per la croce.

Lo seppellirono la sera, prima che venisse su la luna, per poter uscire tutti senza correre il rischio di essere visti da lontano. Lo posero in quella specie di lunga scatola, senza forma di bara, che erano riusciti a mettere insieme. Il legno non era bastato per fare il coperchio, vi stesero sopra un telone mimetizzato tedesco. Quattro partigiani si caricarono la cassa sulle spalle, gli altri li seguirono dietro la cassa, branco serrato e silenzioso nel buio. Dove cominciava l'acqua, erano legate le barche. In una fu deposto il morto, vi entrarono i quattro compagni, la barca si staccò dalla riva. Lo portavano su un « dosso » vicino, che si vedeva piú nero del cielo e dell'acqua. I « dossi » rimangono asciutti e scoperti anche quando la valle cresce e si mangia la terra, per questo ne avevano scelto uno come cimitero.

Fu proprio in quei giorni che gli anglo-americani si mossero. Ai tedeschi rendevano la vita dura: ogni automezzo, macchina o carro sulle strade era mitragliato e spezzonato. Le formazioni pesanti venivano dal mare, passavano sulla valle, con quel rombo a onde, di suono quasi musicale, e andavano verso le città. Spesso le bombardavano di sera, al lume dei bengala. Mettevano giú centinaia di gialle torce sospese, una grande luce s'apriva, come quando nasce il sole. S'udiva poi un rumore scuro, denso, compatto, e intanto i bengala calavano, il bagliore si spegneva, tornava la notte, piú buia sopra gli incendi. Dopo pochi minuti le formazioni ripassavano indietro, spedite, ora che erano vuote di bombe.

Gli alleati conquistarono alcuni centri, veramente importanti per l'offensiva. Nei partigiani, nella gente dei paesi e della campagna sorse la speranza che prima arrivasse la libertà, poi l'inverno. I tedeschi, invece, tiravano avanti a preparare la difesa. Pensavano: prima l'inverno, poi, forse, la morte. Ma quando se ne andavano, la morte volevano lasciarla anche dietro. E cominciarono a seminare le mine.

Era una semina ricca, abbondante, piú fitta ed estesa di quella del frumento. Campi interi ne furono coperti; fili spinati intorno, e cartelli funerei col teschio e le tibie incrociate, come le etichette sulle bottiglie di veleno. E dappertutto la scritta: « minen ». Sugli argini, nei fossi, nei ponti, a fianco delle strade: « minen, minen ». I partigiani dicevano: – Quando saremo liberi, quelli che hanno minato, smineranno –. E ascoltavano il fronte avvicinarsi, col suo frastuono precipitoso di cascata, o simile a un grande temporale perenne, percorso da scoppi piú alti, staccati, urlanti. Se il vento soffiava da quella parte, si distinguevano le raffiche delle mitragliatrici.

I « ragazzi » s'erano messi pronti, avevano armi buone, armi tedesche prese nelle azioni, e contavano le munizioni come un avaro conta le sue monete. Radio Londra gridava i nomi delle città liberate, e certo laggiú la gente era contenta, in festa, si dimenticava i bengala e le bombe della sera prima. Radio Roma parlava, con non molta voce, di piani prestabiliti, di ripiegamenti su nuove posizioni, di manovre tattiche perfettamente riuscite: il suo povero comico linguaggio convenzionale, che voleva dire: « si va indietro, si scappa, si perde ».

Un giorno, a un tratto, la libertà si fermò. Non aveva piú voglia di camminare. Se ne infischiava di quelli che l'aspettavano, mancava all'appuntamento senza un motivo, come fanno gli innamorati già un po' stanchi. Radio Roma riprese forza, ritrovò la voce, passò al contrattacco, alla riconquista. Radio Londra rinunciò ai nomi di città, di fiumi, di cime, si riaffezionò alle località ignote, ritornò alla sua statica: « attività di pattuglie ». Soltanto le formazioni pesanti e i caccia-bombardieri alleati non si privarono di lasciar cadere, sui soliti strani obbiettivi militari, i loro ricchi carichi di bombe. E i tedeschi inventarono un'altra battuta d'aspetto, pensarono di tagliare gli argini, allagare la pianura per fare che la « bonifica » ritornasse valle. Ammazzarono campi e vigne, lavoro di anni, per ritardare di un giorno, di un mese, di una stagione la inevitabile disfatta. Lo fecero: i tedeschi non mancano mai a promesse come queste.

Delle compagnie della brigata, una sola era dislocata su un'isola, verso il mare, e per quella il problema non esisteva; era già da un pezzo in mezzo all'acqua. Le altre, invece, sparse ai limiti della « bonifica », nei « casoni » delle guardie vallive, dovevano venir via, scappare davanti alla marcia della valle che si riprendeva tutto lo spazio antico. L'avanzata dell'acqua era lenta, annegava dolcemente il terreno, sommergeva con pazienza i campi bruni già seminati a grano, s'introduceva con curiosità nelle case vuote, le belle fattorie nuove della « bonifica », abbandonate dai contadini. S'accontentava dei pianterreni: i primi piani rimanevano asciutti, si trattava soltanto di arrivarci in barca. Il Comandante apprezzò la modestia dell'allagamento, dispose gli uomini nelle case piú adatte, ricuperò tutte le barche esistenti in un vastissimo raggio, per rendere possibile la complicata manovra dei rifornimenti. Gli ultimi furono i partigiani di Clinto, che s'illudevano di rimanere in secco nella loro base. Ogni mattina si udivano gli scoppi fondi della dinamite che faceva altri tagli negli argini, ma l'acqua era ferma dietro la casa, ferma intorno alle barche, e spingeva solo dei rigagnoli ai lati, formava qua e là delle pozze insignificanti. – Forse questo è un « dosso », – dicevano gli uomini nativi del paese. Ma poi si accorsero che l'acqua avanzava: di poco, ma avanzava. Si consigliarono con il Comandante, proposero di fare un argine, erano in tanti, potevano riuscire. Il Comandante disse: – Proviamo –. E loro lavorarono un giorno intero, anche Walter che cominciava appena a stare in piedi. Scavarono la terra, la trasportarono a forza di braccia, costruirono una barriera a semicerchio, andarono a letto contenti. La mattina dopo l'argine appariva infiltrato in molti punti, i rigagnoli erano piú larghi, le pozzanghere fonde ed azzurre. – Bisogna che andiamo via, – disse il Comandante. Gli dispiaceva perché era utile avere il comando a terra, ci si spostava senza le barche, con piú rapidità. Ma restare non era possibile: la casa cominciava ad essere bagnata, fra pochi giorni avrebbero avuto un pavimento di fango.

Partí per primo Walter, su un carretto tirato dalla famiglia: lo prendeva presso di sé un compagno, per tenerlo nascosto finché fosse guarito del tutto. Gli altri andarono via con le barche cariche, raggiunsero la nuova « caserma », una casa colonica costruita da poco, in una delle migliori tenute della « bonifica ». I campi erano già sommersi, l'acqua arrivava quasi al primo piano. Per mettere a posto la roba, fare le brande, sistemare la cucina, ci vollero parecchie ore. Quando tutto fu pronto i partigiani sedettero nelle stanze pulite, si guardarono in faccia. Italiani, russi, tedeschi, neozelandesi, alsaziani, cecoslovacchi, cinquanta uomini del mondo chiusi dalla guerra in pochi metri quadrati, e intorno una distesa d'acqua morta. Stavano seduti, guardando fuori dalle finestre, e pareva che non venisse mai sera.

Parte terza

1.

Il Comandante, Clinto e l'Agnese non andarono con gli altri. La baracca di Walter stava per allagarsi, dovettero trovare un posto per quella specie di magazzino, e questa volta lo scelsero proprio a fianco della strada provinciale, nella rimessa di una casa di contadini. Dissero che erano sfollati dal loro paese semidistrutto da un bombardamento, inventarono una parentela: l'Agnese era la mamma di Clinto, e il Comandante un cugino di lei. Per rimediare alle risposte difficili, pagarono molto per l'affitto. Nella famiglia, non buona né cattiva, vi erano molte donne: la madre, tre figlie, una nipote. Chiacchieravano un po' sul principio, ma il viso duro dell'Agnese le teneva a freno. Clinto e il Comandante li vedevano poco, andavano via la mattina e ritornavano la sera. – Andiamo a lavorare per i tedeschi oltre il ponte di X..., – dicevano, e mostravano le carte della « Todt ».

Il luogo aveva molte qualità negative. Era troppo vicino alla strada, in una frazione abitata da gente paurosa e tarda. Non un partigiano era venuto fuori da quelle case, gli uomini preferivano lavorare con i tedeschi, non volevano mettersi nei guai. C'era solo qualche renitente alla leva, non per fede ma per vigliaccheria, nascosto nel solaio da mesi, che per la clausura era diventato bianco e tremolante come le piantine di grano che si fanno crescere al buio per adornare i sepolcri il giovedí santo. Nessun altro apporto alla lotta clandestina.

Ma c'erano altri vantaggi: la rimessa aveva l'uscita verso i campi, e per un viottolo si arrivava a un canale nella zona allagata, e il resto della casa era occupato dal comando di una compagnia tedesca di sussistenza. Fu un'idea audace e sicura quella di metterci un comando di brigata partigiana.

L'Agnese riorganizzò il servizio delle staffette. Venivano a trovarla come amiche e conoscenti, stavano con lei un poco, nelle ore buone girellavano per l'aia, si facevano vedere a far magliette di lana, e calzettine, come pacifiche comari. Quando se ne andavano, portavano via dei sacchi, o delle sporte, o delle valige. L'Agnese si ingegnava a lasciar credere di fare il mercato nero. Intanto i giorni diventavano sempre piú scuri e corti, nella valle c'era spesso la tempesta: i barcaioli partigiani, anche i piú addestrati, in servizio di collegamento con le « caserme », faticavano a tener dritte le barche e a trovare la rotta nella nebbia.

Pioveva: gli uomini in mezzo alla zona allagata si addormentavano con la pioggia e si svegliavano con la pioggia. Tutto il tempo sentivano il battere delle gocce sul tetto e lo sciacquare delle onde spinte dal vento dentro le stanze del pianterreno. Le voci alte non coprivano quel suono, il silenzio lo ingigantiva. Di notte molti non potevano dormire, si agitavano nelle brande, e nello spazio stretto delle stanze la loro nervosità rumorosa destava i compagni che poi non erano piú buoni di riafferrare il sonno. Si accendevano dei litigi, che degeneravano in rancori strani, complicati dalla difficoltà di intendersi nelle diverse lingue, offesi dalla vicinanza imposta, non scelta, contatto odiato di reclusi in una stessa cella. Alcuni avevano l'ossessione delle barche, scendevano due o tre volte di notte per assicurarsi che fossero ben legate ai pilastri della stalla, che il vento non le portasse via. Risalivano tremanti di freddo, si riscaldavano nel fiato della stanza sotto le coperte pesanti, aspettando che finissero le ore per ricominciare un giorno che era come la notte, grigio invece di nero.

– Clinto, – disse il Comandante. – Stasera c'è una novità –. Rientrava dopo molti chilometri percorsi in bicicletta sotto la pioggia. Si avvicinò alla stufa accesa, e Clinto che stava asciugandosi le scarpe inzuppate, si strinse verso il muro per fargli posto. – Ascolta anche tu, Agnese, – disse il Comandante. Aveva in mano dei manifestini lanciati dagli aerei inglesi. Era Alexander che scriveva, il generale Alexander, quello che finora aveva detto ai partigiani: – Fate questo, fate quello, siete bravi, siete coraggiosi, verremo presto a liberarvi, ma intanto attaccate i tedeschi, distruggete i loro automezzi, fate saltare i ponti, spezzate i cannoni. Vi manderemo tutto ciò che vi occorre, ma in attesa fate la guerra con quello che avete. Fate la guerra in tutti i modi, lasciatevi ammazzare piú che potete, noi siamo qui e stiamo a guardarvi –. Le parole suonavano diverse, belle, ben fatte, ma il senso era questo, finora. Stasera invece il generale aveva cambiato umore. Diceva: – Per il momento non si fa piú niente, noi ci accomodiamo per l'inverno, abbiamo bisogno che il tempo passi. Abbiamo molto da scaldarci, molto da mangiare, in Italia si sta bene, rimandiamo alla primavera la vostra libertà. Intanto voi partigiani italiani sciogliete le formazioni, andate a casa, fate una lunga licenza, in primavera avremo bisogno di voi per venire avanti, vi avviseremo, vi richiameremo. Buona fortuna, partigiani italiani –. Anche questa volta le parole erano diverse, ma volevano dire questo, cioè un altro inverno di tormento.

Il Comandante lesse e spiegò. Poi disse una bestemmia che parve molto strana nella sua voce dolce. – Sciogliere le formazioni, – esclamò Clinto. – Per andare dove? Chi di noi potrebbe andare a casa? Siamo tutti ricercati o renitenti alla leva. E i cecoslovacchi, i neozelandesi, i russi possono andare a casa? – Sta' zitto, – rispose il Comandante, – queste cose le so. S'intende che non è possibile che uno solo di noi vada a casa. Le formazioni restano. Il proclama serve soltanto per far conoscenza con i nostri alleati e provare una volta di piú che se ne fregano di noi –. Era irritato e stanco: posò i piedi contro la stufa, le scarpe bagnate fumavano. – Non sarà male mostrare che ce ne freghiamo di loro.

L'Agnese mise sulla tavola i piatti della minestra. Il lume a petrolio faceva poca luce; lo stanzone mezzo buio, con tanta roba accatastata e le brande distese in fila non aveva aria di casa, piuttosto di magazzino e di caserma, e un odore scialbo, come di polvere antica, di vecchie mercanzie, non vendute. Era un posto molto triste.

Clinto mangiava la minestra e si sfogava: – Ci piantano cosí, adesso che comincia la cattiva stagione. Ci hanno dato da bere tante « balle ». Siamo stati proprio degli stupidi a rischiare la vita per far comodo a loro. Non gli manca niente, hanno abbondanza di tutto, per questo non hanno fretta. Aveva ragione Tom quando diceva che sono cattivi quasi come i tedeschi –. Anche il Comandante teneva la faccia china sopra il fumo caldo della minestra, mangiava adagio, senza molto appetito. Disse: – Senti. Per quello che hanno mandato fino adesso possiamo anche farne a meno. È tanto che promettono un lancio di armi. Non abbiamo mai visto niente: soltanto bombe. E allora di che cosa ti lamenti? Faremo da noi –. Si volse all'Agnese che friggeva la carne, ed era tutta rossa ed accaldata per la fiamma della stufa: – Tu che cosa ne dici, mamma Agnese? – Io non capisco niente, – rispose lei, levando dal fuoco la padella, – ma quello che c'è da fare, si fa.

Aveva ragione l'Agnese. « Quello che c'è da fare, si fa ». Lei era abituata a contare poco sugli altri. Da tutta la sua vita, piú di cinquant'anni, si arrangiava da sola. Si sentiva un po' stanca, le pareva che il cuore fosse diventato troppo grande, una macchina nel petto, una cosa estranea e meccanica che andava per suo conto, e lei faticava a portarla in giro. Non pensava mai a quello che avrebbe fatto dopo la guerra. Ne desiderava la fine per « quei ragazzi », che non morisse piú nessuno, che tornassero a casa. Ma lei non aveva piú la casa, non aveva piú Palita, non sapeva dove andare.

– Piove ancora? – domandò il Comandante. L'Agnese

spense il lume e aprí la porta a vetri sul cortile, perché lo stanzone non aveva finestre; si sentí lo scrosciare sonoro sui sassi. – Domattina ci alziamo presto, – disse il Comandante. – Ci aspettano in brigata. E adesso andiamo a dormire.

La mattina si alzarono colla pioggia. La valle, la strada, i paesi sembravano disabitati, morti. Si vedevano poco anche i tedeschi. Gli aerei alleati facevano vacanza. Piú di tutti erano in moto i partigiani: barche e barche avanti e indietro nella valle. Venivano all'approdo nel canale, l'Agnese e le donne portavano i viveri, le barche partivano per una caserma, altre ne arrivavano per un'altra, l'Agnese e le donne portavano ancora viveri: cosí tutto il giorno, tutti i giorni, mentre seguitava a piovere.

Il Comandante e Clinto andarono via presto, dissero all'Agnese che non li aspettasse, rimanevano fuori un po' di tempo. – Domani verrà Cappuccio da L... Per quello che ti occorre mettiti d'accordo con lui. Dei barcaioli ne ho bisogno io. Ti lascio due barche sole. Ci vorranno meno trasporti per le caserme perché molti uomini vengono con me in azione –. L'Agnese fece un sorriso contento. Le sembrava di essere ritornata ai tempi delle capanne, quando rimaneva ad aspettare in quel deserto di sole dell'accampamento. Guardò il Comandante e Clinto andar via nella pioggia. Sole e pioggia: era tutto uguale. I partigiani soffrivano.

L'Agnese afferrò l'ombrello, le due sporte piene, uscí nel campo, s'avviò al solito posto. Dal mattino era la terza volta che ci andava. Mancavano due donne, forse a causa della stagione. « Con questa pioggia si saranno ammalate, – pensava l'Agnese, – o non vorranno venire ». Non avevano torto, era una brutta vita. Aveva preso molta acqua, in tutto il giorno. Non arrivava in tempo ad asciugarsi i vestiti, lo scialle, che già era ora di ripartire. I piedi li aveva sempre bagnati: anche adesso doveva portare le ciabatte, con le scarpe si stancava troppo. Camminava piegata da un lato, con le due sporte in una sola mano per potere con l'altra tenere aperto l'ombrello. Il canale non era molto lontano. Chiuse l'ombrello, si prese ancora dell'altra pioggia sulla schiena. « Un po' piú, un po' meno non conta niente, – pensava, – e adesso piove piano ».

I tedeschi della compagnia di sussistenza non le badavano. Stavano spesso nel cortile, e sotto il portico della stalla, e lei o le staffette gli passavano davanti. Era strano come non facessero caso a quell'andare e venire nella zona allagata, che secondo gli ordini doveva essere deserta. Ma i tedeschi erano cosí: per un po' di tempo vedevano una cosa sospetta e non se ne curavano, salvo a mettercisi d'impegno per saperne di piú, tutto a un tratto, come se si svegliassero. Le donne della casa, invece, qualche volta avevano azzardato a fare una domanda, leggermente, senza parere di tenerci troppo. L'Agnese rispondeva appena, con un sorriso lento: – Bisogna arrangiarsi. Si fatica a vivere –. E loro stringevano l'occhio, per far vedere che erano furbe e avevano capito: sempre la storia del mercato nero.

L'Agnese giunse in riva al canale. Non pioveva quasi piú, ma l'aria era bagnata, si sentiva lo stesso l'acqua sulla pelle. Vide arrivare la barca di lontano, riconobbe Tom che spingeva come un disperato col paradello per venire avanti controvento. Si meravigliò perché Tom comandava la « caserma » e non faceva servizio di barca. Egli si fermò all'approdo, saltò sulla strada. Le disse: – Agnese, c'è uno laggiú che gli dà di volta il cervello. Piange, dice che in mezzo all'acqua non ci può piú stare, che ha paura. Tu lo conosci, è Tonitti, un bravo compagno. Deve essere malato. Vuoi venire a vederlo? Forse da te si lascerà persuadere –. L'Agnese, dopo tanto camminare, avrebbe desiderato di tornare a casa e di mettersi a letto per sentirsi finalmente calda ed asciutta. Ma rispose: – Se c'è bisogno ci vengo –. E si avventurò col suo grosso corpo sulla stretta barca oscillante.

Tom puntò il paradello: adesso andava molto veloce, aveva il vento che gli dava la spinta. Furono presto fuori di vista, introdotti nel grigio compatto spessore della nebbia.

Ma alla « caserma » era già successo qualcosa: udirono passi e voci agitate, mentre l'Agnese saliva penosamente la scala, e Tom legava la barca. Si scontrarono con due che scendevano di corsa: – Che cosa c'è? – disse l'Agnese, che la loro furia aveva quasi rovesciata all'indietro. – S'è buttato giú, – disse uno dei due, mentre saltavano in una barca, e s'affannavano a strappare la corda. La barca fu spinta fuori, girarono dietro la casa, sotto il balconcino senza ringhiera del primo piano. Otto o nove partigiani erano su quel balcone, stretti l'uno all'altro per non cadere.

– S'è gettato di qui, – spiegò, tremante, Zero all'Agnese e a Tom, nella stanza che ormai s'era fatta buia. – Ha aperto la vetrata, è uscito sul terrazzino. Abbiamo pensato che volesse prendere un po' d'aria. Ha detto: vado a fare una passeggiata. Credevamo che scherzasse, era stato abbastanza calmo e allegro tutto il pomeriggio –. Di fuori i partigiani cercavano di indicare a quelli della barca il punto dove doveva essere caduto, ma era scuro, non si vedeva niente. Le loro voci suonavano forti nell'eco rimandata dall'acqua. – Piú in qua, vicino al muro. Prova a tastare col paradello. Mi pare che ci sia una cosa nera che si muove –. Anche Tom era corso sul balconcino.

Nella confusa oscurità della stanza, l'Agnese si sedette su una branda: ascoltava le parole monotone di Zero che voleva raccontarle come era successa la disgrazia, e gli tremava la bocca mentre parlava, tutto il suo corpo tremava di rimorso e di angoscia. – È stata colpa mia. Gli sedevo vicino, povero Tonitti. È stata colpa anche mia. Non dovevo lasciarlo andare –. All'Agnese dette noia quel tono sempre uguale, piangente. Udiva i clamori di fuori, le voci, i colpi del paradello nell'acqua, un tumulto compresso, febbrile, fatto di tutte le ore morte che i partigiani avevano passato in quelle stanze, della loro stanchezza, della loro paura. – Forza ragazzi, – era la voce di Tom. – Bisogna trovarlo, bisogna trovarlo –. Poi un grido, l'urtare della barca contro il muro. – Eccolo. È qui –. E silenzio. E il rumore dell'acqua che ricasca quando si solleva un carico sommerso.

I partigiani sul balcone rientrarono ad uno ad uno. L'ultimo richiuse la vetrata. Si sedettero qua e là sulle brande. Qualcuno andò a cercare il suo angolo scuro, il suo posto di prigionia nelle altre camere. Solo allora s'accorsero che i quattro disertori dell'esercito nazista, due austriaci e due tedeschi, non si erano mossi, non avevano preso parte a nulla, come se, morti o vivi, non contassero per loro i compagni di pena. Sdraiati sulle brande in fila, immobili, svegli, respiravano nel buio.

Nella stanza del balcone un partigiano accese il lume a petrolio. Altri due erano scesi per aiutare a trasportare il corpo di Tonitti. Poi non s'intese piú niente. Ricominciava a piovere forte, l'acqua batteva sul tetto. – Che cosa fanno? – disse l'Agnese; e andò ad aprire la porta sulla scala. Chiamò: la sua voce parve enorme nel vuoto. – Veniamo, – risposero dal fondo. I passi grevi di chi sostiene un peso suonarono sulla scala. Entrarono in quattro reggendo il corpo magro, lungo e abbandonato. Lasciarono dietro di loro una traccia d'acqua. Sul viso del morto avevano messo qualcosa, un sacco o un pezzo di coperta. Le loro facce bagnate comparvero pallide nel raggio della lampada. Trasportarono il corpo sulla branda, lo copersero ancora, tutto, con una coltre di lana.

Tom disse: – Ha sbattuto la testa contro i sassi del cortile. Poi l'onda lo ha spinto contro la casa, contro la porta della stalla. C'era il ferro del catenaccio. Ha il viso tutto rotto... – Uno di quelli che erano saliti trasportando Tonitti si prese la faccia tra le mani, scoppiò a piangere forte come un bambino: – Io volevo andare con il Comandante, volevo andare in azione. Non mi ha preso, mi ha lasciato qui a morire. Voglio uscire di qui, andar via, andar via, andar via. – Basta, – urlò Tom. – Qui diventiamo tutti matti. Il primo che parla o che si muove lo faccio fuori.

Tutti in branda, e dormite. E silenzio –. Spense la lampada. Ad uno ad uno si quietarono, si distesero. Soltanto l'Agnese rimase seduta. Guardava un quadrato di cielo chiaro, illuminato dalla pioggia, oltre il vetro della finestra. Ascoltava il cadere dell'acqua sulle grondaie rotte, lo sciacquare delle onde stanche al pianterreno: era un suono lungo, sordo, un battere senza scopo, che non finiva mai, non finiva mai.

S'era appoggiata un poco al cuscino, e tirò su le gambe per riposarle. Ma non voleva dormire perché le pareva che qualche cosa le pesasse sul petto, un affanno che sarebbe cresciuto. Invece s'addormentò, un velo appena di sonno, un'ombra che cancellò debolmente la coscienza di soffrire. In quel velo venne Palita, assente da tanto tempo. Si sedette sull'orlo della branda e le toccò un braccio: – Com'è dura, vero? Lo so che non ne puoi piú. Ma non è ancora l'ora di liberarsi, Agnese. È lontana, l'ora. Io vado... – Andò via senza finire la frase. Pareva distratto, accorato. L'Agnese lo vide aprire la porta sul freddo della scala, sentí in faccia veramente quell'onda fredda. Poi s'accorse che non era Palita, e dietro di lui, c'era un altro, e un altro, e un altro. L'ultimo richiuse piano la porta.

L'Agnese balzò a sedere sulla branda, sveglia, tremando: erano usciti in quattro, non era un sogno, cosí di notte, colla pioggia, forse per fare come Tonitti. Troppo dura questa vita, anche Palita lo aveva detto. Quelli che non ne potevano piú volevano morire. Il cuore le batté come un motore disordinato. Non fu buona di muoversi subito. Quando ricuperò il respiro, scosse Tom che dormiva nella branda vicina. Una voce, un rumore, e tutti saltarono su come se fossero stati desti e in attesa. Alla luce del petrolio si guardarono, si contarono: mancavano i quattro disertori dell'esercito nazista, due austriaci e due tedeschi.

II.

Venne su un'alba rosea, poi rossa, poi d'oro. C'era il sole che tutti avevano dimenticato. La valle era pulita e scintillante, di un azzurro chiaro, specchiato dal cielo nell'acqua. Le barche partigiane arrivavano in formazione, cariche, festose, come di ritorno dalla pesca. Il Comandante salí di corsa, e dietro a lui la compagnia, con le armi sotto il braccio, le facce ruvide dal freddo, ma vive, allegre. – Abbiamo preso Sant'A... per ventiquattro ore, – gridò Clinto sorpassando nella furia il Comandante. Entrarono in tanti, riempirono la camera, e pareva che tutti non ci stessero come prima, qualcuno rimase sui gradini della scala, e la stanza, anche col sole, pareva bagnata e triste.

– Avanti, muovetevi, – diceva Clinto. – Sei qui anche tu, come mai, mamma Agnese. Abbiamo fame. Abbiamo sonno. Fateci posto, siamo in piedi da ieri mattina –. Il Comandante sedette vicino all'Agnese, disse: – Clinto, sta' zitto, fai venire mal di testa –. E parlò lui, con la sua voce dolce: – È stata una bella azione. Il paese occupato, morti tedeschi almeno duecento, morti nostri quindici, nessuno di qui. Una bella azione –. Tom si alzò di colpo dal suo angolo: – Ascolta, Comandante, – disse. – Tonitti è diventato matto e si è buttato nell'acqua, – mostrò il fagotto coperto sulla branda. – E poi stanotte ci siamo svegliati che quattro volevano andar via con le armi. Li abbiamo presi nella barca.

Stavano nell'ultima stanza della casa, all'oscuro, legati sulle brande. Il Comandante andò subito, fece aprire la finestra, li fissò in piena luce. Erano tutti e quattro molto giovani, biondi, ragazzi dell'ultima leva. Vedendolo entrare si misero a piangere. Tendevano le mani unite da un filo di ferro che stringeva forte i due polsi: le dita erano rosse e gonfie. – Perdio, – disse il Comandante, – chi li ha legati cosí? Cosa siamo, delle SS? Levategli quel filo di ferro –. Corse Tom, liberò le mani. Se le stropicciarono a lungo una contro l'altra, guardavano i solchi nella carne che quasi facevano sangue. Le lacrime si asciugavano sui loro visi magri, caldi. Il Comandante sedette in faccia alle brande, chiamò dentro Clinto, disse a Tom: – Va' via e chiudi la porta.

Stette là poco tempo, non c'era gran che da dire. I prigionieri capivano appena l'italiano, e non lo parlavano. Si arrangiarono con le poche parole che Clinto sapeva di tedesco. Ma il loro atto non aveva bisogno di traduzioni: era internazionale, e voleva dire tradimento. Tentavano di andar via con le armi, quattro mitra e due sten: tutte le automatiche rimaste per quelli di guardia alla «caserma» mentre la compagnia era in azione. Si facevano la speranza che quelle armi rubate al sonno dei compagni partigiani servissero poi di passaporto per rientrare nelle file dei camerati nazisti, di difesa per non essere fucilati. Ritornavano fra i loro, dopo la diserzione, con un'altra diserzione. Ma sapevano che il perdono tedesco costa molto, non è facile da ottenere, le armi non bastavano. Ci voleva di piú: e allora offrivano in cambio una base partigiana, una cinquantina di uomini, il Comandante la brigata, forse tutta la brigata. Questo per la vita di loro quattro, che tradivano due volte. Era un atto internazionale, e voleva dire morte.

Il Comandante uscí, seguito da Clinto. Rientrò nella stanza del balcone. Zero, il Giglio e l'Agnese erano intenti al corpo di Tonitti.

– Non c'è il legno e neppure il posto per fargli la cassa, – disse Zero. – Bisogna seppellirlo cosí –. Gli misero intorno dei sacchi, legarono piú stretta la coperta sulla faccia massacrata, lo avvolsero in un telo impermeabile. Diventò un lungo involto nero, rigido: non si capiva piú che fosse un morto. Sembrava piuttosto un grande pacco da spedire.

– Lo portiamo via subito, – dissero i partigiani. Quell'involto, che era stato un loro compagno vivo, rendeva lugubre la casa. – Aspettate, – disse il Comandante. – C'è qualcos'altro da portare. Farete un viaggio solo. È meglio non girare inutilmente con le barche –. Guardò in giro su quei visi tristi. S'assomigliavano tutti: italiani, russi, cecoslovacchi, neozelandesi, alsaziani, quarantacinque uomini del mondo chiamati ad uccidere. E nessuno avrebbe voluto essere scelto. – Tiriamo a sorte, – disse il Comandante.

Toccò a due russi, un italiano, un cecoslovacco e tre neozelandesi. – Qui non c'è spazio nemmeno per « questo », – dicevano. – Maledetta vita! – Trovarono il posto giú, nelle barche: in una trasportarono il morto, in un'altra gettarono dei badili, fecero scendere i quattro prigionieri. L'italiano col paradello spinse la barca verso il rettangolo chiaro della porta, stando sui primi gradini con l'acqua fino alle cosce. Poi si fece da parte, cosí risparmiò i suoi colpi. Gli altri spararono dall'alto della scala, mirando le teste bionde nella luce: una raffica di quattro mitra. La casa fu scossa come da un colpo di cannone.

Due barche uscirono al largo: sette vivi, cinque morti. I vivi abituati alla nebbia sbattevano gli occhi sotto il sole. Remarono verso un « dosso ». Dentro, nella « caserma », c'era silenzio: gli uomini buttati giú nelle brande, niente sonno, poca voglia di mangiare, un senso di enorme depressione in tutta la compagnia. E l'Agnese seduta in un angolo che piangeva.

– Quando torneranno, – disse il Comandante, – andremo subito alla base per i viveri. Tu verrai con me, mamma Agnese. Clinto invece rimane qui. C'è bisogno di lui.

Per aiuto prenderemo « La Disperata », e Zero come barcaiolo. E state in gamba, ragazzi. I tedeschi si muoveranno. – Partiremo stasera, – osservò Zero. – Ci vorrà molto tempo prima che abbiano finito sul « dosso » –. Invece tornarono che il sole era ancora alto e l'acqua brillava nel solco del paradello. – Sono già qui, – disse Bruno di guardia alla finestra.

Salirono uno dietro l'altro, dopo aver legato le barche; misero i badili nell'angolo della scala. – Avete fatto presto, – disse Clinto. Rispose uno dei russi, il piccolo cosacco: – Una sola fossa. Cinque, troppa terra. Acqua, acqua per tedeschi traditori –. L'italiano veniva ultimo, con la testa bassa: era Gim, un ragazzo, troppo giovane per quelle cose. Disse: – Non hanno voluto saperne di scavare. Solo per Tonitti, ma gli altri li hanno buttati in fondo. – Va bene, – disse il Comandante.

Andò via dopo poco con l'Agnese e « La Disperata ». Quando toccarono l'approdo, veniva sera: una sera azzurra. Nel viottolo tra i campi non incontrarono nessuno, ma nel cortile, asciugato dal bel tempo, i tedeschi della compagnia di sussistenza scherzavano con le ragazze di casa. C'era Otto, un berlinese nazista, bendato, e correva di qua e di là cercando di afferrare con gesti svelti qualcuna che sempre gli sfuggiva. Nel giuoco corse addosso all'Agnese che lo buttò indietro con una spinta, andò a finire fra le braccia del Comandante, e lui lo tenne fermo, stretto con le sue mani dure. Il tedesco si sbendò di scatto, guardò l'uomo che gli arrivava appena alla spalla, sorrise: – Voi sfollati, – disse. – Passeggiata in barca? – Pesca. Buona pesca di anguille, – rispose il Comandante. Tutti intorno ridevano. – Ja, ja. Ale, – disse il tedesco. – Voi dare a me ale? – Le ho buttate nella valle, le anguille, – disse il Comandante con il suo puntuale sorriso.

Entrarono in casa, accesero il lume, la stufa. Nel camerone umido faceva molto freddo. L'Agnese si levò lo scialle e cominciò a preparare la cena. Pensava, intanto, alle cose della notte prima, di tutto quel giorno che le era parso tanto lungo. Ancora morti, sempre morti. Si sentiva, nell'aria pulita dalla nebbia, il rombo sperduto del fronte. « Qualcuno muore anche laggiú, – pensava l'Agnese. – Chi resterà vivo dopo questa guerra? » – Quindici e cinque venti di meno nella brigata, – disse il Comandante, – ma « loro » sono in duecento di meno. Il conto torna –. Si fregò vicino al fuoco le mani piccole e magre. « Il Comandante è cattivo, – pensò l'Agnese a un tratto, ed era la prima volta che le veniva in mente. – Non si commuove, non gli dispiace quando succede una disgrazia. Fa un sorriso, e chi è morto è morto ».

Mise sulla tavola il pane, i piatti, preparò il salame e il formaggio. Ma lei non aveva fame. – Devi mangiare, mamma Agnese, – disse la voce attenta e calma. – Come fai a lavorare se non mangi? E tu, « La Disperata », forza, dacci sotto. E bevi che ti scaldi –. L'Agnese si vergognò, la sua faccia larga divenne rossa, sembrò piú vecchia e logora. Prese nel piatto una fetta di formaggio, incominciò a mangiare adagio. « Lui solo sa come deve fare, – pensava. – Il Comandante è il Comandante ».

Rimase di nuovo sola per tanti giorni, col lavoro dei viveri e il servizio delle staffette. C'era movimento in valle. Col tempo migliorato gli inglesi ricominciarono i bombardamenti. I tedeschi rafforzavano la contraerea e chiudevano gli apparecchi in una rete di scoppi. Qualcuno, colpito, precipitava in fiamme; oppure sbandava, e si vedevano i piccoli uomini appesi al grande ombrello del paracadute discendere piano piano muovendo le gambe come se nuotassero in aria. Correvano allora in quella direzione le donne dell'Agnese, con camicie, tute, giacche, scarpe per l'aviatore scampato. Tutto dipendeva dalla rapidità di raggiungerlo, farlo travestire, condurlo lontano prima che arrivassero i tedeschi. Poi lo portavano in barca in una « caserma », ci stava un giorno o due, finché non era pronto il mezzo di fargli passare le linee. Gli alleati però avevano preso il vizio di mitragliare anche le barche. Il traffico di viveri, di uomini, di armi fra la terra e l'acqua diventava pericoloso e difficile.

Il Comandante fece trasmettere dalla radio clandestina i limiti della zona dove non c'erano tedeschi ma solo partigiani. Ma gli aerei continuarono. Passavano alti sullo specchio immenso, bianco nella luce, con le macchie dei « dossi », e le strisce piú lucide delle correnti. Di lassú doveva sembrare una gran pezza di seta arabescata, bianco e nero, un abito da mezzo lutto; e in mezzo quelle piccole cose che parevano ferme: le barche, con i partigiani indifesi e scoperti, senza modo di rifugiarsi. Gli aerei d'improvviso si buttavano giú, il motore urlava nel silenzio opaco dell'acqua, e veniva fuori la raffica di mitraglia, uno sprazzo duro di fuoco. La barca stava lí, investita, non poteva scappare, era come una mosca presa nella tela di ragno. I partigiani si mettevano distesi nel fondo sotto i sedili, con le braccia sulla testa. Bastava rovesciarsi feriti nell'acqua, o che si capovolgesse la barca, per non tornare piú a galla, e restare invischiati nel pantano, nei solidi grovigli delle erbe di palude. I « ragazzi » vedevano la morte, gli sventagliava sulla faccia. A quelli della « caserma » di Clinto un proiettile colpí una damigiana piena, il vino allagava la barca, dovettero gettare la damigiana nell'acqua, e il vino rosso la tinse come se fosse sangue. Un barcaiolo che portava il commissario politico a un'altra « caserma » ebbe il paradello spezzato. E cinque partigiani del gruppo « delle isole » non fecero in tempo neppure a vederla, la morte. Li portò via con una scarica, la barca affondò nel mezzo di un canale, chissà dove fu trascinata: non si trovarono piú.

Il Comandante provò ad inviare messaggi ogni volta che gli aviatori salvati rientravano nelle loro linee. Forniva carte topografiche dove la zona controllata dai partigiani era visibilmente delineata. Niente. Gli aerei continuarono. Allora, un giorno di battaglia fra terra e cielo, che erano discesi dagli apparecchi colpiti quattro piloti inglesi, ne mandò « di là » soltanto uno. E avvertí: – Al primo mitragliamento di barche nella valle, io fucilo, ha capito? lo dica pure, *fucilo* i tre ufficiali che rimangono qui –. Finalmente gli apparecchi smisero di tirare sulle barche.

E poi gli alleati fecero un passo. Un piccolo passo, una rettifica della linea, cosa da nulla nel grande spazio che avevano davanti per conquistare. Ma bastò perché i tedeschi credessero ad una ripresa dell'offensiva, e si preparassero a resistere. Arrivò una divisione, tolta da un altro fronte, e non assomigliava alle truppe ormai scalcinate che occupavano il territorio. Era nuova, salda e armata, e possedeva delle motobarche. Proprio il giorno che fu segnalata, il vento spinse le nuvole dal mare, e ricominciò a piovere forte, larga bufera d'inverno contro le case allagate, nelle acque morte, sulla magra erba dei « dossi »

Sotto la pioggia spessa l'Agnese andava con le sporte. Non piú all'approdo, con tanti tedeschi in giro, ma molto piú oltre, lungo un argine, perché la barca potesse venire a terra senza farsi vedere. Appena sbucò dai campi sulla strada, incontrò tre tedeschi presso il canale: erano due soldati e un tenente. L'ufficiale sommergeva nel fango i suoi stivaloni nuovi, era giovane, alto, bello, ben vestito. Guardava verso il largo della valle col binocolo, sembrava agitato. Quando gli passò vicino l'Agnese, curva per il peso delle sporte e per la pioggia, le dedicò un'attenzione ostinata, vedendola andare con il suo carico sotto l'acqua, e i piedi bagnati nelle ciabatte: una donna grassa, ansante, sola, quasi vecchia, fuori con il maltempo, in un paesaggio disabitato, in un'ora morta del pomeriggio. Strano.

L'Agnese gli dette un'occhiata di traverso. Si scontrò con il suo sguardo fisso, le parve che avesse gli occhi grandi, aperti e lucenti come fanali. Tirò avanti per la strada, pensando che forse l'avrebbero seguita e fermata. Invece il tenente nazista disse qualche parola in tedesco ai soldati, poi si volse, lungo, rigido, andò nella direzione opposta, verso il crocicchio. L'Agnese girò la testa due o tre volte camminando: vedeva il suo impermeabile nero, lustro di pioggia, allontanarsi fra i due cappotti grigi dei soldati. La distanza cancellò prima i cappotti grigi, poi anche la lucida macchia della larga schiena in moto. « Posso svoltare per l'argine, – pensò l'Agnese. – Ormai non mi vedono piú ». Invece la vedevano ancora, la vedeva il tenente. Lei era, piccola e colorata, nel cerchio della lente del suo binocolo, prigioniera del disco di vetro.

Il tenente dette un ordine: uno dei soldati partí di corsa. E l'Agnese continuava ad essere visibile nella pioggia sull'argine elevato, camminava ignara sempre dentro il raggio della lente contro cui s'appoggiava l'occhio nazista. Si fermò a riposarsi, non pioveva quasi piú. Nei minuti della sosta il soldato ritornò velocemente in bicicletta, e con un'altra bicicletta a mano. L'Agnese risollevò le sporte posate in terra, le sembravano ogni volta piú pesanti: riprese a pestare nel fango con le sue ciabatte rotte. Il sentiero sull'argine era stretto e viscido, entrava ora in un ciuffo di canne: nel campo visivo del binocolo la piccola grossa donna con le sporte sparí. Allora il tenente montò in bicicletta, spedí indietro con una sillaba uno dei soldati, si precipitò sulla strada pedalando forte con l'altro soldato a ruota, infilò in volata il sentiero, seguí le larghe tracce lasciate dai passi dell'Agnese. Faticava a tenere la bicicletta in equilibrio: le ruote scivolavano sul fango vischioso come la colla.

Intanto l'Agnese arrivò dove l'argine era rotto: la dinamite tedesca vi aveva aperto un varco, ma il taglio non era riuscito. Ne risultava un tratto di terreno infiltrato, uno stagno di melma, due dita d'acqua sporca e ferma sulla terra sconvolta dall'esplosione. L'Agnese si levò le ciabatte e le calze, affondò nelle pozzanghere i piedi che rimasero coperti di fango, duri da muovere. Ma lei sapeva che dopo pochi metri di terra fradicia c'era un altro isolotto di canne, e in mezzo alle canne la barca di Clinto.

Fece un richiamo a mezza voce, le rispose un modulato fischio discreto, il verso di un uccello di valle: la barca era lí.

Fu in quel punto, mentre lavorava a tirar su dal fango i piedi inceppati e a tener sollevate le sporte, che sentí il fruscio delle biciclette. Il tenente balzò a terra, spianò la rivoltella, gridò istericamente: – Alt! – quasi che quella donna pesante, anziana, carica di roba, piantata nella terra e nell'acqua come una statua non finita, potesse mettersi a correre e scappargli via. Il soldato lasciò la bicicletta, saltò nel pantano, prese il braccio dell'Agnese, le dette una spinta che le fece cadere le sporte, se la tirò dietro all'asciutto, quasi urtando contro il petto del tenente, contro la sua nervosa mano armata. – Partesani, – gridò l'ufficiale sulla faccia sudata dell'Agnese, – partesani –. Non sapeva una parola d'italiano, solo quella aveva imparato, che credeva italiana; ed era una parola che lo faceva tremare, di agitazione, di smania, di un principio di paura. – Tu venire. Komme an, – disse il soldato. – Tu vecchia venire e dire dove essere partesani –. Chiese qualche cosa in tedesco al tenente, e lui rispose: nello scattare dei suoni strozzati e incomprensibili, anche se deformato dall'accento straniero, l'Agnese riconobbe il nome del suo villaggio.

Introdusse nelle ciabatte i piedi coperti di fango, raccolse le sporte; il soldato gliele strappò di mano, le infilò nel manubrio della bicicletta. – Vedere poi cosa tu portare qui dentro. – Raus, – disse il tenente. Le stavano ai fianchi, con le biciclette contro di lei, cosí vicine che il giro dei pedali le graffiava le gambe. Poi il sentiero si fece piccolo, il tenente andò avanti: gli era venuta a un tratto una gran fretta. Il passo veloce affannava il respiro dell'Agnese, ma il soldato la teneva ancora per il braccio, la tirava, la spingeva: da una parte lei, dall'altra la bicicletta. Con la sua grande forza sgarbata, riusciva a farle correre insieme.

L'Agnese aveva il pensiero rotto come il fiato, capiva

soltanto che la conducevano al suo paese, dove tutti la conoscevano e dove aveva ammazzato un soldato tedesco. Pensava anche, a tratti, che poco prima aveva sentito Clinto risponderle, ma certo s'era sbagliata: se Clinto fosse stato là, o un altro dei suoi, non l'avrebbe lasciata portar via. Andava quasi di corsa, ansando, le pareva che il cuore si spaccasse. « Di sicuro non ci arriverò a S... Morirò prima », pensava e ne era contenta.

Non comprese sul momento perché il tenente si fosse fermato di colpo; la bicicletta del soldato le sbatté sul fianco, scivolò indietro, si rovesciò. Poi l'aria fu piena di spari, uno, due, tre, una raffica. Anche la bicicletta davanti a lei si rovesciò, e il soldato e il tenente, tutti in un mucchio. In piedi sul sentiero dell'argine c'era ora soltanto lei; e Clinto con lo sten.

III.

La pioggia e la nebbia si cambiarono in neve, il rumore dell'acqua morí in un grande silenzio. La neve veniva giú dal cielo bianco, si fermava sugli alberi, sui tetti, si scioglieva nei canali, cancellava le cavedagne, era una cosa pesante, monotona, infingarda, una scusa offerta a chi non aveva voglia di muoversi. I tedeschi stavano intorno ai fuochi delle cucine, scherzavano con le ragazze, si ubriacavano e dormivano. Un ordine li faceva balzare in piedi, infilavano i lunghi cappotti di panno, quando erano fuori in quel bagliore bianco e gelido diventavano piú cattivi, avevano desiderio di ammazzare per scaldarsi. Ma per le strade non c'era quasi nessuno. Qualche donna con la testa fasciata dallo scialle, degli uomini rari, con l'aspetto affaticato ed innocuo.

I tedeschi non sapevano che fra quegli uomini e quelle donne, in giro fra la neve, molti, quasi tutti, erano partigiani. Staffette inviate con un ordine nascosto nelle scarpe, dirigenti che andavano alle riunioni nelle stalle dei contadini, capi che preparavano l'azione dove nessuno l'aspettava. La forza della resistenza era questa: essere dappertutto, camminare in mezzo ai nemici, nascondersi nelle figure piú scialbe e pacifiche. Un fuoco senza fiamma né fumo: un fuoco senza segno. I tedeschi e i fascisti ci mettevano i piedi sopra, se ne accorgevano quando si bruciavano.

Il Comandante aveva proibito all'Agnese di tornare in valle, per paura che si ammalasse. Lei era la responsabile delle donne, del magazzino viveri: bisognava che stesse bene, che si riguardasse. Obbediva con fatica, perché star chiusa in casa non le piaceva, ma contro un ordine del Comandante non poteva andare. Rivide in quei giorni i compagni dei primi tempi, i vecchi amici di Palita, gli altri che venivano a casa sua quando aveva cominciato a lavorare. S'incontrò con Walter, ancora zoppo, molto dimagrito, con il fabbro Magòn e suo cognato. Venivano dalla parte della strada, si riunivano in tre, quattro, parlavano lungamente. All'Agnese pareva che fossero imprudenti: spesso usciva nel cortile, stava ad ascoltare se di fuori si capivano le parole. Essi chiacchieravano e ridevano forte, sembrava una riunione di amici, per bere e mangiare insieme. Qualche volta, se lo vedevano presso l'uscio, chiamavano dentro uno dei tedeschi della casa, gli davano del vino, un bicchiere dietro l'altro, lo stordivano col caldo della stufa, con le loro voci bonarie e piacevoli. Il tedesco stava lí, con gli occhi spenti, la faccia stanca. Forse pensava all'inverno del suo paese, in quel momento era un uomo, un povero uomo in mezzo alla guerra. Allora lo mandavano via, non avevano paura di lui, si mettevano a parlare piano. Quando uscivano, lo scopo del colloquio era raggiunto, qualche cosa d'importante era sempre stato deciso.

Il giorno dopo si sapeva che i partigiani avevano svaligiato un magazzino di scarpe, o assalito un deposito di armi, o fatto fuori un convoglio di grano. Quel soldato tedesco che si era scaldato e aveva bevuto con i quattro o cinque uomini dentro lo stanzone dell'Agnese, non pensava certo che, vicino al suo bicchiere vuoto, alla sua sedia tiepida, fossero stati concretati i piani dei disarmi e dei recuperi. Venivano i colpi, fitti, inattesi, e non si sapeva di dove. I partigiani, i loro capi, i loro servizi indispensabili, i loro movimenti di truppa, tutta la vasta organizzazione di un esercito, erano lí, nel territorio, nella zona, vicini, lontani, premevano col peso di un'attività costante, sfuggivano al controllo con la lievità di una presenza invisibile. C'erano, e non si conosceva il luogo: comparivano e scomparivano come ombre, ma ombre col fucile carico, col mitra che sparava. Ogni uomo, ogni donna poteva essere un partigiano, poteva non esserlo. Questa era la forza della resistenza.

Per difendersi, per sciogliere quei vincoli che legavano sempre piú stretti, per distruggere i nidi da cui nasceva la morte, bisognava dar fuoco a un paese intero, ammazzare tutti, partigiani e civili, innocenti e traditori, amici e nemici. I tedeschi lo facevano. Un giorno, all'improvviso, bruciavano un villaggio, e non sapevano perché proprio quello e non un altro. Erano tutti uguali: c'era in tutti l'odio contro i tedeschi, l'azione armata, la cospirazione, il terrore, eppure bruciavano quello e non un altro (« Un lavoro della paura », come diceva l'Agnese).

Lo eseguirono a poca distanza di lí, sette od otto chilometri. Si vedevano le fiamme dalla strada, arrivarono di corsa i pochi scampati allo sterminio. Correvano per istinto, ma il loro pensiero era fermo, fra le case nel fuoco, le raffiche dei mitra, i corpi accatastati, grandi e piccoli, e ancora piú piccoli e piú nudi quelli dei bambini, sulla neve sporca di sangue. Morirono dei compagni, venne un altro strappo nella tela dura della lotta clandestina, ci vollero giorni e giorni di fatica per ricucirlo.

La neve continuò a venir giú sulla valle. L'acqua appariva piú grigia per la bianchezza pesante dei « dossi », dei tetti carichi. Gli isolotti non erano piú terra ma neve, pareva che dovessero sprofondare, disfarsi, scomparire nel grigio. Anche le case bianche sembravano incompiute e provvisorie, senza fondamenta, galleggianti con tutto il loro peso di neve e di gente nascosta. Davano il senso di barconi ancorati, non saldi, che da un momento all'altro potevano mettersi in moto, sfasciarsi in un naufragio tranquillo.

Gli uomini della « caserma » di Clinto stavano stretti là dentro, in pochi metri cubi d'aria densa, col silenzio piú oppressivo del rumore; un deserto dove non si poteva camminare, uno spazio senza respiro. Stavano là dentro, mangiavano, dormivano, vivevano. Erano ancora vivi, in mezzo a un mondo senza vita, e gli occhi guardavano un paesaggio privo di colore, come nei sogni, e non lo vedevano piú. Bianco e grigio in silenzio. Ma anche di questo non si moriva.

L'unica gioia: l'arrivo delle barche. Spuntavano, una, due, cose nere che crescevano, prendevano forma, sembravano nascere a poco a poco dall'acqua, dalla neve. Un miracolo di tutti i giorni. I partigiani si ammassavano contro le finestre, si litigavano il posto, s'insultavano. Bisognò fare i turni: a chi toccava vedere arrivare le barche.

L'unica speranza: la venuta del Comandante, o di una staffetta, che portasse l'ordine dell'azione, la partenza per la battaglia. Mangiavano, dormivano, vivevano. Stavano là dentro, stretti al caldo nelle stanze della casa coperta di neve. Erano al sicuro. Ma tutti volevano andar via, andar fuori, nell'acqua, nel freddo, contro i proiettili tedeschi, contro la morte delle armi tedesche. Per rivedere il disegno della terra, delle strade, dei paesi, per ritrovare il rumore, la forma della vita, anche nei luoghi dove veniva data la morte. Per cambiare colore davanti agli occhi. Non piú solo bianco e grigio, ma anche nero, anche rosso, anche sangue.

Invidiavano quelli di un'altra «caserma» piú al largo nella valle, che di notte, tornando su sei barconi dopo una azione in una base di «brigate nere», si scontrarono con le motobarche tedesche. Udirono i motori da lontano, un battere pigro nella nebbia, si dissero una parola, da barca a barca: – Attacchiamo? – Attacchiamo –. I vogatori tirarono su i remi, la fila si fermò, dondolando sull'acqua scura. Non si vedeva niente. Cominciava a piovere piano, aghi freddi di pioggia sulle mani, sulla faccia. Le motobarche venivano avanti, si sentivano piú forte i motori, erano nella direzione giusta. Gli orecchi esperti degli uomini della valle scoprivano il loro procedere, come se fosse giorno, e senza nebbia. Una voce, dal primo barcone, ordinò: – Fatevi piú a destra, ci arrivano addosso –. Il comando fu trasmesso alle altre barche; subito si mossero, in tempo perché svanisse ogni strepito di remi, e fossero di nuovo nascoste dietro cortine nere, nell'onda muta della pioggia. Quando la prima motobarca passò vicino, rimasero immobili, aspettarono che tutta la formazione si distendesse in riga contro i barconi. Nel buio si accesero le fiamme degli spari, un muro di fuoco, una scarica paurosa che aggredí le motobarche di fianco, le sbandò come un urto, picchiò insieme alla pioggia sui tedeschi a bordo, fitti ed invisibili. Quelli che non caddero alla prima ondata misero in azione le mitragliatrici, i nastri cominciarono a scorrere vibrando, l'aria fu piena di vampe incrociate. Barconi e motobarche non si vedevano, tutti sparavano contro gli spari nemici. Ma dietro ognuno di quegli spari stava un uomo, e spesso veniva colpito. Allora, in quel punto, cessavano per un momento gli scoppi rossi, finché un altro uomo non occupava il vuoto. Armi contro armi, galleggianti sul nero della valle, sul nero del cielo: e su tutto la pioggia, che aumentava, diventava un tessuto ondeggiante, inondava le barche, i cappotti, le ferite, i corpi rovesciati, le facce senza vita, le armi che sparavano; bagnava la neve sui «dossi», la disfaceva sugli argini, intorno alla battaglia, come per cancellarla, acqua nell'acqua. Un barcone partigiano andò a picco. Chi riuscí, si salvò a nuoto. Anche due motobarche affondarono, con il loro peso umano, forse già tutto morto. Una aveva una fiammata accesa a prora, una lingua azzurra che si spense friggendo come un fiammifero immerso in un bicchiere pieno. Le altre cinque aumentarono il rombare del motore, si scostarono, fuggivano. Si videro piú distante i fuochi a catena delle mitragliatrici. I partigiani, radi, tiravano ancora. Poi le mitragliatrici tedesche tacquero dopo una raffica lunga, un ultimo passaggio di morte sui barconi. Sempre piú radi, i partigiani spararono al buio contro il battere ormai lontano dei motori, pigro come prima, nel silenzio riconquistato.

Quelli di guardia alla « caserma » di Clinto udirono, in piena notte, quel rimbombo di scoppi, come una riga di rumore sull'orizzonte cieco: svegliarono i compagni. Stettero un poco in ascolto, ma anche il fronte brontolava, dalla parte opposta. Dissero: – È l'eco del fronte, – e si rimisero a dormire.

Lo seppero il giorno dopo, quando venne il Comandante, che c'era stata battaglia in acqua, e fu allora che invidiarono lui e i partigiani dei barconi, l'ora di quella notte, il sentirsi vivi dopo quell'ora, e il ritorno nell'alba, anche con undici feriti, e un barcone perduto, e sette uomini di meno in brigata.

IV.

La mattina della vigilia di Natale la neve era cosí alta che dall'Agnese dovettero far la rotta per uscire di casa. Anche i tedeschi lavoravano a liberare il cortile. Erano rossi, allegri, avevano bevuto molto cognac. In cucina le ragazze facevano la sfoglia e i dolci. Dicevano: – Si deve capire che è festa anche se siamo in guerra –. Andavano di qua e di là, al pozzo a prendere l'acqua, dai vicini a farsi imprestare le pentole e le padelle; passavano ridendo davanti alla porta dell'Agnese, guardavano nello stanzone, scuro e triste come gli altri giorni. Lei non faceva niente di differente, preparava il solito pasto, trafficava nel fondo fra i sacchi, dura e silenziosa come sempre da quando era venuta. Si sbrigò presto con le sporte di roba per la « caserma »; le donne avevano fretta, anche loro volevano fare qualche cosa per il Natale. Le aiutarono anche il Comandante e « La Disperata »: fecero un paio di giri da casa al canale con le sporte piene. Portarono con la carriola anche una damigiana di vino. A mezzogiorno avevano finito, si misero a mangiare. – Forse Clinto non può venire, – disse il Comandante. Invece Clinto venne di corsa, col cappotto tutto bianco di neve. Disse che aveva lasciato Tom al comando della « caserma », che i partigiani erano calmi. – Però, – aggiunse, – se continua a nevicare è un disastro.

Il Comandante, che stava da un'ora seduto proprio vicino alla stufa, « a far provvista di caldo », diceva, si alzò, infilò il suo pastrano cittadino troppo leggero per il gelo della valle, disse: – Andiamo? Chissà poi se viene, quello là, con tanta neve –. Clinto si mise a ridere: – Viene, – assicurò, – anche se ce ne fosse un metro. Viene con le cinquantamila lire –. Batté allegramente con la mano sul lato sinistro del petto, dove teneva la pistola: – Gli ho fatto vedere il mio biglietto da visita. – Gli hai amareggiato il Natale, – osservò il Comandante. – È avaro come una formica. – La paura fa novanta, – concluse « La Disperata ».

Erano pronti, tutti e tre. Il Comandante si rivolse all'Agnese: – Mamma Agnese, tu riposati e va' a letto presto. Noi dopo andiamo alle « caserme ». Staremo là stanotte, e anche domani. Sono tristi, le feste, per i « ragazzi » –. Clinto aprí la porta: il vento portò dentro la neve. Erano le tre del pomeriggio, e pareva già sera. – Buona notte e buon Natale, mamma Agnese, – dissero, prima di uscire.

Sola, si sedette presso alla stufa a far la calza. La calza va per conto suo, non rovina i pensieri. E lei pensava a tante cose, muovendo le mani e i ferri senza guardarli. Pensava al Natale dell'anno scorso, sola come questa volta, ma a casa sua. La sera erano venuti i compagni, anche allora non si fece festa, da poco aveva saputo che Palita era morto. Le dissero le stesse parole: – Riposati. Va' a letto presto. Avremo tanto da lavorare –. Era andata a letto presto, con la gatta nera che faceva le fusa, ron-ron, ron-ron, lunga distesa sotto la coltre, contenta che lei non la mandasse via. E si sognò Palita: le disse che non pensasse al Natale. Dove stava lui, le feste non c'erano. Aggiunse: – Va' avanti cosí che tutto andrà bene –. L'anno prima, invece, Palita c'era ancora. Ma l'Agnese non si ricordava niente di speciale. Tutti i Natali della sua vita si assomigliavano, erano quieti, bianchi, un po' tristi: giorni lunghi passati senza lavorare. Faceva anche lei la sfoglia, i dolci: mangiavano in silenzio. Non avevano mai grandi cose da dire.

Adesso, invece, potrebbe parlare con Palita. Sapeva molto di piú. Capiva quelle che allora chiamava « cose da uomini», il partito, l'amore per il partito, e che ci si potesse anche fare ammazzare per sostenere un'idea bella, nascosta, una forza istintiva, per risolvere tutti gli oscuri perché, che cominciano nei bambini e finiscono nei vecchi quando muoiono. – Perché non posso avere una bambola? – Perché le ragazze dei signori vanno a ballare con un vestito nuovo e io non posso andarci a causa del vestito vecchio? – Perché il mio bambino porta le scarpe solo la domenica? – Perché mio figlio va a morire in Africa e quello del podestà resta a casa? – Perché non potrò avere un funerale lungo, con i fiori e le candele? – Lei adesso lo sapeva, lo capiva. I ricchi vogliono essere sempre piú ricchi e fare i poveri sempre piú poveri, e ignoranti, e umiliati. I ricchi guadagnano nella guerra, e i poveri ci lasciano la pelle. Lei, quando andava per il bucato, i signori del paese la salutavano appena, la lasciavano sulla porta. E non ci si azzardava a dir niente, per paura di sbagliare, di far ridere, di perdere anche il pane di tutti i giorni. C'era però chi diceva qualche cosa: il partito, i compagni, tanti uomini, tante donne, che non avevano paura di niente. Dicevano che cosí non poteva andare, che bisognava cambiare il mondo, che è ora di farla finita con la guerra, che tutti devono avere il pane, e non solo il pane, ma anche il resto, e il modo di divertirsi, di essere contenti, di levarsi qualche voglia. I fascisti non volevano, e loro ci si buttavano contro malgrado la prigione e la morte. I fascisti avevano fatto venire in Italia i tedeschi, avevano scelto per amici i piú cattivi del mondo, e loro si buttavano anche contro i tedeschi. Ed era tutta gente come Magòn, come Walter, come Tarzan, come il Comandante, gente istruita, che capisce e vuol bene a tutti, non chiede niente per sé e lavora per gli altri quando ne potrebbe fare a meno, e va verso la morte mentre potrebbe avere molto denaro e vivere in pace fino alla vecchiaia. E appena si arriva, dice: – Hai mangiato? Hai bisogno di qualche cosa? – e prima di andar via dice: – Buona notte e buon Natale, mamma Agnese.

Questo era il partito, e valeva la pena di farsi ammazzare.

L'Agnese mise giú la calza, e s'affacciò a vedere fuori della porta. Era già notte, e nevicava ancora.

Andò a letto. La stufa era spenta e faceva freddo. Si riscaldò a poco a poco sotto le coperte, ma non aveva sonno. Al di là della parete, nella cucina di casa, sentiva le voci delle ragazze, della madre. E altre maschili, odiate, nel linguaggio duro quasi privo di vocali, voci tedesche. Erano quelli che stavano in Italia da padroni, e rubavano tutto, rovinavano la terra con le mine, per causa loro gli aerei anglo-americani bombardavano le città, distruggevano i paesi, buttavano all'aria ponti e strade. Erano quelli che all'improvviso bloccavano una zona, entravano nelle case e portavano via gli uomini, e li mandavano parte in Germania dove si moriva, parte contro un muro o verso un albero, dove si moriva. Loro stavano cosí, in Italia: e c'erano degli italiani, uomini e donne, a cui piaceva esserci insieme, e che parlavano da scemi coi verbi all'infinito per farsi capire. Dicevano che erano costretti a lavorare per loro, ma invece di scaldargli il rancio nelle gavette, facevano le sfoglie e i dolci il giorno di Natale, per i nemici, come fossero dei fratelli.

L'Agnese ascoltava quelle voci di là dalla parete, s'immaginava la cucina calda, illuminata, le ragazze che ridevano, i tedeschi che allungavano le mani quando esse gli passavano vicino, e la madre e il padre che stavano a guardare, non intervenivano in niente, dicevano: « Signor maresciallo » con umiltà, « signor tenente » con devozione, e se « loro » volevano star soli con le figliuole, bevevano un bicchiere di cognac e andavano a dormire in pace.

Verso la mezzanotte i tedeschi si misero a cantare. La notte di Natale tutti i tedeschi cantano: malgrado i fucilati, gli impiccati, la prepotenza e tutto il resto, cantano bene; mettono fuori dalla gola avvezza agli urli una voce chiara, religiosa, benefica, un tono da angeli. Il coro cresceva nella casa, entrava attraverso i muri nello stanzone freddo dell'Agnese, vi faceva come un nido, un asilo, un ardente rifugio di pietà. Belle e dolci soltanto le voci, le musiche; gli uomini rimanevano quelli che erano, col cuore fatto di pietra, col cervello pieno di comandi, pronti come sempre a seviziare, a massacrare, a uccidere: «Ci vorrebbe una bomba, – pensava l'Agnese, – una bomba in mezzo alla cucina che si cantassero il funerale».

Si addormentò tardi, con fatica: quei cori che parevano la ninna nanna dei santi le levavano il sonno. Fu svegliata dopo un'ora, di soprassalto, da un rumore di piedi, un saltare leggero a tempo di valzer, un frusciare interrotto su un ritmo di tango, manovrati nel respiro dolce della fisarmonica. Era una bella notte, era festa. I tedeschi avevano mangiato bene, bevuto con abbondanza: adesso erano molto allegri, e ballavano con le ragazze.

La mattina stese un silenzio stanco, un sonno felice sulla casa intera. Nessuno fece la rotta nel cortile pieno di neve. Dormivano tutti, in compagnia dei fantasmi del cognac, delle accorate visioni del vino. I tedeschi non facevano cerimonie, si buttavano sui letti, sulle sedie, sulla pietra nera del focolare, si asciugavano il sudore del ballo nelle giubbe slacciate, e meglio ancora se vicino rimaneva il caldo di una donna. Si stava bene in Italia, nelle case italiane. Peccato che ci fosse la guerra e che si dovesse ogni tanto lasciare la presa, e continuare la marcia verso il nord; « sganciamento, difesa elastica, ritirata strategica, fortunati allineamenti su nuove posizioni secondo i piani prestabiliti » come dicevano i furbi bollettini del quartier generale. Peccato che gli aerei alleati ce l'avessero con gli automezzi, e lasciassero ogni giorno mucchi di carcasse fumanti sulle strade, tanto che ormai il grande esercito del Reich non aveva piú che delle modeste carrette per i suoi trasporti. E se non ci fossero stati quei delinquenti abituali dei fuorilegge, quegli assassini partigiani, l'Italia sarebbe un paradiso, una villeggiatura: il popolo italiano, specialmente le donne, voleva bene ai camerati tedeschi, li teneva volentieri, non era vero che li odiasse. Almeno cosí essi pensavano, nell'euforia di una sbornia ben digerita, destandosi ad uno ad uno nella luce bianca del giorno di Natale.

L'Agnese si levò con poca voglia. L'inverno era lungo, la paura era lunga. Lei non aveva paura per sé, non le restava piú niente da perdere, ma le dispiaceva per « quei ragazzi », prigionieri dell'acqua, nervosi, un po' malati, immobili nella tormentosa mancanza di spazio, di terra dura su cui camminare; e sempre col pericolo di un attacco in forza, di una sorpresa disperata contro la loro vita tirata fin qui con tanto stento. Le dispiaceva per il Comandante e per tutti gli altri, che ormai avevano lasciato tutto, con un distacco preciso, con il pensiero di ritornare, forse, ma prima doveva finire la guerra, e la guerra è un passaggio difficile, una barriera di fuoco, una fila di giorni vuoti, e poi ancora del fuoco, e la morte vicino.

Andò al pozzo a prendere l'acqua. La neve era ghiacciata; faceva bel tempo, un sole senza raggio nel cielo gelido. Il vento di tramontana le forò la faccia. Mentre rientrava col secchio pieno, le corse dietro la Maria Rosa, una delle ragazze. Disse: – Buon giorno, signora Agnese. Posso venire? Ho bisogno –. Era spettinata, si era alzata allora o non era andata a letto. Era una bella ragazza, sana, fresca nel viso, nel corpo, con i capelli ricci e gli occhi neri. Sotto a un orecchio aveva una macchia rossa, come se qualcuno, baciandola, le avesse succhiato la carne, tirando il sangue a fior di pelle. – Avanti pure, – disse l'Agnese. Nella luce scarsa del vetro la Maria Rosa sembrò ad un tratto triste e stanca, e piú larga quella macchia colpevole. Si fece indietro, dove cominciava l'ombra nello stanzone. – Signora Agnese, – disse. – Le voglio dire una cosa. Da un pezzo gliela voglio dire e non mi azzardo.

L'Agnese aveva un aspetto che non dava troppo coraggio: i suoi occhi erano duri, con uno sguardo attento, senza benevolenza. Ripeté: – Avanti pure, – con le mani appoggiate alla tavola, in attesa come se avesse fretta. – Oggi proprio glielo voglio dire, – continuò la Maria Rosa, imbarazzata, mettendosi indietro i capelli dalla fronte. – Non so piú niente del mio fidanzato. Andò via in primavera, mandava notizie ogni tanto, per qualcuno che passava di qui, o che sta da queste parti. Dall'agosto non s'è piú visto nessuno. Io so che lei può insegnarmi come si fa per avere notizie, aiutarmi in questa cosa, – abbassò la voce, aggiunse piano, senza guardare l'Agnese: – Io lo so perché lei è qui e che cosa va a fare in valle. Il mio fidanzato è in montagna. È un partigiano –. Disse l'ultima parola disegnandola con le labbra, senza suono.

L'Agnese la guardava: fissava soprattutto la macchia rossa sotto l'orecchio: – Tu hai il fidanzato nei partigiani, – disse a un tratto, – sai che cosa fanno i partigiani, e stai a ballare tutta la notte con i tedeschi? – La ragazza fece un gesto stupito, volle rispondere. – Va' là, sta' zitta che è meglio, – disse l'Agnese. – Guarda lí, – le toccò il collo, tirò via la mano come se scottasse. – Ti fai succhiare come le...

Alla parola cruda, la Maria Rosa alzò su la testa: – Mi credevo che foste un'altra donna, – disse con ira. – Accidenti a quella volta che sono venuta, per la miseria! – Voltò le spalle, fece due passi verso la porta, l'Agnese l'afferrò per un braccio, la spinse indietro: – Hai capito che cosa ti ho detto? Quando si vuol bene a uno, e lui va via, forse è già morto, oppure soffre la fame, il freddo, e combatte, non si balla con i tedeschi. Sono degli assassini, sono loro che ammazzano i partigiani, li impiccano, gli spaccano i piedi. Se una vuol bene a un partigiano non si fa baciare da un porco tedesco –. Era difficile per l'Agnese fare un discorso tanto lungo, non trovava piú le parole, la voce si strozzava in gola per la rabbia covata tutta la notte. – Andate all'inferno! – disse la ragazza, e cercò di svincolarsi, dette uno strappo al braccio; ma l'Agnese la teneva forte, gridò: – Questi doveva darteli tua madre! – e con la mano libera le dette due schiaffi, uno di qua e uno di là, misurati, grossi, pesanti.

Si guardavano in silenzio, erano quasi stupite, tremanti tutte e due. L'Agnese aprí la porta, guardò fuori: non c'era nessuno. Andò vicino col viso alla ragazza, mormorò: – E adesso vallo a dire, e io ti ammazzo. Ricordatelo –. Lei stava per piangere, faceva fatica a mandare indietro le lacrime, si sfregava le guance che diventavano rosse, a strisce, con l'impronta delle dita, dure come di legno. L'Agnese richiuse. Disse con severità: – Aspetta un momento –. Ma la voce e gli occhi erano mutati. Preparò un catino, le fece un impacco con una pezza bagnata nell'acqua fredda.

Tutto il giorno l'Agnese pensò: «Ho sbagliato. Questa volta ho sbagliato davvero», come quando aveva ammazzato il tedesco. Ma allora era ai primi passi della lotta clandestina. E la lotta clandestina se ne mangiò tante, di queste paure ed incertezze. Da principio ci si trovava spesso ad un bivio, e si rifletteva per imbroccare la strada giusta. Poi fu una landa senza strade, e bastava andare avanti, procedere insieme, un esercito sparso che si dirigeva da tutte le parti verso lo stesso punto; e ci arrivarono tutti, meno quelli che rimasero morti per via.

L'Agnese decise di raccontare l'incidente al Comandante, che fosse sull'avviso, se accadeva qualche guaio: questo però la faceva tremare, perché non era svanita la vecchia soggezione. «Maledetta me, – pensava, – e la mia testa matta».

Il Comandante, Clinto e «La Disperata» tornarono nel pomeriggio, si trassero dietro un'ondata di freddo. Il cielo era lontano e sereno, il gelo si stabiliva nell'aria, era una cosa solida, luminosa, trasparente, che levava il fiato. Aveva un odore sano, sincero, l'odore delle pure sere d'inverno nei grandi spazi di campagna senza case, di acqua senza barche. Quelli che venivano di fuori lo portavano nei vestiti, nei gesti, nel respiro: sembrò spento anche il fuoco ronzante della stufa.

Ma dentro si stava bene, faceva caldo. Si levarono i cappotti, sedettero con le gambe distese: si vedeva che erano stanchi, con le mani gonfie per aver remato controvento.

Controvento pareva remare anche l'Agnese, quando si avventurò nel lungo discorso, il secondo lungo discorso della giornata, e questo tanto difficile da fare. Al suono delle proprie parole, davanti al viso dimesso e incomprensibile del Comandante, ebbe la sensazione di aver scatenato un pericolo, e il cuore cominciò a farle male, con un duro battito precipitoso, come se glielo picchiassero con un sasso.

Quando ebbe finito, il Comandante fece il suo sorriso corto, una luce accesa e spenta. – Tu hai paura della ragazza, – disse. – Non della ragazza, – rispose l'Agnese, leggermente irritata. – Ho paura che parli coi tedeschi. – Ma tu, – disse il Comandante, – le hai detto che l'ammazzi. Gliel'hai detto con la faccia di certi momenti. – Va' là che avrà piú paura lei, – interruppe Clinto, e tutti si misero a ridere, e allora sorrise anche l'Agnese. « Io, il Comandante, Clinto e gli altri, – pensava, – non ci spaventiamo mai della stessa cosa ». Voleva dirlo, ma non ebbe il coraggio.

La notte chiamò tanto Palita, che finalmente ci riuscí a sognarselo. Era tutto vestito bene e c'era anche la Maria Rosa; lui le offriva da bere e diceva: – Signorina, non sia arrabbiata. Mia moglie è una buona donna, – e a lei diceva: – Su, fate la pace. Perché volete litigare? Tanto, tutte e due volete bene ai partigiani. State tranquille che non succederà niente –. Infatti non successe niente e la ragazza non parlò. Di mattina presto s'incontrarono al pozzo, si salutarono come prima.

V.

Il Comandante disse: – Quei ragazzi cominciano a star male –. Tornava dalla valle, con le scarpe bagnate, e il suo carico di freddo. Ogni giorno era costretto a rabbrividire fin dal mattino, e non si riscaldava neppure vicino al fuoco. Aveva i vestiti leggeri, era partito dalla città in aprile, credeva che nell'estate la guerra finisse. Tutti credevano cosí. Per questo l'inverno era molto duro.

L'Agnese stava seduta in un angolo, e rammendava delle calze di lana. Di solito non interveniva nei discorsi; si dimenticavano di lei tanto era silenziosa, anche nelle sue faccende. Questa volta invece parlò, e tutti la guardarono con meraviglia. – Cominciano a star male? Sono sempre stati male. Da quando sono entrati in quella casa con l'acqua. Non è un posto adatto. Hanno paura: tutti hanno paura dell'acqua –. Non sapeva spiegarsi, muoveva le sue grandi mani incerte come per tracciare il disegno di quella tortura. E il Comandante capiva: la «caserma» era una prigione aperta, ma sbarrata, uno spazio inutile, proibito per la libertà. – Lo so, – disse. – Stanno male ma si salveranno. Forse a quest'ora, in terra, molti di loro sarebbero morti. – La guerra non è finita, – mormorò l'Agnese quasi con ira. Era la prima volta in tanti mesi che si azzardava a ribattere. Diventò rossa, disse: – Scusi, – e andò in fondo allo stanzone a preparare le sporte. Il Comandante sorrideva, ma era quel sorriso fisso che i partigiani temevano: acerbo, privo di luce, il sorriso di quando puniva, senza legami di pietà. – È nervosa, – disse Clinto. – Un po' malata anche lei, della vita che facciamo –. Il

Comandante voltò via lo sguardo: – Per questo la lascio perdere, – disse.

Le staffette per il trasporto dei viveri arrivarono quasi tutte insieme. Era l'ultimo giorno di dicembre, sembrava che venissero a fare un po' di festa, e per farlo credere parlavano forte, ridevano. Andarono anche via insieme, tanto nel cortile e nei campi non c'era nessuno. I tedeschi stavano chiusi in casa, a prepararsi per la sbornia del primo dell'anno. – Aspettiamo che tornino le donne, – disse il Comandante. – Poi andremo anche noi. Io e te, Clinto, per l'affare del vitello. Il contadino deve darcelo anche se non vuole. « La Disperata » farà un salto da Walter per la stampa –. Giocarono a carte, aspettando: chiamarono anche l'Agnese alla briscola in quattro. Fecero molte partite, e le donne non venivano. Ormai era tardi, smisero di giocare. Clinto disse: – Vado io a vedere perché non tornano, – e prese la bicicletta, una carcassa che non faceva gola ai tedeschi.

Fuori era un freddo terribile. Il sole gelido cadeva sulla neve dura come la pietra. La tramontana precipitava a tratti, scuotendo la nuda immobilità della campagna, il cielo curvo e vuoto. Clinto arrivò al canale, proseguí lungo l'argine. Trovò le donne rifugiate in un « casone » mezzo disfatto, avevano ancora le sporte. I barcaioli non s'erano visti. Clinto si spinse piú avanti, fino a quella svolta dove il tenente tedesco aveva preso l'Agnese. Guardava lontano, con i suoi occhi avvezzi ai colori della valle, e, proprio dai colori, a conoscerne i segreti. Presso la riva l'acqua era torbida, grigia, si muoveva col vento, ma al largo appariva lucida e ferma, con un riflesso quasi azzurro: senza nebbia, una trasparenza di vetro spesso, un pauroso senso di continuità, di saldezza, di peso. Clinto sapeva che cosa era, l'aveva visto tante volte: l'acqua di tutta la valle non era piú acqua ma ghiaccio.

Tornò indietro di furia, disse passando alle donne che in valle non s'andava. – Nascondete le sporte nel solito posto, e tornate a casa per la strada alta, senza farvi rivedere lí da noi. Vi manderemo ordini –. A una di loro dette la bicicletta, si mise a correre giú per la cavedagna. Il freddo lo stringeva come una catena, gli segava le dita. Da un pezzo non lo aveva sentito cosí profondo, quasi venisse dalla terra, salisse dalle radici come un animale all'assalto, ad occupare ogni limite o contorno, mutando forme e luci nel morto cerchio del paesaggio. Clinto correva con gli scarponi sulla neve gelata, e la neve scricchiolava, raddoppiando il rumore dei passi nell'eco affrettata del vento.

Dalla casa credettero che arrivassero in molti, aprirono la porta: Clinto entrò solo, lasciando fuori il silenzio, il vibrante silenzio del gelo. – La valle è ghiacciata, – disse. – Le barche non possono passare e per andare a piedi il ghiaccio non tiene. Gli uomini sono bloccati –. Nessuno disse niente: si guardavano in faccia, anche se nello stanzone cominciava a far buio. Soltanto il Comandante bestemmiò forte, con una voce amara, infuriata, nuova.

Piú ad est la valle non era gelata. Acqua larga, acqua aperta, traversata dai canali correnti, e col vento che soffiava dal mare. Là si poteva ancora raggiungere le « caserme », quella delle isole, e le altre due. Il problema esisteva per la piú vicina, la piú infelice, in mezzo alla bonifica allagata, chiusa fra lembi di terra e argini rotti. I quarantaquattro uomini non avrebbero potuto piú andare a prendere la legna sui « dossi », e non avevano da mangiare che per un giorno o due. Fame, freddo, prigionia. L'inverno dava ragione all'Agnese.

– Bisogna arrivarci, – disse il Comandante, – una barca la troveremo. Metteremo a prora dei pezzi di lamiera dura, quella degli aerei caduti, faremo una rompighiaccio. Domani mattina subito. – Voi cercate di ricuperare la lamiera, – disse « La Disperata ». – La barca vado a prenderla a S... – Il Comandante lo guardò in silenzio: – Sono otto chilometri di strada, – osservò, – e i canali saranno gelati. – Porterò la barca in spalla, – disse « La Disperata ».

Dormirono poco. All'alba si alzarono e bevvero della grappa. L'Agnese fece un gran fuoco nella stufa, preparò il caffè. Tutta notte i tedeschi avevano cantato e ballato e sparato in aria sulla strada. Adesso dormivano, erano ubriachi: festeggiavano il primo giorno di un anno disperato, tanti non ne avrebbero visto la fine. – Tanti piú loro che noi, – diceva Clinto con un sorriso allegro. Il freddo tagliava la faccia: si respirava corto dentro una piccola nuvola di fiato. C'era una nebbia azzurra, un velo di seta lucente che vestiva gli scheletri degli alberi. La neve non cedeva sotto i passi: era una crosta liscia su cui scivolavano le scarpe come pattini. Si faceva fatica a stare in piedi.

Al crocicchio si divisero: Clinto e il Comandante seguirono l'argine verso un apparecchio abbattuto, mezzo distrutto contro una riva. « La Disperata » prese la strada per S... Era venuto da poco in brigata: un ragazzo alto, bruno, con la schiena larga: nato nella valle, la conosceva come casa sua. Non aveva famiglia, fin da bambino faceva la caccia e la pesca di frodo, come suo padre, come tanti del paese, un paese abbandonato da Dio, dicevano i vecchi. Si arrischiava a camminare sulla strada, per guadagnare tempo; il ritorno era lungo, con la barca da portare attraverso i campi e i canali morti. Il Comandante aveva detto di sí, di andare per la strada, purché stesse attento a passare i gruppi di case dove c'erano i tedeschi. Aveva detto di sí: ma non sapeva che « La Disperata » sotto la mantella, legato alla cintura con la canna di traverso sul petto, nascondeva il mitra.

A S... arrivò in due ore, non incontrò quasi nessuno, evitò il posto di blocco sul ponte, girò dietro, nella campagna, passò vicino alla casa bruciata dell'Agnese, un mucchio di macerie nere, andò sul sentiero dell'argine alla fattoria dell'amico a cui voleva domandare la barca. Alla fattoria gli fecero festa. Un uomo che arriva inaspettato il giorno di primo d'anno porta fortuna. Era una brava famiglia di contadini, contrari ai fascisti e ai tedeschi, ma paurosi, aggrappati alla loro pace, attenti a non farsi acchiappare in un rastrellamento e a ripararsi dagli apparecchi. Per il resto non si rifiutavano, pur senza compromettersi: davano viveri, danaro, vestiti, ma non sapevano che i partigiani fossero cosí prossimi, un'intera brigata organizzata militarmente; credevano che la roba servisse a gruppi di sbandati, renitenti alla leva, o ricercati per politica. I partigiani erano, per essi, persone strane, forestiere, astratte, leggendarie: non concepivano che uno come loro, uno del paese fosse un partigiano, si chiamasse non piú Antonio ma « La Disperata », girasse con un'arma sotto la mantella. Se l'avessero saputo, sarebbero morti dalla paura, e certo gli rifiutavano la barca. Per questo, prima di entrare, « La Disperata » nascose il mitra nel fosso asciutto di una chiavica.

Mangiò con loro, spiegò che voleva andare in valle a pescare e a caccia di folaghe. Gli battevano le mani sulle spalle, gli domandavano notizie della guerra, lo chiamavano Antonio, Tonino; e la figlia di casa apparve tutta rossa e felice. Antonio le piaceva: era andata molte volte con lui a ballare e a spasso sotto le piantate. – Mi vuoi quando torno, – le disse « La Disperata » un momento che rimasero soli. La baciò dietro la porta, aveva una bella bocca, giovane, con le labbra che sapevano di frutta. La ragazza disse: – Perché non torni a casa? – Qui i tedeschi mi prenderebbero nella « Todt » o mi manderebbero in Germania. Meglio stare alla larga. Del resto non sono lontano. Lavoro a P... dai miei parenti. Se non ti dispiace di aspettare, dopo la guerra ti sposo –. La baciò ancora sulla bocca: sentiva proprio che le voleva bene.

Ripartí sul mezzogiorno; andò prima, con una scusa, a riprendersi il mitra, lo legò come prima, si avvolse nella mantella. Quelli della famiglia gli portarono la barca fino al canale. Non era gelato, si poteva remare, almeno per un po'. Lui rimaneva indietro con la ragazza. Gli altri avevano piacere di quella specie di fidanzamento, si capiva, perché li lasciarono soli di nuovo, salutando con scherzi e frasi di malizia benigna. – Tornerò presto a trovarti, – disse « La Disperata ». – Adesso devo andare che si fa tardi –. Lei gli stava davanti con la faccia in su. Ma questa volta, per via del mitra sul petto, non la poté baciare.

Lasciò il canale appena fu fuori di vista: non era quella la sua direzione. Si caricò la barca sulle spalle, superò l'argine, infilò una cavedagna. La barca non pesava molto, ma era grande e scomoda da portare. Poi gli piaceva poco di farsi vedere. Evitava tutte le case, andava sempre piú al largo, verso la zona allagata. Faceva tanto freddo che nei campi non c'era nessuno. Cavedagne, fossi, siepi, prati ruvidi e nudi, terre seminate. Ogni tanto un argine, un canale: ma questi erano tutti di ghiaccio, doveva traversarli, tastando col piede se il ghiaccio teneva, risalire l'argine opposto tirando su la barca. Dopo un po' di cammino non ebbe piú freddo, aveva mangiato bene, bevuto del vino buono da primo d'anno, era contento di aver trovato la fidanzata insieme con la barca. Pensava davvero di sposarla dopo la guerra, anche per non vivere piú solo presso degli estranei. Gli piaceva di lavorare alla fattoria, da un pezzo desiderava di fare il boaro, perché voleva bene alle bestie, e gli rimaneva tempo per la caccia e la pesca. Pensava queste cose, e intanto camminava con la barca sulle spalle, e la pelle del viso gli bruciava dal freddo.

Arrivò alla grande strada della bonifica, la seguí per un poco, tanto era deserta, e gli evitava un complicato passaggio di fossi e di argini. Guardava però sempre lontano, avanti e indietro, pronto a buttare giú la barca e a mettere il caricatore nel mitra. Non c'è nessuno fuori in campagna il primo giorno dell'anno: stanno tutti in casa o all'osteria. Se avesse visto qualcuno, erano certamente tedeschi, una pattuglia in perlustrazione. « Quelli li sego », pensava.

Era già verso il tramonto, una grande tela grigia tirata sul cielo, e il freddo piú vivo, quando giunse ad un ponte.

Mise in terra la barca per riposarsi, lo osservò con stupore: un ponte ancora sano, su un canale senz'acqua. Un ponte che non era stato spezzonato, mitragliato, fatto a pezzi. Dava al paesaggio un senso di pace, un'aria di sicurezza, anche se il terreno intorno era tutto pieno di buchi, arato dalle bombe. Ne avevano tirato giú tonnellate, e il ponte non era stato colpito. Si vedevano delle case, anche distanti, non piú case, muri rotti, mucchi di pietre, tutta una zona uccisa, morta cento volte, ma il ponte era intatto. «Mirate storto, signori aviatori alleati», pensò «La Disperata», e decise di fermarsi un po' sotto quel ponte fortunato: fumare una sigaretta, bere un sorso di grappa, e basta. Tirò la barca giú dalla scarpata: inutile nasconderla del tutto, ormai non ci si vedeva quasi piú. I tramonti in valle sono rapidi; prima il rosso del sole, poi una luce cupa, ostile, che si spegne di colpo. Il paesaggio si fece scuro, e il freddo allentò un poco. «La Disperata» era seduto sotto il ponte, fumava e ascoltava il silenzio, grande, soffice, una cappa di ovatta: subito si alzò per paura di addormentarsi. E fu allora che sentí un fragore di passi. Battevano tutti insieme vicinissimi il fondo duro della strada, a tempo lento di marcia: erano passi tedeschi.

«La Disperata» si fece indietro, uscí dall'ombra dell'arco; pensò alla barca, non era abbastanza buio che i tedeschi non la vedessero, cosí lunga e scoperta, nera a lato della strada. «Bisogna segarli», decise fra sé. Vide la pattuglia, cinque uomini, imboccare il ponte, lo scroscio della marcia divenne piú sonoro, chiaro sul vuoto del canale. Con pochi salti dei suoi piedi leggeri, «La Disperata» corse su per l'argine all'altra estremità del ponte. Crepitarono le raffiche nel silenzio: sembrò un discorso agitato, risentito, il parlare di uno che ha rabbia e fretta. Un grido, dei lamenti. Poi di nuovo il silenzio, e senza i passi tedeschi. Erano fermi, sul ponte, gli scarponi tedeschi con le suole all'aria.

Il partigiano aspettò un poco, sentiva come qualcuno che russa, si spense anche questo. Allora strisciò verso la barca, se la tirò in spalla, s'allontanò dall'eco di quegli spari, dal suono dell'ultimo rantolo rimasto nelle orecchie come se continuasse, dalle ombre nere distese presso il parapetto nei loro larghi cappotti di panno. Era stato un incontro fortuito, un'azione inaspettata: la mala sorte tedesca sui cinque sconosciuti che egli aveva ucciso senza vederli, senza conoscere le loro facce, per necessità priva di odio. Adesso andava lontano da loro, li lasciava indietro sulla via della guerra, che è tutta piena di figure uguali, di corpi fermi e distesi, di scarpe con le punte in alto e i chiodi scoperti.

Cominciò a sentirsi stanco, la barca pesava, il freddo era ricaduto violento, come una frustata. Argini, canali, prati, campi, siepi, fossi, cavedagne; su e giú con quel lungo carico squilibrato, piú faticoso al buio. Rivide finalmente la strada, l'approdo, il « casone » disfatto. Guardò al largo nella valle, un orizzonte nero, come a chiudere gli occhi. Pensò ai compagni stretti nelle camere, coricati in fila sulle brande. Freddo, fame, prigionia: una cosa inumana. Si figurò una ad una le loro facce febbrili, gli parve di non aver piú freddo, di essere meno stanco.

Legò la barca nel canneto sotto il « casone ». Fece il viottolo di un fiato, bussò alla porta, gli aprirono. Gli venne incontro il caldo come un'acqua sulla pelle. Lo stanzone gli girò intorno con i tre visi noti. Credette di svenire tanto fu feroce ed aggressivo il dolore delle mani e dei piedi gonfi e gelati. Gli passò presto. Aveva vicino il Comandante e Clinto, e l'Agnese con un bicchiere in mano. Lo aiutarono a svolgere il mantello, gli slegarono il mitra: subito l'Agnese andò a metterlo via.

« La Disperata » aveva paura del « cicchetto » per quell'arma imprudente, guardava la faccia del Comandante, ma il Comandante stette zitto. Allora egli disse: – La barca è al « casone ». Io mi sono fidanzato con la figlia del proprietario della barca. Al ponte del Guado ho incontrato cinque tedeschi in pattuglia. Mi ero fermato un momento, la barca l'avevo lasciata a lato della strada, non ho fatto a tempo a tirarla sotto, loro mi sono arrivati addosso all'improvviso: di certo l'avrebbero vista. Li ho dovuti far fuori tutti e cinque. Erano comandati di pattuglia. Se non fosse stato per la barca li lasciavo andare.

– Avresti fatto male, – disse il Comandante, – erano soldati tedeschi.

VI.

Ancora freddo. Il tempo era bello, un cielo bianco senza nuvole, la neve ghiacciata, compatta ed asciutta anche al sole di mezzogiorno. Al mattino per lavarsi bisognava rompere il gelo nella secchia dell'acqua. Il Comandante, Clinto e « La Disperata » lavoravano intorno alla barca, stando nel canneto, coi piedi sul ghiaccio, per non farsi vedere. Sulla strada era di guardia l'Agnese. Si sentiva il rombo della fiamma ossidrica, e le martellate echeggiavano sulla lamiera, come una campana. Se veniva qualcuno, l'Agnese dava un avviso, essi smettevano, aspettavano che la gente fosse passata. Era un lavoro pesante: col freddo e i colpi le mani sanguinavano, quelle del Comandante piú degli altri, non erano abituate al ferro, al martello. Aveva la pelle sottile, si screpolava, si tagliava: su quelle mani appena un po' scure per il sole, ma lisce, il sangue si vedeva piú rosso. Ogni tanto diceva: – Alt! – Bevevano un sorso di grappa, si stropicciavano forte le dita, pestavano in terra, svelti, prima un piede e poi l'altro. Il Comandante era stato in Russia, aveva paura del congelamento. Gridava anche all'Agnese di muoversi, di camminare. Lei obbediva, come sempre, ma le pareva di aver piú freddo, e il cuore largo, duro, un macigno dentro il petto. Ormai era lí da tanto tempo, lavoravano dalla mattina presto: una grande sofferenza. Però erano riusciti a ferrare la barca a prua.

Tornarono a casa, con gli arnesi sotto le mantelle. Nel portico i tedeschi stavano preparando i rifornimenti per il fronte. Caricavano su una carretta tanta roba quanta ce ne poteva stare. Avevano la difficoltà dei trasporti. Mancavano i camion, tutto il giorno andavano su e giú con le carrette. – Facciamo la stessa fatica, noi e i « camerati », – disse Clinto, – e dopo ci ammazziamo –. Caricarono la carriola, tanta roba, anch'essi, quanta ce ne stava, aspettarono che i tedeschi fossero partiti sulla strada, e partirono per i campi verso la valle.

L'Agnese rimase. – Vieni piú tardi al « casone » a prendere la carriola, – ordinò il Comandante. – La mettiamo dove abbiamo lasciata la barca. Prendi con te il « manarino » e fa' un po' di legna. Ti servirà di scusa se ti vedono. Buonanotte, mamma Agnese –. Clinto disse: – Non stare in pena se non torniamo.

Invece verso sera arrivarono. Avevano spinto la barca, spezzando il ghiaccio con il taglio della lamiera, fino alla punta dell'argine, dove si vedeva, lontano, sullo specchio immobile e lucido, il contorno scuro della « caserma ». Misero la barca carica ben nascosta fra le canne, tornarono indietro a piedi per il sentiero. Faceva buio: era impossibile proseguire nella valle aperta.

Passò per Clinto, il Comandante, l'Agnese, un'altra notte di poco sonno, malgrado la stanchezza. « La Disperata » invece dormí come un sasso. Ripartirono al mattino appena chiaro, erano ancora stanchi, vennero fuori dal letto con fatica. – Soltanto il freddo non si stanca mai, – osservò Clinto. – Ma stasera dormiremo alla « caserma » –. Parlavano dei compagni laggiú, camminando sul ciglio dell'argine, tutto brillante di ghiaccio. Clinto e « La Disperata » erano allegri come bambini. – Chissà come ci aspettano, – dicevano. – E che festa ci faranno. – Faranno piú festa alla barca piena, – disse il Comandante.

Ripresero a spingere la barca contro la bianca resistenza del ghiaccio. Quando la lamiera non riusciva a fenderlo, lo spezzavano con la scure. Metro per metro andavano avanti. Ci volle fino a sera per coprire la piccola distanza. Già tanta pena e rischio, tre giorni interi di patimento, costava finora l'avventura della valle ghiacciata. « La Disperata » disse: – Preferisco cosí, che se fossi stato là dentro.

La casa era vicinissima: si vedeva una massa nera, morta, tutte le finestre sbarrate, si distingueva appena, come un disegno incompiuto, il balconcino rotto, senza ringhiera. – Pare che non ci sia piú nessuno, – mormorò « La Disperata ». – Il balcone è vuoto, – e Clinto disse: – Cosa credi, che si mettano fuori a prendere il fresco? – Fece piú volte il verso dell'uccello di valle, mentre dava nervose spinte col remo. La prua di ferro troncò l'ultimo lastrone, entrò nell'acqua libera, riparata, dentro la stanza terrena. Si udí una voce chiamare, una porta sbattere. Dei partigiani comparvero sulla scala col lume. – Oilà! – gridò il Comandante. – Come state? – Venne giú per primo Tom; aveva la faccia pallida, scavata. Rispose: – Siamo vivi.

Erano vivi, ma distesi fermi sulle brande in fila, come li aveva sognati « La Disperata ». Il fuoco era spento: nella casa faceva un freddo umido, senz'aria, con l'odore di muffa come in una cantina. Si sentiva anche l'odore di tutti quei corpi immobili, vestiti sotto le coperte. – At-tenti, – gridò Tom con poca voce. Si alzarono, vennero quelli delle altre stanze, formarono un gruppo unito. Quasi non rimaneva il posto per entrare.

Il Comandante disse: – Forza ragazzi. Siamo qui –. Con la sua voce parve farsi un po' di calore nella stanza, calore e luce: il risveglio delle cose di prima, l'azione, l'assalto, la difesa, le armi, i litigi, il dormire, il mangiare, le canzoni di quando si è allegri, tutte le cose della vita, rifatte, ritrovate. Non piú questa prigionia dell'acqua, del ghiaccio, dei muri, questa trappola stretta dove non si può neppure alzare le braccia per puntare un fucile. Il suono della voce del Comandante faceva questo, aveva sempre rianimato anche gli stranieri che le parole spesso non le capivano; e tutti poi amavano il suo aspetto, vi erano ormai avvezzi, legati, come al viso del babbo e della mamma che non si può immaginare diverso da quello che è. Lui era piccolo, scarno, grigio, un avvocato di città. Ma sapevano, i partigiani, com'era dura la sua forza, avevano visto il suo coraggio, sempre in testa nelle azioni e sempre disposto a soffrire con loro, mai un privilegio né una distinzione che non fossero il diritto al comando, il carico delle responsabilità.

– In gamba ragazzi, – gridava Clinto venendo su con un sacco. – Abbiamo portato da mangiare, tanta roba e buona. E anche vino buono. Venite, tu, Zero, e tu, Giglio, e tu, e tu... – Lo seguirono, scesero: « La Disperata » dalla barca gli porgeva le cassette, le sporte, gli involti. Tornò giú anche il Comandante a sorvegliare la manovra.

– C'era proprio bisogno di te, Comandante, – disse Tom. Appariva il piú stanco, il piú depresso: parlava piano, con amarezza: – È stato un inferno tenere a posto gli uomini in queste condizioni. Tutte le colpe erano mie –. Volle mettersi in spalla un sacco, ma era debole, barcollò all'indietro; sarebbe caduto nell'acqua se non l'avesse afferrato per un braccio « La Disperata ».

– Avete fame, ecco che cos'è, – disse Clinto. – Tu e gli altri. Per questo non andavate d'accordo. Ma adesso è finito. Vieni su. Si mangia –. Gli prese il braccio per aiutarlo a salire la scala. – No. Non abbiamo molta fame, – disse Tom. – La roba è bastata e ne avanza. Avevamo anche la legna. È stata un'altra cosa –. La luce del petrolio gli sbatté sulla faccia, la fece ancora piú bianca, assente come quella di un morto. Aspettò che il Comandante gli fosse vicino, sussurrò: – Hanno paura, – si corresse onestamente: – Abbiamo paura.

Accesero la stufa, la casa si riscaldò, odorò di legna, di canne bruciate, di salsiccia cotta. Mangiarono tutti insieme, nella stanza del balcone, riuscirono a starci, seduti in tre o quattro su ogni branda, o in piedi, col piatto in mano. Il « boccione » di vino si era gelato. Lo trattarono con cura, come un bimbo infermo. Lo sgelarono a poco a poco perché non si spaccasse, con impacchi caldi, e un cauto e progressivo avvicinamento alla stufa. Ne risultò un vino tiepido che andava giú bene; il primo bicchiere scaldava nello stomaco, e dopo il secondo si cominciava a sentirsi contenti. Gli stranieri erano i piú allegri. Già loro stavano bene anche prima, se ne fregavano, dormivano sempre per non annoiarsi, e non avevano mai perduto l'appetito, diceva Tom. Adesso bevevano tranquilli: il piccolo cosacco faceva un inchino, levava in alto il bicchiere pieno, lo vuotava in un sorso. Ne vuotò tanti che alla fine gli fecero un po' di posto, e lui ballò come si balla sul Don, un salto e giú, sulle ginocchia piegate, una gamba avanti e poi l'altra, sempre piú presto, sempre piú presto: la musica se la cantava da solo, e gli altri segnavano il tempo battendo le mani. Tutta la casa tremava. Si fermò di colpo, fece l'inchino, vuotò un altro bicchiere. Diceva: – Tu grande uomo, tu grande capitano, – e il Comandante gli rispose: – Grazie. Ma ora basta. Non si beve piú. Si dorme.

Stavano bene, caldi, nutriti. Le stanze s'erano riempite col fumo delle sigarette, in quel fumo buono s'addormentarono, non stettero come le altre notti con gli occhi aperti, girandosi da una parte e dall'altra a guardare nelle fessure delle imposte quando veniva l'alba. Oggi l'alba venne troppo presto, e tutti avevano sonno, e se non fosse stato per il rapporto del Comandante, avrebbero dormito ancora.

– In piedi ragazzi. Sveglia. Il Comandante vuol parlarvi prima di andar via, – urlava Clinto presso le brande. Fece alzare anche gli stranieri: – Tutti di là che il Comandante vi aspetta –. Li aspettava presso la finestra: guardava fuori la luce bianca sul ghiaccio. Era una bella mattina; a vederla di qui, con quel colore felice, pareva impossibile che fosse cosí fredda.

– Dunque, ragazzi, – disse il Comandante quando non mancò piú nessuno. – Ieri sera vi ho trovati male. Ho capito che qui non potete rimanere. Nella zona non c'è un altro posto sicuro. Allora ho deciso che, se il «buco» è aperto, vi manderò una guida e passerete le linee –. Subito i partigiani furono guariti e amici. Si dimenticarono tutto, si vollero bene proprio quelli che avevano fatto delle liti. Urlavano, si davano delle manate sulla schiena, spiegavano agli stranieri, coi gesti: – Via, via, si spezza il ghiaccio, si è fuori dall'acqua, fuori dalla trappola, ecco le linee, si passano, è facile passarle. Di là poi ci sono gli alleati... – Silenzio, – gridò il Comandante. – Fate poco chiasso. Se ci sono delle pattuglie tedesche nella valle, e ci sentono, vengono qua diritto –. Ancora guardò fuori, in quella distesa nuda: né dossi, né argini, non c'era niente vicino alla «caserma». Soltanto il ghiaccio fermo, deciso, testardo: l'assedio del ghiaccio. Se si scioglieva ridiventava l'assedio dell'acqua, che faceva anche piú paura. Continuò: – Per chi non lo sapesse, il «buco» è sul fiume, una casa dove ci stanno dei compagni. Quando non ci sono tanti tedeschi nella zona, mi avvertono: «Il "buco" è aperto» e aiutano a passare. Anche, per chi non lo sapesse, dico che ci vogliono molte ore di barca. Vi dovrete arrangiare a rompere il ghiaccio, fate come potete, con i pali, con la scure. Siete in molti, vi riuscirà di farlo. Dopo sbarcati, vi è un lungo tratto a piedi, è necessario andare di notte. S'intende che è facile incontrare i tedeschi, e allora bisogna combattere, e si può anche lasciarci la pelle. Spiegatelo agli stranieri –. Di nuovo i partigiani italiani eseguirono una muta e figurata dimostrazione, ma la cosa era tanto bella che tutti fecero presto a capire. Il Comandante disse ancora: – Adesso vado via subito e non so se avrò tempo di ritornare prima che partiate. Se tutto va bene, ci rivedremo «dopo». Verrete voi a liberarci insieme agli inglesi. Intanto vi saluto tutti, mi dispiace di lasciarvi, siete stati bravi combattenti, lo sarete ancora. La guerra non è finita. Venite, Clinto e «La Disperata».

Questa volta gli uomini non si mossero. E lui andò via subito, aspettò fuori, sulla scala, che anche Clinto e «La Disperata» salutassero i compagni. Poi scesero nella barca. Clinto aveva gli occhi pieni di lacrime, e il Comandante non lo guardava: la commozione era dentro di lui, compressa, trattenuta: bastava poco a rivelarla, il dolore di un altro, piú scoperto, le avrebbe dato la via. – Mi dispiace, – disse, – che non posso mandare « di là » anche voi due. Qui c'è ancora bisogno di qualcuno. – Niente paura, Comandante, – disse « La Disperata », e cominciò a spingere col remo contro il muro per dirigere la barca verso la porta. – Io non avrei piacere di andar via. Lo sai che mi sono fidanzato, no? Devo pure riportare la barca a mio suocero e a lei dare tanti baci –. Anche Clinto spingeva, erano ormai fuori, nel vento, ricominciava la fatica di rompere il ghiaccio. Disse: – Io non sarei partito in tutti i modi. Mi piace esserci sino alla fine, – si arrestò per dare una remata grossa, un colpo forte contro un maledetto lastrone ostinato. Poi concluse ridendo: – Non andavo via neppure se tu me l'ordinavi, Comandante.

Guardavano verso la casa; i partigiani erano tutti alle finestre, salutavano con le mani, con la voce. – Falli star zitti, e che vadano dentro, perdio! – esclamò il Comandante, – se si fanno vedere o sentire dai tedeschi siamo tutti fregati –. Clinto fece il verso dell'uccello di valle, gridò: – Dentro, dentro, chiudete –. A poco a poco le finestre rimasero vuote, poi si chiusero. Adesso nella casa i partigiani erano di nuovo soli, a guardare per gli ultimi giorni ognuno sulla faccia dei compagni il colore della prigionia.

Quelli della barca procedevano con lentezza, aprendosi il varco; dietro di loro il ghiaccio si richiudeva, si rinsaldava cancellando la rotta. Adesso erano proprio in mezzo al grande spazio deserto, lontani dalla casa, dalla terra, soli loro tre nel cammino senza traccia, nella barca prigioniera in un mare duro di vetro. – Se ci rovesciassimo, – disse Clinto, – andremmo giú sotto il ghiaccio: nessuno verrebbe a salvarci –. « La Disperata » lasciò il remo, si asciugò la fronte. Sudava, malgrado il freddo. – Tu almeno, Clinto, fai sempre dei discorsi allegri, – disse. – Io penso invece che quando si suda sotto zero è segno che si fa una bella fatica.

Il Comandante, a prua, tirò sul ghiaccio un gran colpo di scure: si spaccò un lastrone sottile, la barca fu spinta un lungo tratto in avanti. Lui disse, con il suo sorriso breve: – Avete ragione tutti e due. Coraggio ragazzi –. Un'ondata di nebbia passò sulla pianura: era bianca, asciutta, morbida come una coltre. Si cominciava a vedere appena, ora, il contorno degli argini. – Forza, – disse il Comandante, con un altro potente colpo di scure.

Fra l'uno e l'altro di quei colpi spessi, sonori, che lasciavano al largo un'immediata eco tremante, si insinuava il silenzio, appesantito dalla nebbia. Poi rinascevano i rumori dell'acqua, del remo, delle scarpe bagnate sulle assi della barca, e la voce contenuta de « La Disperata » che cantava piano, « per darsi il tempo ». – Fermi, – ordinò improvvisamente il Comandante. Si percepiva un altro rumore estraneo, distante, un fruscío, uno stridere, come di ferri trascinati sul ghiaccio. I due uomini della valle ascoltarono coi remi alzati: quando cessò l'urto dell'acqua contro i fianchi della barca, essi riconobbero quel suono con facilità: – Sono slitte, – dissero, e subito si volsero ad afferrare i mitra sotto il sedile. – Mettiamo la barca di traverso, – mormorò il Comandante. Senza adoperare la scure premettero a forza di braccia, la lamiera della prua entrò di taglio, la barca girò, rimase presa, incastrata nella stretta. Essi si distesero sul fondo riparati dal bordo, tolsero all'arma la sicura. Di lontano la barca doveva sembrare vuota, naufragata nel ghiaccio. E videro emergere dai pennacchi della nebbia le slitte a catena: erano le piccole slitte primitive della valle, a starci sopra si impara da bambini, per gioco, piú tardi servono a tutto, quando i canali si gelano, per la legna, per la pesca, per gli scambi fra casa e casa. E oggi se ne servivano i tedeschi per andare a cercare i partigiani. – Se non altro questi hanno del fegato, – disse Clinto.

Venivano avanti piano, spingendo la slitta coi due bastoni ferrati. Il primo della catena tastava continuamente il ghiaccio per paura che non tenesse il peso, gli altri stavano dietro in fila chiusa. Le slitte parevano attaccate l'una all'altra, gli uomini erano esperti e precisi a darsi la spinta.

I partigiani nella barca guardavano, sentivano contro il legno battere il loro cuore pesante, compresso dall'immobilità. – Non sparate, – ordinò il Comandante. – Aspettate che passino di fronte o di fianco. Bisogna abbatterli tutti alla prima raffica, altrimenti ci faranno fuori –. Si udí chiaro in quel momento un comando urlato da una delle solite detestate voci tedesche. Un comando non breve, di molte parole. La fila si scompose, si aprí, si distese lungo un fronte proprio davanti alla barca. Certo i tedeschi l'avevano vista e creduta un rottame. Pareva che giocassero a disporsi volontari sotto le bocche dei mitra partigiani. Costituita la linea, ricominciarono ad avanzare. Allora il Comandante ordinò – Fuoco! – tutti e tre sventagliarono la prima raffica, insieme, poi ancora, ancora. Muovevano le armi, sparando, come se innaffiassero un giardino, e la distanza si mangiava l'eco degli spari. I tedeschi cadevano, chi prima, chi dopo, in avanti, all'indietro, di lato; uno venne giú di schianto, la slitta si rovesciò, sfondò il pavimento di ghiaccio, scomparve fra i lastroni sconvolti, e insieme, l'uomo; un altro calò con mossa stanca, prudente, come chi si mette giú per dormire. In modo diverso ma per la stessa morte, cadevano. Tutti. La nebbia si sollevò come un sipario, c'erano i corpi neri schiacciati sul bianco, si vedeva dalle pose che nessuno era vivo.

Clinto e « La Disperata » si alzarono in piedi nella barca, guardavano e non gli pareva vero. – State giú, – disse il Comandante. – State coperti –. Ma presto si accorse che era inutile, s'alzò anche lui a guardare: – Meglio andare via subito, – disse. Coi remi, la fatica e molti colpi di scure disincagliarono la barca, la rimisero diritta. Senza bisogno di dirsi niente, furono d'accordo, s'accostarono al piú vicino dei morti, gli tolsero l'arma; salirono piano piano dalla barca sul ghiaccio, uno per volta. Tenendosi distanti, tastando col piede, camminarono con cautela, passo per passo sulla crosta incrinata dal peso delle cadute, smossa dalle righe delle slitte. Si fermavano presso i corpi, prendevano le armi. Nient'altro, neppure i grossi scarponi di pelle anfibia. Soltanto le armi e i caricatori pieni. Uno per volta, trascinando i mitra per le cinghie, raggiunsero la barca. C'era intorno un gran silenzio sospeso, una luce opaca; nel cielo, oltre la cortina di nebbia, s'era messa in marcia una sfilata di nuvole. – Sta per piovere, – disse Clinto, e aggiunse: – Magari! – Se piove forte e rallenta il freddo, – osservò il Comandante, – i ragazzi potranno filare piú svelti, senza rompere questo maledetto ghiaccio. E tutti quelli là andranno giú, loro e le slitte. Adesso forza che è tardi –. Si rimise al suo posto a prua, riprese a manovrare la scure. Di nuovo « La Disperata » si asciugava la fronte. – Quando si suda sotto zero senza aver fatto fatica, cosa credi che vuol dire, Comandante?

Venne su un vento di scirocco; soffiava caldo sulla faccia e faceva i brividi lungo la schiena. Arrivarono a casa che cominciava a piovere: gocce rade, indecise, le nuvole erano basse e calme. Poi sembrò che si aprissero, la pioggia cadde furiosamente. In un momento tutto fu acqua: si disfaceva la neve sugli alberi, si scioglievano la neve e il ghiaccio in terra; il sentiero, il cortile, i campi diventarono pantani.

Dentro lo stanzone la stufa faceva molto caldo, la minestra era buona. – I ragazzi vanno via, mamma Agnese, – disse il Comandante. – Quello è davvero un posto terribile –. Rivedeva la casa tetra, la scala a metà sommersa, il buio, l'acqua morta, e tutte quelle facce nel lume giallo, tristi, ansiose, troppe da vedere in una stanza sola. Ripensava anche alla loro gioia per l'ordine di partenza, gioia da bimbi a cui si permette una corsa. Invece andavano via per passare attraverso le linee, era difficile non incontrare battaglia. – È proprio un posto da galera, – ripeté soprapensiero. – Ti salutano tanto, Agnese.

Appena mangiato disse a Clinto di prendere le biciclette: – Andiamo a L... a parlare coi compagni, per il « buco ». La valle sgelerà questa notte. Debbono approfittarne –. Si sentiva di fuori lo scroscio animato e vario della pioggia. – Vi bagnerete, – disse l'Agnese. – Piove molto forte. – Bisogna andare lo stesso, – rispose il Comandante. – Non prendere il mitra, Clinto. Passiamo dalla strada –. Si volse a « La Disperata »: – Tu, se smette un poco, va' a trovare la tua ragazza. Di' a suo padre che hai bisogno della barca. Cerca che te la venda. Queste sono ottomila lire per pagarla. Se non vuol venderla la teniamo ugualmente, abbiamo bisogno di barche. Quelle della « caserma » le perderemo quasi tutte. Poi, quando fa buio, tu e l'Agnese andate a prendere le armi del « casone », portatele da Cappúcc: lui ha il nascondiglio. Ditegli che le unga. Si sono bagnate in barca. – Va bene, – disse « La Disperata ».

Quando i due compagni furono partiti, prese anche lui una vecchia bicicletta e andò via. Era contento che fosse il Comandante a mandarlo dalla ragazza.

Quella che invece non parve contenta fu proprio lei, quando la raggiunse nella strada fra i campi verso casa sua. Tornava dal paese sotto la pioggia, con l'ombrello aperto. « La Disperata » le arrivò dietro, smontò dalla bicicletta, le disse: – Buonasera. Come stai? – La ragazza diventò tutta rossa, mormorò irresoluta: – Sei tu? – e aggiunse: – Fermiamoci qui. A casa mia non possiamo andare. – Prendimi almeno sotto l'ombrello, – pregò « La Disperata », ma davanti a quella faccia scontrosa gli sparí la voglia di darle un bacio.

– La sera del primo dell'anno, – disse lei, esitante, girando in tondo il manico dell'ombrello, – dopo che tu fosti partito, il babbo e i fratelli andarono a giuocare da un contadino che sta laggiú, – fece un gesto vago verso la valle invisibile dietro la nebbia. – Sul ponte del Guado hanno trovato cinque tedeschi morti –. Si fermò ad aspettare una risposta, un commento, una conferma, ma « La Disperata » non disse niente. Lei proseguí: – Avevano ancora i fucili, lí vicino, ma loro erano nudi. – Nudi! – esclamò « La Disperata ». – Come si tengono sempre pronti i ladri. Qualcuno è passato prima del tuo babbo. – Il babbo e i fratelli, – continuò la ragazza, – pensarono che se fossero arrivati i tedeschi, avrebbero dato fuoco al paese. Allora tornarono a casa a prendere i badili, scavarono una fossa e seppellirono i cinque morti e i fucili –. L'acqua frusciava sopra l'ombrello; lei s'interruppe un momento, poi sussurrò piano cercando le parole: – Il babbo dice che sei stato tu, – (anche questa volta « La Disperata » non disse né sí né no). – Il babbo dice: non avrei mai creduto che un buon ragazzo quieto come Antonio facesse il partigiano; in mezzo alla valle ho saputo che ce ne sono tanti. Ma noi dei partigiani non vogliamo saperne, non vogliamo che i tedeschi ci ammazzino. Cosí mi ha proibito di venire con te e di farti entrare in casa.

« La Disperata » stette un poco a pensare, poi disse: – Io sono un grande imbecille. Non m'ero accorto che hai un babbo e dei fratelli che vanno bene in tempo di pace. Gente da cantina, uomini da paura. Ma tu, che cosa pensi? – Penso che hanno ragione, – disse lei, contrita. – Anch'io ho paura. – Allora me ne vado, – disse « La Disperata ». – Ti saluto, e non verrò piú. Forse dopo, quando sarà finita la guerra, tornerò a chiedere se mi vuoi. Poi vedremo –. Parlava con molta calma, appoggiato alla bicicletta, non sentiva nessun dispiacere, soltanto una specie di compassione verso quella gente che non capiva niente. – Arrivederci, – concluse, e montò in sella, fece pochi metri, poi si pentí e tornò indietro: – Ero venuto per parlare della barca. Volevo chiedere a tuo padre se me la vende –. Tirò fuori dalla tasca i biglietti da mille avvolti in carta di giornale, li tenne stretti in mano. – Avevo voglia anche di darti un bacio –. La prese contro di sé, col braccio libero, si chinò un poco per baciarla. – Accidenti alla guerra, – disse, e l'abbracciò piú forte, serrando fra loro, confusamente, il manico dell'ombrello. Lei sentí il petto schiacciarsi sopra una cosa dura, si fece male, capí che cosa era e si sciolse con uno strappo. – Hai la pistola? – mormorò. – Va' via, va' via subito. Torna indietro per la strada, non passare davanti a casa mia –. « La Disperata » rimise il denaro in tasca: – Di' a tuo padre che non me ne importa, ma che non si sogni neppure di lasciarsi scappare una parola del ponte e dei morti. Non ci sono soltanto i tedeschi che ammazzano. Diglielo. E digli anche che la barca la requisisce il comando della brigata. Tanti saluti –. Rimontò in bicicletta. Questa volta se ne andò senza voltare la testa.

Era tutto bagnato, depresso e stanco. Sulla strada del paese non c'era nessuno. Lui andava forte, pensava tante cose amare: « Tornerò quando è finita la guerra, se sarò vivo. Allora mi vorrai, e anche tuo padre sarebbe contento. Ma io dirò: "Voi non volevate saperne di partigiani, io sono un partigiano, e adesso sono io che non voglio saperne di voi, gente senza sangue". Anche allora gli dirò: "Tanti saluti" come oggi ». Si consolava cosí, e andava piú forte che poteva. « Sarebbe bella che mi acchiappassero i tedeschi, e mi facessero fuori per via della pistola, – pensava. – Per colpa di quella là: non ha voluto che passi davanti a casa sua. Non capiscono niente, e noi combattiamo anche per loro, e ci rimettiamo la pelle. Va' all'inferno! »

A un tratto ebbe voglia di vedere l'Agnese, la sua faccia dura, di udire la sua voce dura quando diceva: « Questa cosa, quest'altra posso farla io se sono buona » ed erano sempre cose pericolose, rischiava la vita tutti i giorni, lei grassa, malata e quasi vecchia. « La Disperata » chiuse un momento gli occhi, cercò di immaginarsi come poteva essere l'Agnese da giovane.

VII.

« La Disperata » portò la guida in barca alla caserma. Fece a tempo a rivedere i compagni prima della partenza. Ma fu un saluto fiacco, frettoloso, senza turbamento. Ormai erano divisi, il distacco c'era stato l'altra volta, una commozione già scontata, superata, appartenente a un diverso momento della loro sofferenza. Lui andò via subito, doveva partire la sera col Comandante e con Clinto, raggiungere un'altra base, al lato opposto della zona operativa della brigata, in vicinanza di una grande strada dove c'era da fare molto. Anche lui diceva addio all'acqua, alle barche, al disagio dei trasporti, ai compagni sepolti sui « dossi ». L'aspettavano altre battaglie, azioni di strada, di siepe, combattimenti in terra ferma. – Dalla marina passi in fanteria, « La Disperata », – diceva il Comandante. E questi altri dalla galera volevano passare alla libertà.

Durante il pomeriggio vi furono ancora liti, per i preparativi, per la roba che bisognava prendere, per quella che erano costretti a lasciare, per le armi, per la divisione nelle barche. Nervosismo di reclusi. Anche la guida non vedeva l'ora di andarsene: era un partigiano di un'altra formazione, addetto proprio al servizio delle linee, pratico del « buco » e del suo funzionamento. Era « passato di là » molte volte, una cosa facile, diceva, la valle è tanto grande, tutta non si può controllare, rimane sempre, malgrado le opposte attività, una vasta « terra di nessuno » in cui s'affacciano, ai margini contrari, i posti avanzati dei due eserciti operanti.

Gli uomini erano pronti. Ciascuno s'era messo addosso

tutto quello che possedeva. Ne risultava un modo di vestire stranissimo, mezze divise di ogni nazione, vecchi indumenti di contadini e di operai, alcuni anche da donna, abiti di città, logori, ricuciti, irriconoscibili; una dimessa brigata di straccioni, con una sola ricchezza, le armi. – Andiamo via appena si fa notte, – dicevano i partigiani. Con tanti «camerati» mancanti all'appello, scomparsi senza traccia, i tedeschi certo preparavano un attacco in forza, un rastrellamento a maglie strette, per distruggere per sempre i nidi della guerriglia in valle, le ignote residenze di quelli che comparivano qua e là come fantasmi. Fantasmi armati: davano il colpo, scomparivano.

Non pioveva piú, ma il freddo rioccupava le sue posizioni, ricominciava a far battaglia anch'esso contro i partigiani, li bloccava perché i tedeschi li ammazzassero. S'era levato anche il vento, un vento pazzo, da tempesta, correva su tutta la valle. I ragazzi, seduti fitti nella stanza del balcone, lo ascoltavano frantumarsi contro la casa, precipitarsi a scuotere l'acqua che allagava il piano terreno, e sbatteva l'una contro l'altra le barche legate ai pilastri della stalla. – Forse sarebbe meglio aspettare domani, – disse con timidezza la guida, ma tutti sorsero in piedi, capirono anche gli stranieri, furono subito esasperati ed impazienti. Si sentivano come carcerati a cui qualcuno spalancasse la porta della prigione, un varco libero, la strada per fuggire, e poi, dall'esterno, piano piano, senza farsi vedere, incominciasse a premere contro i battenti: ecco, il vano aperto diminuisce, sempre piú piccolo, sempre piú stretto, un corridoio, uno spiraglio, una fessura, piú niente, buio, chiuso. Tutto come prima. – Andiamo via subito, – disse Tom, agitato. – Qui non si resiste piú –. Chi diceva cosí rappresentava il Comandante, era stato scelto a dare l'ordine, ma ognuno dei soldati aveva dentro di sé dato quell'ordine; se Tom fosse stato d'altro parere, non sarebbe riuscito a trattenerli. Ci si vedeva ancora un poco; la guida disse: – Andiamo –. Aveva capito che ormai era la stessa cosa; andare, stare: pericolo di morte.

Scesero la scala uno dietro l'altro: la casa vibrava di tutti quei passi. Il primo slegava una barca, la traeva vicino ai gradini, gli uomini vi entravano, sei, sette, otto, a seconda della portata, e in ognuna chiamavano un barcaiolo esperto, un uomo della valle. Puntavano i remi, il paradello, la barca si spostava, per dar luogo ad un'altra. Tom fu l'ultimo; spense il lume, chiuse la porta. Le prime barche erano già fuori, gli uomini faticavano a tenerle ferme, allineate contro il muro della casa. Il vento le coglieva di fianco, le scuoteva, le minacciava. Il barcaiolo puntava il paradello perché uno strappo piú forte non le danneggiasse. Ogni tanto, di là, si udiva gridare: – Pronti? Si va? – e di dentro qualcuno rispondeva: – Un momento –. Ma venne anche quella volta che Tom rispose: – Pronto. Si va –. E i partigiani nelle barche si trovarono al largo, sotto la pressione dei remi, con l'urto, piú fondo, del paradello. Via, via dalla casa, via dalla prigione, prigionieri ancora di quell'acqua scura, sconvolta, piena di erbe e di fango, ma già avviati verso la terra, dove si respirava aria propria, aria pura, non soltanto quella respirata dal compagno vicino, e si camminava non in pochi metri di pavimento, ma avanti, per una strada, per un argine, per un campo, avanti fino al mondo degli uomini liberi. Era tanta la voglia di salvarsi che avrebbero remato con le mani, spinto la barca con le mani, pur di arrivare a riva, di essere fuori dall'acqua, di mettere i passi sul suolo che non tremava.

Cadde una notte nera, percossa dal vento. Il silenzio della valle senza vita si rompeva in raffiche sbandate, che arrivavano di lontano, con un fischio da proiettile, davano il senso di una cosa solida, lanciata ed erano fatte di niente, solo forza di vento. Le barche procedevano con fatica, i partigiani stavano nel pericolo di rovesciarsi in acqua, il freddo passava i vestiti, raggiungeva la carne, era come una lama contro la faccia. Le mani aggrappate ai remi si gonfiavano, le gambe erano dure e insensibili, ma nessuno si lamentava. Stavano zitti e uniti contro la notte, la nebbia, il gelo, la paura: facevano un quieto fronte di resistenza, un allenamento rapido alle condizioni disperate del loro stato, quasi una rassegnazione di soffrire, tanto il viaggio doveva finire presto. Da ore erano in barca, da ore remavano e spingevano, la riva non si vedeva per la nebbia, ma non era piú molto lontana, avrebbero sentito i rumori farsi sordi, le chiglie strisciare contro il fango, e delle voci dalle altre barche: – Siamo arrivati! Siamo sotto l'argine. Scendiamo –. Ognuno era in attesa di quelle voci ridestate, e per udirle tutti tacevano. Intanto il vento si fermò, e cominciò a nevicare.

Ed ecco che finalmente toccarono la terra, e fu un arrivo inaspettato, muto, la neve spense il rumore, cancellò l'eco dei passi, tutta la compagnia fu fuori dalle barche, ammassata nella notte. La guida salí sull'argine, lo percorse per un tratto, trovò i paletti che indicavano la via, si sentí contento di non aver sbagliato rotta in mezzo alla tempesta. Chiamò con un fischio i compagni, vigilò che passassero tutti. Al di là dell'argine c'era un terreno nudo, camminando si inciampava in grossi sassi sparsi. Piú avanti cominciarono ad affiorare dalla neve i ciuffi neri di un cespuglio, o il disegno di un gruppo di canne. Non era piú la valle allagata, ma ne conservava l'odore, un odore di mare guasto, di erbe disfatte nel fango. La neve veniva giú fitta sugli stracci partigiani, buoni per una marcia d'autunno, pieni di brividi freddi in una notte di gennaio: eppure gli uomini si sentivano bene.

Neve e neve: la notte adesso era quasi bianca, ma non si vedeva niente. Non c'era niente da vedere. Continuavano quella pista tracciata nella landa, una strada senza segni. La guida tirava avanti, credeva di orientarsi nel proprio ricordo, gli pareva di riconoscere la curva nuda dell'orizzonte, poi la durata del tragitto, fatto tante volte nella luce del giorno o della luna. A poco a poco il ricordo non gli serví piú, era un'altra cosa, popolata di forme che ora mancavano; il paesaggio era mutato, anche cosí spoglio e privo di riferimenti, gli occhi gli si confusero nelle immagini che sperava e aspettava di vedere, e non vedeva.

Solo neve bianca, e ombre nere di cespugli, macchie sparse a caso, in disordine, senza significato, come inchiostro spruzzato su un foglio di carta. Rimaneva la misura del tempo ma anche questa fu superata, e non accadde niente. La guida guardava ogni tanto l'orologio, un quadrante appena luminoso, allungava il margine all'ora, calcolando il suo camminare ostacolato dalla neve, dalla fila che lo seguiva, che spesso perdeva il passo, si sbandava un poco, bisognava attendere perché si rinserrasse. Poi si perse anche questo margine, si sciolse nello spazio, nel chiarore vuoto della notte, da tanto tempo notte e ancora cosí lontano dall'alba. Gli uomini procedevano dietro l'unico passo che credevano cosciente, avevano tanto desiderato muovere un piede dopo l'altro, e andare nella stessa direzione, avanti, avanti, per l'istinto ragionevole del moto, non l'ossessivo giro in una stanza ingombra. Ma adesso le gambe, slegate dai primi chilometri, cominciavano ad arrugginirsi, diminuite nel resistere dall'assurda immobilità di mesi. Il freddo stringeva i ginocchi, le cosce, le anche, le piante dei piedi sembravano spente, piedi di un altro, di un individuo di legno. La terra era dura sotto la neve, poi anche la neve diventò dura, scricchiolò su quella terra senza compassione. Il mondo dei partigiani, prima rinchiuso nelle stanze di una sola casa, si faceva ora troppo vasto, senza colore, nemico, dimenticato, come un pianeta morto.

Una voce gridò: – L'argine –. Fu una piccola voce, parve di un vecchio o di un bambino, priva di eco nelle fasce della neve. Tutti guardavano, vedevano lo stesso bianco, lo stesso nero, niente. Ma era la vista acuta di un uomo della valle che bucava la notte, e raggiungeva piú in alto il bianco sul bianco. Nella fila compatta passò un brivido d'aria, credettero di sentire un altro odore nell'odore scialbo del freddo. La compagnia si scompose, si buttò avanti; gli uomini provarono contro le gambe la resistenza di una salita invisibile: – È il fiume, è il fiume! – Parve, nelle loro voci, il fruscio dell'acqua corrente, ma il ciglione era basso, gelato e silenzioso, e quando furono su, incontrarono il vento.

Adesso la riga nera andava su quell'altura modesta, che aveva da un lato terra e neve, dall'altro terra e neve, e, sopra, un grido di tempesta rinnovata all'improvviso, nutrita dal corto riposo. Facevano fatica a stare in piedi, uno per uno, scoperti contro l'urto. Chiudevano gli occhi nelle raffiche, il vento portava via la neve, la sbatteva qua e là senza distruggerla, il ghiaccio sotto le scarpe era fermo come la pietra. Si legarono per le mani per proteggersi, si davano la mano senza riconoscersi, era duro camminare cosí, leggermente di traverso, con un braccio avanti e uno indietro, e forze contrarie, passi scomposti, non misurati, che tiravano e spingevano. Il primo, la guida, andava solo, con le braccia tese: ormai era cieco, sordo, devastato. Quando s'era accorto di non trovare la strada, di non arrivare alle linee, aveva perduto tutto. Taceva, per la paura di perdere anche la vita, se l'avessero saputo gli altri. Taceva, e tastava l'aria con le mani, non sapeva che cosa cercasse. A un tratto si scontrò con un ostacolo duro, inatteso; sbatté con le dita contro un palo che sosteneva un cartello. Nel gelo della neve un gran calore, una fiamma gli si avventarono nel corpo, un'ondata di sangue caldo, di terrore caldo. « Minen, minen » leggeva sul cartello nel buio come se vedesse le lettere. « Minen, minen ». Tutta la compagnia partigiana, quarantacinque uomini del mondo, italiani, russi, inglesi, neozelandesi, cecoslovacchi, alsaziani, partiti per salvarsi, facevano naufragio sull'argine minato.

La marcia a catena di quelli che gli stavano dietro spinse la guida per molti passi dentro quel sentiero gonfio di morte. Continuava a mettere sulle mine sepolte i suoi scarponi bagnati, il suo peso d'uomo, la vibrazione del movimento, e dopo di lui altri scarponi camminavano, pestavano la terra, pesavano, scuotevano i congegni delicati, fatti per scatenare la violenta liberazione dell'esplosivo, il tuono, la vampata, lo scoppio. Alla guida pareva che il chiasso di tutti quei piedi fosse centuplicato, un fragore enorme, un'eco immensa nel cielo. Il suo pensiero disgregato sbatteva contro pareti di vetro lisce, senza appigli, non riusciva piú a riafferrare il senso di una verità, come se viaggiasse nello scialbo, geometrico paesaggio del sogno. Andava ancora con le mani avanti, e a distanze uguali sfiorava i pali coi cartelli, e ogni volta l'istinto gli dava una scossa, una voglia di rivolta contro quella fine ignorata per cui tanti corpi, adesso ancora interi, sani, viventi e capaci di vivere, si frantumavano in brandelli senza forma, un mucchio di ossa, di carne, di sangue come bestie abbattute da macellai incompetenti. Voleva urlare, ma non aveva piú voce: era sordo, cieco, muto, già morto sulle mine prima che scoppiassero. Non sentí che qualcun altro urlava invece di lui, un altro che aveva inciampato in un palo, urtato un cartello, e anch'egli li riconosceva malgrado il buio, per averne visti tanti in giro, nei campi, nelle strade, sui ponti, nell'orto di casa sua. – Le mine, le mine –. Si spezzò la catena, la compagnia si sbandò, fu come una frana giú dall'argine, una corsa insensata, imprudente, che raddoppiava il pericolo, creava altri pericoli, staccava ogni uomo dalla protezione dei compagni, lo lanciava solo nella neve, nella tormenta, con gli occhi che non vedevano, e dentro il cervello il confuso incendio della paura. Correvano tutti nel deserto di ghiaccio, sulle mine e fuori dalle mine, andavano senza sapere se davanti a loro c'era un canale o un crepaccio o un'altra terra piena di sangue.

Si calmarono quando furono lontani da quell'argine, non lo videro piú, era come prima, bianco sul bianco. Le ombre nere agitate e sparse si strinsero in un gruppo, si guardarono al lume della neve, si accorsero di essere in pochi. Allora cominciarono a chiamare, voci brevi subito spente, per paura di farsi sentire dai tedeschi se erano vicini. Altre voci rispondevano, altre ombre nere uscivano dal buio, s'avvicinavano, entravano nel gruppo. S'udivano allora dei nomi sussurrati: – Giglio, Zero, Comacchiese, Gim, Vladimiro, – e quei nomi volevano dire: – Siamo qui, ci siamo ancora, bisogna stare insieme, resistere, ritornare nel mondo dei vivi.

Si riunivano quelli che erano abituati a stare insieme, gli amici, i paesani, i connazionali, fu facile sapere chi mancava. Tom lo chiedeva a tutti: – Chi manca? Chi manca? – e chiamava ogni nome che gli veniva in mente, i suoi piú vicini, quelli che da piú tempo erano con lui, e poi tutti gli altri, secondo la memoria. Nevicava ancora, neve sottile, leggera, che faceva volume, il vento la spazzava in terra, la sollevava in un turbinio chiaro, la lasciava cadere lontano, la buttava in faccia agli uomini come se lo indispettisse il loro stentato riordinarsi. – Bruno, – chiamò sottovoce Tom. – Bruno, ci sei? – Non rispose nessuno, Bruno mancava. Da allora quella specie di appello sbrigativo divenne angoscioso, e quando la voce rispondeva alla voce, Tom e tutti respiravano di sollievo. Altri due nomi caddero nel silenzio: uno cecoslovacco, uno neozelandese. Tre uomini mancanti, chissà dove erano, la notte appariva cosí grande, il paesaggio tutto uguale. La loro stessa corsa li aveva portati via. – Tre uomini mancanti, – ripeteva Tom, e ad un tratto si ricordò di un altro, il piú estraneo, il piú solo. Era sicuro di non trovarlo. – Non sono tre. Sono quattro, – disse. – Manca anche la guida.

Non si curavano piú che i tedeschi potessero sentirli. Gridarono forte. I cecoslovacchi e i neozelandesi urlavano i nomi nella loro lingua. Tutto lo spazio fu pieno di quei tre nomi, la sola cosa rimasta appartenente ai dispersi. Tre soltanto: la guida no, perché non sapevano neppure come si chiamasse. E intanto in un altro punto della notte, fuori del cerchio del loro udito, certo altri urli s'erano levati o si levavano. Certo i quattro uomini che morivano per essere restati indietro o scappati troppo avanti, avevano fatto urli lunghi, di aiuto, ingranditi dallo spavento: e il cecoslovacco e il neozelandese chiamavano nella loro lingua. Anche la guida gridava, malgrado la responsabilità del suo tragico sbaglio innocente. Quando si muore si grida, pure avendo paura dei vivi. Urli lunghi dalle opposte parti, di aiuto e di richiamo: si cercavano nella notte e non si erano potuti incontrare.

Aspettarono ancora, ma il freddo li assiderava. – Andiamo, – disse Tom. Non nevicava quasi piú. Nessuno chiese: – Dove? – A destra o a sinistra era uguale. Lí fermi non potevano stare. Si mossero tutti insieme, rifecero la fila. Gli pareva di essere su una strada, o una carreggiata, ma la neve copriva tutto, e il vento seguitava a correre sulla valle, come se si divertisse. Si avviarono nella sua direzione, per faticare meno. Adesso il primo era Tom, e tastava con le braccia l'aria davanti a sé. Gli altri si tenevano per mano, mani gonfie senza stretta. Le ore erano passate e andavano verso l'alba.

Quando li incontrò, debole, fredda, sgradevole luce, mostrò loro una zona d'acqua opaca, un argine livido, e le barche in secco tirate su contro il pendio. Avevano camminato tutta la notte, pestato tanta neve, superato la tormenta, erano passati sulle mine rese inoffensive dal pavimento di ghiaccio. Per niente. La loro strada era stata un circolo.

Ripresero i remi, il paradello, rifecero la rotta sull'acqua, rividero la casa. In « tre piú uno » di meno, legarono le barche ai pilastri della stalla.

VIII.

Buttati alla rinfusa sulle brande, scesero nel sonno come in un pozzo. Tom volle star sveglio per fare la guardia, sedette presso la tavola. Dopo poco posò la testa sul braccio e s'addormentò. Il suo corpo dormiva, ma era desta la coscienza della sua responsabilità, e gli disturbava il sonno. Una voce chiamava dentro di lui, gli diceva: – Devi star sveglio, devi far la guardia. La vita di tutti è in mano tua, – e lui rispondeva: – Sono sveglio. Sono il comandante, devo rispondere della sorte di tutta la « caserma »: quaranta uomini affidati a me –. Ma il suo corpo dormiva.

Prima della guerra, al suo paese, faceva l'autista: aveva un camion, andava dal paese in città, da una città all'altra, trasportando merci. Adesso sognava, gli pareva di essere nel cortile di casa, a riparare il suo camion. C'era anche la Rina, con gli occhi neri, e i capelli neri e lisci. Gli diceva: – Finalmente sei tornato, la guerra è finita, – e lui le dava un bacio, e tornava a lavorare, intorno al motore guasto. Ecco: aveva finito. Vedeva con chiarezza i congegni del motore, il proprio gesto di abbassare il coperchio del cofano. Saliva in cabina, e ingranava la marcia, premeva le leve. Ma c'era un tale – uno sconosciuto – che guardava e diceva: – Il motore non va –. Infatti il camion stava lí fermo, come un mucchio di sassi. Allora Tom scendeva e andava a baciare sua moglie; tornava in cabina, metteva in moto. Diceva: – Questa volta va –. Trrr, trrr, trrr, tuf, tuf, tuf. Il motore andava. Tom si svegliò di soprassalto, con un gran chiasso nel cervello. Sentí, da sveglio, un rumore di motore, poi dei passi di corsa sulla scala. Gridò, balzando in piedi: – I tedeschi, i tedeschi!

Saltarono tutti su dalle brande, cercavano le armi, infilavano i caricatori. Vladimiro, il russo dal corpo di gigante, non trovò subito il suo moschetto, si gettò a mani vuote contro la porta, la spalancò, afferrò per il collo il primo tedesco, lo piegò all'indietro, lo scaraventò nell'acqua. Tom abbatté il secondo con un colpo di rivoltella. Gli altri due fecero dietro-front, caddero nella motobarca, il motore era acceso, sfuggirono per miracolo ad altri colpi, forzarono la corsa al largo, fuori di tiro. Ma i partigiani si erano precipitati alle finestre, presero la motobarca sotto il fuoco dei mitra. I tedeschi andavano a tutta velocità, per ripararsi verso l'argine, stavano curvi, si vedevano appena gli elmetti sopra il bordo. – Se non riusciamo a fermarli, – gridò Tom, – verranno qui a centinaia –. Guardava col binocolo. Una raffica immobilizzò la motobarca, certo era stato colpito il motore. Uno dei tedeschi cadde, non si vide piú. Allora l'altro saltò in acqua, nuotò disperatamente verso la riva. I proiettili gli cadevano attorno, ma lui nuotava forte, arrivò fra le canne, sparí. Tom bestemmiò con vigore, disse: – Mangiate qualche cosa in fretta, bisogna andar via subito. Tra poco la valle sarà piena di tedeschi. – Dove andremo? – domandò Zero. Tutti guardarono Tom: era il comandante della compagnia, toccava a lui a decidere. – Alle linee inglesi per la strada piú corta, – disse. – Se troveremo i tedeschi daremo battaglia, tenteremo di passare. Meglio crepare in combattimento che essere schiacciati qui dentro come topi. – Va bene, – dissero gli altri.

Non vollero perdere il tempo a mangiare, presero soltanto del pane; e munizioni ognuno piú che poteva. Ora il cielo era gelido ma calmo, veniva anche qualche ritaglio di sereno. Si divisero in cinque sole barche, con due rematori ciascuna: remavano a tempo, eh... op, e andavano forte come in una regata. – Però hanno avuto del coraggio, questa volta, quei quattro porci tedeschi, – disse Tom.

Il Giglio mangiava il suo pane, ne staccava coi denti dei pezzi enormi, non si capiva come potesse farli entrare in bocca. Rispose: – Ma loro non sapevano che c'eravamo. Sono passati stamattina presto e hanno trovato la casa vuota. Adesso venivano per portar via la roba. Quando siamo arrivati la porta era aperta, e tu l'avevi chiusa ieri sera, Tom –. Erano già lontani dalla casa: a questo soltanto pensavano, essere lontani dalla trappola. – Forza ragazzi, – diceva il Giglio. – Se quello là del bagno freddo non muore prima di arrivare, i tedeschi daranno l'assalto alla valle.

Sbarcarono molto piú ad est, trovarono subito una strada. – È quella di A..., – disse uno. – Andiamoci, – ordinò Tom. – A... è proprio sotto le linee. Per uno avanti, march! – Marciavano sulla neve: un, duè, un, duè; come una compagnia di soldati regolari avviati verso il fronte.

Fino al paese non c'erano case, non incontrarono nessuno. Non faceva molto freddo: a mezzogiorno venne fuori anche uno spiraglio di sole: un'aria chiara d'inverno, un cielo di vetro, azzurro pallido. – Oggi è proprio una bella giornata, – dicevano i partigiani, e marciavano, ed erano allegri e caldi. Avevano bevuto del cognac prima di partire, e mangiato, in barca, grandi pezzi di pane. Si vedevano le case del villaggio, bucate, frantumate, corrose dalle bombe e dai colpi d'artiglieria. – Compagnia... alt! – comandò Tom. – Avanti piano –. Passarono vicino a una casa risparmiata: era nuova, dipinta color mattone, aveva un pergolato di vite, e il giardino con due panchine di pietra. Una bambina giuocava sul gradino della porta, al rumore dei passi alzò la testa, vide i partigiani, scappò in casa gridando: – Mamma, vieni a vedere. – Avanti di corsa, – comandò Tom. Coprirono l'ultima distanza a passo di carica con le armi imbracciate. Invece di entrare in paese piegarono a destra, lungo un vecchio argine di valle. Al di là c'era una terra incolta, ruvida di cespugli disordinati, gruppi di spini e sassi, poi, contenuto dall'argine alto con la sua schiena nuda, il fiume. Ne intesero subito la voce, non il canto fermo dell'acqua che si stende in pace nel suo letto di pianura, ma un urlare tempestoso, uno scroscio di onde in burrasca, il fragore della piena che spaventa i contadini nelle case, e li fa correre, di notte, a misurarne l'altezza in golena. Oltre quell'ostacolo mosso e furioso, stavano le linee alleate.

Udirono due colpi, spenti, opachi, come battuti su un tamburo fasciato di ovatta, poi due fischi rapidi, ad arco sulla testa, e uno scoppio solo: qualche attimo di attesa, e venne anche il secondo scoppio, un tiro piú lungo. – Granate inglesi, – disse il Giglio. Nell'argine modesto erano stati scavati rifugi contraerei, tane da talpe a fondo cieco. – Se viene giú una bomba a un chilometro, – osservò Tom, – lí dentro si diventa «piadine», – e il grosso Vladimiro, che aveva capito, rise lungamente. Entrarono tre o quattro uomini ogni buco, mentre in alto viaggiavano lietamente altre fischianti granate inglesi. Stando nei rifugi, i partigiani guardavano il tratto piano di bonifica, le siepi intorno ai campi, gli alberi da frutto nelle piantate. Era un paesaggio pacifico, di campagna coltivata, con la neve non si vedevano le fosse delle bombe. Essi da tempo non erano stati vicini alle case della gente, dove si vive in qualche modo come quando la guerra non esisteva, e si fa da mangiare in una cucina, e si dorme nei letti, e i bambini giuocano fuori quando c'è il sole. Si erano dimenticati di queste cose, gli pareva di essere in un'altra vita, di guerra soltanto, la vita romantica e crudele dell'assalto, della guardia armata, della difesa, delle esecuzioni, delle torture, delle marce, degli appostamenti, la vita disperata del loro carcere di acqua e di ghiaccio. Invece, a poca distanza, anche qui sulla linea del fronte, c'erano ancora i civili, gli sfollati, la gente del posto che si rifiutava di andar via per non abbandonare le case, i campi, i pollai, gli orti, e teneva duro sotto i bombardamenti: «il coraggio dell'avarizia», come diceva l'Agnese.

Ma c'era anche un coraggio della vigliaccheria, c'era qualcuno di quei civili che si prendeva il gusto di uscire in una mattina di gennaio, lasciava il suo fuoco, i suoi grossi muri che lo proteggevano, il rifugio scavato dove scendeva durante le incursioni, il pranzo da preparare, la mucca da mungere – quell'unica mucca rimasta dopo le razzie germaniche –, i bimbi da vestire, per andare a dire al comandante tedesco che aveva visto i partigiani, e quanti erano, e dove andavano. Questo « civile », uomo o donna o ragazzo, di solito sveniva di paura ad ogni rombo di aereo, o fischio di granata, ma in quei casi non indietreggiava davanti a niente, percorreva strade scoperte, esposto ad ogni sorta di disgrazie, correva anche sotto una pioggia di proiettili. Per fare ammazzare, lui italiano, dei partigiani italiani, adoperava un coraggio da medaglia d'oro.

Questi individui esistevano in tutti i paesi, e c'erano anche ad A..., naturalmente. Il comandante tedesco ascoltò con la faccia dura, ma era una faccia finta, messa lí per forza a coprire il turbamento di sentir pronunciare la parola: « partigiani ». Mandò via subito la spia, era un ufficiale hitleriano, ammazzava la gente per obbedienza, con crudeltà, ma detestava le spie, specialmente quando erano come questa, non cercata, non pagata, una invadente spia gratuita. Poi chiamò gli altri ufficiali e decise quello che doveva decidere.

I tedeschi erano SS e paracadutisti Goering, avevano le mitragliatrici pesanti, i lanciafiamme, l'artiglieria, le armi automatiche. Erano molti, pareva che uscissero dalla terra, tanto si moltiplicavano le loro facce grige, inespressive e feroci, tanto si allungavano le loro file rigide, come fatte di legno: uomini di legno, e pareva impossibile che avessero dietro di loro un'infanzia, una casa, un paese dove erano nati. Sembravano creati cosí, adulti, armati, a serie, a reggimenti, pronti per fare la guerra. Gli piaceva fare la guerra, ma avevano paura dei partigiani, accettavano di combattere soltanto cento contro uno. Questa volta erano piú di cento contro uno, potevano andare. E si mossero.

Si mossero con precauzione, vennero giú nella valletta chiusa fra i due argini, si sparsero alla larga per la pianura, fecero un grande cerchio di armi cariche contro quei poveri buchi di terra pronti a franare. E adesso, alt, camerati! Bisogna farli venir fuori, come gli scarafaggi quando gli si brucia il margine della tana. Aspettare in silenzio vuol dire risparmiare la pelle, quella gente non scherza, sparano diritto. Quando sarà il momento, avanti le armi, avanti le mitragliatrici, avanti la sorda pazzia militare dei soldati di Hitler, paracadutisti e SS, tutto addosso alla scarna compagnia di quaranta ragazzi partigiani.

Loro non se n'erano accorti, ascoltavano la voce del fiume, guardavano i campi sgombri, neri sotto la neve. Gli inglesi ricominciarono a mandar fuori delle granate a getto continuo. Facevano sempre cosí, duravano delle ore, e i colpi andavano tutti a male, non si sentiva mai dire che avessero preso in qualche cosa. Li inghiottiva l'immensa deserta solitudine della valle, scoppiavano nell'acqua, o nel fango o fra le canne, diventavano ciuffi di fumo sprecato.

Dentro la loro buffa nicchia, Tom e i compagni tennero consiglio: gli era venuta la voglia di andar via subito, senza aspettare la notte. Nei campi, dicevano, non c'è nessuno, in un momento si può superare il piccolo argine, essere al riparo fra i cespugli della valletta, dopo c'è l'argine grande, una corsa lunga in salita, ma speriamo di farcela. Poi il fiume, quello è il piú duro, sempre l'acqua che ci frega. Però sappiamo nuotare quasi tutti, quelli che non sanno, li trascineremo in qualche modo. Di notte, infine, sarebbe peggio. Certo è una soluzione pazza, ma dopo avremo finito. S'alzarono in piedi, dissero: – Andiamo –. Tom uscí, strisciò dolcemente da una tana all'altra. Anche gli stranieri capirono subito, furono d'accordo. In ognuno dei rifugi si era già parlato della stessa cosa.

L'impresa piú difficile fu svegliare il grosso Vladimiro, addormentato come una roccia: ma appena Kolia, il cosacco, gli ebbe spiegato che cosa si pensava di fare, riempí di proiettili il fondo del suo berretto di pelo, si calcò il berretto fino agli occhi, disse anche lui: – Via! – e fece il gesto di nuotare. – Via! – ripeté Tom, con un balzo sull'argine. Tutta la compagnia si lanciò lungo il pendío, la prima scarica li colse a metà, non colpí nessuno, li arrestò solamente. Videro a un tratto i campi popolarsi di tedeschi, cappotti grigi in cerchio; nelle siepi, dietro gli alberi, dai fossi sorgevano gli elmetti tedeschi. I partigiani si gettarono a terra, di traverso alla salita, in cattiva posizione per sparare, e non c'era niente da ripararsi se non pochi sassi e sterpi. I colpi delle armi automatiche tedesche grandinavano sull'argine, cancellavano l'urlo del fiume, facevano la ripa piú nuda e piú spoglia. La risposta partigiana divenne alta, nutrita, cercava le file compatte, i gruppi dispersi,colpiva nel vivo. Ma il numero era grande, gli assalitori sostituivano i feriti, scavalcavano i morti, si stringevano, si avvicinavano. Qualcuno dei partigiani era già fermo contro l'argine, con la testa sul mitra. A portata di voce si sentiva gridare: – Arrendetevi, – ma la storpia parola italiana urlata da una gola tedesca si arenò contro un muro di fuoco rabbioso. Al largo di tutto quel clamore di battaglia c'era un silenzio compresso, una sensazione tremenda di catastrofe.

Un partigiano si precipitò giú dal pendío, dietro di lui un altro, un altro, sette, otto si buttarono sparando contro i tedeschi, riuscirono a farsi un varco. I tedeschi esitarono un attimo davanti a quella furia di vivere. Bastò perché essi scomparissero nei fossi. Non si vedevano e sparavano. Riemersero piú lontano, sparsi nelle piantate, una raffica ne abbatté due, gli altri sparirono di nuovo. Il nemico rinunciò all'inseguimento, si vendicò su quelli rimasti. Allora si vide il grosso Vladimiro alzarsi in piedi. Dominava l'argine col suo pacifico berretto di pelo calato sulla fronte. Fece due lunghi passi incontrollati, guadagnò il ciglio,

Kolia e gli altri due russi gli corsero dietro, poi corse tutta la compagnia, quelli che erano ancora vivi. Nello sbalzo qualcuno rotolò giú, franò fino in fondo, davanti alle scarpe dei tedeschi in avanzata. I russi andavano all'attacco urlando, gridi pazzi, terribili, come di gioia o di baldoria; si gettavano avanti alla baionetta e si scontravano con l'altra compatta linea di tedeschi che saliva dal lato opposto per chiudere il cerchio. Vladimiro, gridando, lavorava con la baionetta, l'arma era come un lampo nelle sue mani enormi. Corpo a corpo tedeschi e partigiani, giú per la ripa scoscesa, fra i sassi e i cespugli di spini. Il vivo si liberava del morto che gli stava sopra, lo scrollava via come un sacco, del morto che gli stava sotto, lo pestava per aprirsi il passo. Ma i partigiani diminuivano: rimanevano ormai appena una ventina, di cui molti feriti. Nell'aria assordante si sentivano le loro voci lente; un lamento strano, sembrava qualcuno che cantasse, veniva di là dall'argine, uno che non era morto, era restato solo, la guerra l'aveva lasciato indietro, e doveva morire. Mentre i compagni lottavano per salvarsi, non gli davano ascolto, non potevano pensare a lui.

Dalla sponda opposta del fiume, oltre la gonfia acqua spumosa che faceva lega coi tedeschi per impedire il passaggio, si svegliarono anche le mitragliere contraeree degli alleati. Gli inglesi avevano inteso il frastuono della battaglia, guardavano coi binocoli, stando sicuri nelle loro postazioni. Videro molti tedeschi e pochi partigiani. Non gli importava niente, agli inglesi, di quei pochi partigiani che combattevano per non morire, che erano arrivati tanto vicini – appena la modesta lunghezza del fiume – ad afferrare la libertà. Gli alleati volevano colpire i tedeschi. Il tiro fu diretto su quella stretta terra fra i due argini, in cui si agitava ancora tanta gente, batté sui sassi, sugli spini, sulle ripe, dovunque si vedeva muovere, dovunque c'era battaglia e vita, e anche sul paese, sui civili che non c'entravano.

Il numero dei partigiani calava sempre: erano riusciti,

non si sa come, a sganciarsi dai tedeschi, ad allontanarsi un poco: adesso potevano servirsi delle armi automatiche, ricominciavano a sparare. Ma gli inglesi intervennero una seconda volta, nel furibondo dialogo dei mitra e degli sten. La valletta venne battuta palmo a palmo, una grossa ondata di ferro. Proiettili grossi, fatti per forare la veste metallica degli inesistenti aerei germanici, piovvero sui corpi scoperti. Nessuno poteva scampare, come nessuno può stare senza bagnarsi sotto una pioggia dirotta. I partigiani sparavano l'ultimo colpo e morivano. Anche Tom, il comandante di compagnia, sparò l'ultimo colpo e morí. I tedeschi si ripararono oltre l'argine. Si fece un ponte di silenzio fra uno scoppio e l'altro.

Vladimiro si alzò ancora, l'altro russo rimasto lo seguí, lo seguí l'ultimo vivo degli italiani, Gim, che era stato sempre il piú timido, un debole ragazzo; corsero verso il fiume. Vladimiro si gettò nell'acqua, nuotò in mezzo alla corrente, vide che Gim e il russo stavano per essere travolti; l'acqua era resistente, non si lasciava sopraffare da una piccola spinta di braccia. Tornò indietro, afferrò Gim per la giacca, disse qualche cosa al russo che gli s'attaccò alla cintura, nuotò con il solo braccio libero trascinando tutto il carico. Tagliava il fiume di traverso, lo vinceva bracciata per bracciata, non si vedeva che andasse avanti, tanto era lo stento. Il suo berretto di pelo nero sembrava fermo in mezzo all'acqua. Gli inglesi lo seguivano col binocolo, qualcuno era pronto a venire alla riva incontro agli scampati, quando l'avessero raggiunta. Gli inglesi sono degli sportivi, gli piacciono le belle imprese di forza. Si divertirono a guardare: poi dettero finalmente alle mitragliere l'ordine di cessare il fuoco che continuava sui morti.

IX.

Partita la compagnia, partito il Comandante con Clinto e « La Disperata », l'Agnese non seppe decidersi a fare la cena per sé sola. Venne quella gran bufera, il vento scuoteva gli alberi, investiva la casa, l'Agnese riconosceva la sua voce, era quella della tempesta in valle. Lei guardava fuori dal piccolo vetro della porta: era buio, proprio tutto nero, il cielo uguale alla terra. S'immaginava i ragazzi nelle barche, il pericolo che si rovesciassero; con una notte simile nessuno veniva piú su, i corpi se li sarebbe mangiati il fango. Calcolava quanti erano nella compagnia gli uomini della valle, i barcaioli famosi, se bastavano a fare almeno uno per ogni barca. Con quelli forse si scampava, andavano in valle come a casa loro, fin da piccoli. Avevano avuto tante altre avventure di maltempo, chi non li conosceva forse non poteva credergli, e invece loro non dicevano mai bugie. L'Agnese si faceva venire in mente tutte le storie sentite raccontare, i rischi cui erano sfuggiti, in virtú della loro bravura e coraggio. Si consolava un poco con quei pensieri. Forse a quest'ora erano già sbarcati. Gli restava ancora molto da patire, una brutta notte, ma domattina potevano essere salvi, al di là delle linee. Torneranno con gli inglesi, pensava l'Agnese, quando saremo liberati anche noi. Si figurava di rivederli, arrivavano insieme, tutta la compagnia, tutte facce conosciute, anche gli stranieri le erano diventati familiari. C'era la banda, dei fiori, delle bandiere, tanta gente alle finestre sulla strada, sulla piazza. Una specie di festa paesana, ma piú commovente – le madri abbracciavano i figli, i compagni si ritrovavano –, e piú triste per la mancanza di quelli che erano morti, il povero Cino per esempio, se ci fosse stato, quanti salti e gridi avrebbe fatto e mangiato i suoi grandi piatti di pasta asciutta. Ma era bello lo stesso, per i vivi; avevano diritto a quella giornata, lasciamogliela godere, dei morti non parliamone: basta ricordarli, e ricordarsi perché sono morti. Cosí vedeva l'Agnese il giorno della liberazione.

La mattina, dopo la gran nevicata e il vento di tutta la notte, il tempo migliorò, l'Agnese fu piú tranquilla. Certo i ragazzi si prenderanno quel po' di sole chiacchierando con gli inglesi, avranno trovato una grande accoglienza, e gli inglesi vorranno sapere tante cose, come si fa a fare i partigiani e tutto il resto. Bisognava aspettare con pazienza per avere la notizia; forse tornava la guida o si sapeva dalla radio clandestina. Lei adesso non aveva da far niente, e neppure le altre staffette. Decise di chiamare le donne, dar fuori a tutte del lavoro, maglie, sciarpe e calze di lana, di queste specialmente ce ne volevano tante. « È incredibile come rompono subito le calze, quei ragazzi », pensava. Questa era stata sempre una sua preoccupazione da quando venne l'inverno. Il freddo ai piedi è freddo in tutto il corpo, è il piú cattivo freddo: lei lo sapeva, ché doveva camminare colle ciabatte, anche nel bagnato. Delle calze di lana aveva parlato al Comandante, spiegandogli che i partigiani ne rompevano tante perché portavano scarpe vecchie, piene di rughe e di crepe, ricucite da tutte le parti. Il Comandante si strinse nelle spalle, lui non poteva farci niente, però pochi giorni dopo fece un « recupero » in un magazzino di scarpe, merce sfollata in un paese vicino, i ragazzi ebbero tutti le scarpe nuove, e quella fu per l'Agnese una bella soddisfazione.

Subito dopo mezzogiorno vi fu ad un tratto in giro aria di disgrazia. Passavano gli uomini a branchi, e si sbandavano nella campagna. Dissero che al mattino erano stati ammazzati tre tedeschi in valle, e ora i « camerati » facevano il rastrellamento. Non si poté sapere niente di piú.

La gente era spaventata ed eccitata, aveva fretta di scappare. L'Agnese rinunciò ad andare in paese, si chiuse in casa. Ormai pensava che tutto fosse andato bene. I ragazzi avevano rimandato la partenza a causa del maltempo, erano stati loro ad attaccare i tedeschi, per poi spostarsi immediatamente. A quest'ora dovevano essere già molto lontani, in salvo al di là della linea.

Sulla strada non passava piú nessuno: venne giú, con la nebbia, un gran silenzio. Faceva quasi buio. I giorni d'inverno sono brevi, cadono presto nella notte. L'Agnese accese il lume, cominciò a farsi da cena. Si sentiva piena di speranza, aveva voglia di mangiare e poi di dormire in pace.

Le prime parole gliele disse la Maria Rosa, quando l'incontrò a prendere l'acqua al pozzo. – Devo parlarle di una cosa, signora Agnese, – mormorò posando in terra la secchia. Da quella volta degli schiaffi si erano sempre salutate senza fermarsi. L'Agnese disse: – Va bene. Vieni in casa, – ma in casa la ragazza non voleva andarci. – Non importa. Glielo dico qui. L'ha saputo che ad A... c'è stata una grande battaglia? Erano dei partigiani che volevano passare agli inglesi. La gente dice che venivano dalla valle. La gente dice che sono tutti morti –. L'Agnese fece un gesto sgarbato: – La gente? Te lo avranno detto i tedeschi. È la gran voglia che hanno, di veder morti tutti i partigiani –. S'arrestò un momento per prendere la secchia dal parapetto del pozzo, e sganciarla dalla catena. Era scuro, non si poteva vederla in viso. – Io poi che cosa c'entro? – disse. – Non so niente. Non me ne intendo di partigiani –. S'avviò per il cortile verso la sua porta. La Maria Rosa le andò dietro: – Volevo anche dirle che ho ricevuto le notizie del mio fidanzato. Sta bene. – Ho piacere, – disse l'Agnese. – Ma ti consiglio di non chiacchierare con i tedeschi. È meglio che non lo sappiano –. Andò in casa, mise giú la secchia; prima di chiudere, disse: – Se vuoi entrare –. La ragazza fece no con la testa. – Lei non si fida di me. Non vengo. – Buonasera, – disse l'Agnese. E chiuse la porta.

Non si fidava, e non credeva alla Maria Rosa. Però quella cosa la disturbava. Avrebbe fatto meglio a domandare alla ragazza da chi l'aveva saputo. Se era una spacconata dei tedeschi o una notizia d'altra fonte. « Come fanno presto a dire "tutti morti" », pensava. Per fortuna che non sarà vero. Pensava anche alla Maria Rosa e al suo fidanzato, un partigiano come questi di qui; in fondo lei non doveva essere cattiva, soltanto stupida per colpa della madre. Finí di cuocere la minestra, mise molta roba sulla tavola, si ricordava che aveva deciso di mangiar bene, senza troppi pensieri e poi di riposarsi al caldo; la notte prima con la bufera non aveva dormito niente. Ma quando fu seduta davanti ai piatti, si accorse di non aver fame, non poté mandar giú neppure una cucchiaiata. Prese la calza, si mise a lavorare vicino alla stufa; anche il sonno, strano, le era volato via.

Andò a letto tardi e dormí poco e male. Sperava di sognarsi di Palita, che le dicesse qualche cosa, lui sí lo poteva sapere quello che era successo. Sognò invece di essere in mezzo all'acqua della valle con una barca, la barca girava in tondo come una giostra, lei non era buona di fermarla, di spingerla avanti. L'acqua era chiara e lucente, vedeva i sassi sul fondo, ma se avesse continuato a girare cosí sarebbe caduta e annegata. Intanto qualcuno la chiamava: – Agnese, Agnese, Agnese di Palita, – come se gridasse aiuto, e lei non sapeva chi era, ma capiva che la voce era di uno in pericolo, e non poteva andare a salvarlo. Dalla pena si svegliò: era la testa che le girava. Nel momento le parve che il letto fosse voltato in un altro senso, o di essere coricata dalla parte dei piedi. Poi la vertigine cessò, nel buio riconobbe la stanza, i mobili. « Sono davvero un po' malata », pensò, e accese il lume. E fu allora che intese del rumore di fuori, come una mano che grattasse nella porta, e una voce che la chiamava davvero.

S'infilò il vestito ed aprí. Era uno dei ragazzi della « caserma », Francesco il pugliese.

Venne subito dentro, chiuse, si buttò sulla sedia. Aveva un viso stravolto, diceva tante parole, muoveva le mani, le braccia fuori dal circolo invisibile in cui ogni persona contiene i propri gesti. L'Agnese non capiva niente, non s'era mai intesa con quel dialetto denso, cantante, incomprensibile quanto una lingua straniera. Egli indicò il pane sulla tavola, stese la mano. Questa era una mossa internazionale, e l'Agnese capí. Gli spinse davanti i piatti, lo guardò mangiare con avidità, di certo era digiuno da molte ore. Anche mentre mangiava, continuò a parlare. Si vedeva che descriveva una battaglia, poi una fuga. L'Agnese, da quel mare di parole e di mosse, riuscí a tirar fuori che erano scappati in sei dai tedeschi, e adesso si erano rifugiati in un « casone » delle guardie vallive, senza niente, né pane né coperte, né munizioni, e avevano fame e freddo, non sapevano come fare. – E gli altri? Gli altri? – chiedeva l'Agnese. Al ragazzo spuntarono due lacrime, scesero chiare e lucenti giú per la faccia scura, rovinata dall'aria. Per farsi comprendere subito, non trovò che una parola tedesca, una brutta parola: – Kaputt.

– Andiamo, – disse l'Agnese. Finché l'alba era quasi buia, portarono al « casone » due sporte di roba da mangiare. Gli altri cinque partigiani erano là: due neozelandesi, un cecoslovacco, il secondo pugliese compagno di Francesco, e Piròn, uno della valle. Tremavano di freddo, si rannicchiavano in un angolo quasi in un mucchio. Quando udirono i passi saltarono su, presero per la canna i loro mitra e moschetti scarichi. Se erano tedeschi, avrebbero provato, almeno, a spaccargli la testa. Videro invece Francesco e l'Agnese con le sporte; si misero subito a mangiare per la loro fame di due giorni. Bevvero un bicchiere di grappa e il freddo non lo sentirono piú.

L'Agnese li guardava, conosceva le loro facce, ma le sembravano nuove, qui, tanto vicine al paese, staccate da tutte le altre figure della « caserma », ridiventate parte di un mondo oppresso, spaurito, preda dei tedeschi e dei rastrellamenti. – Bisogna andar via subito, – disse. – Prima che venga giorno –. Si trovò ad un tratto immensamente cresciuta, importante, « responsabile » davvero di azioni incomprensibili e di imprevedute decisioni. Il suo cervello lavorava da solo, imparava quanto fosse grande la fatica di pensare anche per gli altri. – A casa, – disse. – Bisogna andare dove sto io. Qui fra poco verranno i tedeschi.

Soltanto Piròn la capiva. Gli altri inciampavano nelle difficoltà della lingua e del dialetto, ma si fidavano. Di lei, si fidavano. Uno dei neozelandesi mostrò la sua arma vuota: – Munizioni? – disse. – A casa, a casa, – rispose l'Agnese.

A casa si scaldarono alla stufa. Si vedevano andare e venire nel cortile i tedeschi della compagnia di sussistenza, ma l'Agnese di quelli non aveva paura. Erano avvezzi a vederla, avvezzi a veder della gente nel suo stanzone. Non se ne interessavano. Ognuno di loro aveva già fisso il suo compito, non usciva di lí: anche la guerra, qualche volta, è fatta di abitudini.

I partigiani mangiarono ancora: della minestra calda, della carne calda. Mettevano in bocca la roba appena cavata dal fuoco, senza bruciarsi: non parevano mai sazi. – Piròn, – disse l'Agnese, mentre ammucchiava i piatti sporchi, – è vero che tutti gli altri della compagnia sono morti? – Lo dice quello lí, – gridò Piròn, e stese la mano verso il pugliese. – Non è vero. Gli altri sono passati. Gli altri sono già fuori. Maledetta paura, maledetto l'inferno che hanno fatto con tutti quegli spari, maledetto me che ho perduto la testa e sono andato dietro a quello lí –. Era un uomo non piú giovane, con la faccia dolce e allegra. Non faceva male a nessuno, e i fascisti l'avevano sempre bastonato e messo in prigione. Allora era diventato un grande partigiano, uno dei migliori, quelli che non si tirano mai indietro, anche quando sanno che è piú facile morire che campare. Per le sue parole, trovò da dire col pugliese. Si capiva che era una discussione già vecchia, ripetuta ed ora riacutizzata. Francesco sosteneva che quando era corso giú dall'argine per buttarsi da pazzo contro lo schieramento tedesco, gli altri erano già tutti morti. Piròn gridava di no, soltanto un cecoslovacco vicino a lui era morto, e i due neozelandesi caduti al loro fianco durante la fuga. Gli altri compagni erano tutti vivi, li ricordava bene: Tom, il Giglio, Zero, Gim, e i quattro russi e i due alsaziani. Vivi, e sparavano. E molti tedeschi cadevano sotto le loro raffiche. Gridava: – Io e questi tre scemi siamo stati matti a venirti dietro, quando ti sei gettato giú. Dovevamo caricare dall'altra parte, rompere l'accerchiamento verso gli inglesi, non tornare indietro a farci impiccare dai tedeschi. – Ma parlate piano, parlate piano, – diceva l'Agnese. Lo ripeté inutilmente molte volte. Allora s'alzò in piedi uno dei due neozelandesi, bruno, grasso, pacifico, prese Francesco per il petto, gli dette due o tre scrolloni, mise sotto il naso a Piròn un grosso pugno abbronzato: – Io se non tacere, mettere tutti e due knockout. Attenzione –. Tacquero, ma c'era aria di rissa. L'Agnese disse: – Andate a dormire che è meglio –. Si buttarono giú sui tre letti dello stanzone, in due ogni letto. Insieme i neozelandesi, il cecoslovacco con il pugliese numero due, Piròn con Francesco. Brontolarono un poco, a voce bassa, come una pentola che bolle. – Ssss..., – fece l'Agnese, severamente. Si misero a dormire. Un momento dopo russavano tutti, con beatitudine. L'Agnese stette immobile sulla sua sedia. Metteva legna nella stufa, levava di dosso ai partigiani il freddo patito; dovevano stare molto bene in quel sonno caldo, sazio, buio, era come rinascere, ricostituire la vita, come fare un passo lontano dalla morte.

L'ombra di un'arma occupò il piccolo vetro della porta, una mano dura batté sul legno. L'Agnese guardò. Erano due tedeschi, non quelli del cortile, due tedeschi da rastrellamento. Prima di aprire si assicurò che ci fossero nel cassetto della tavola le carte variopinte della

Todt. I tedeschi scuotevano forte la porta. Piròn alzò la testa, chiese: – Che cosa c'è? – Ssss..., – disse l'Agnese. – State zitti e dormite –. Aprí, i due tedeschi entrarono bruschi, si guardarono attorno, lo stanzone nel fondo era scuro, non si vedevano gli uomini nei letti. – Voi sfollati? – domandò il piú giovane. Avevano sulle mostrine il zig-zag delle SS. – Sí, – rispose l'Agnese. – Io madre, miei figli, marito, tutti lavoro, « arbaiten » nella Todt –. La SS tese la mano: – Papir, – disse. L'Agnese aprí il cassetto, mostrò le carte, erano tre, con firme, date, timbri a secco. Il tedesco non le prese neppure in mano, evidentemente gli bastava vedere i gentili colori rosa ed azzurro, riconosceva di lontano lo sfregone sotto la firma dell'ufficiale comandante la zona. – Guten Nacht, – disse, con un rapido saluto militare. Uscí e chiuse la porta. L'Agnese tirò lungamente il fiato. Si intese di fuori il rumore di motori di camion, dei pianti di donne, poi le voci tedesche, i soliti comandi a scoppio. I partigiani si agitarono sui letti. – Silenzio. Dormite, – disse l'Agnese. E pensava: « Erano proprio tedeschi da rastrellamento ». Si sentiva molto contenta e sicura di sé.

Anche quel giorno venne scuro. La nebbia bagnò la campagna, un'ondata fitta e leggera. Fu notte a metà del pomeriggio, e come se fosse davvero notte i partigiani dormivano. Nello stanzone si udiva il ronzío della stufa e la calma dei loro respiri. L'Agnese non faceva rumore: cosí grossa e pesante sapeva muoversi senza far rumore. Aveva imparato nella camera di Palita ammalato. Li chiamò quando ebbe già cotto la minestra. Mangiarono, giocarono una partita alle carte, fecero anche un giretto fuori. La nebbia era cosí densa e bianca che non ci si vedeva a due passi. Il Comandante e Clinto la facevano sempre, quel po' di passeggiata, che era invece un'ispezione. L'Agnese volle che non fosse cambiato nulla, che i tedeschi della casa conservassero la sensazione di avere per vicini sempre la stessa gente. Presto, nel caldo, dopo aver mangiato, ebbero ancora sonno, andarono a letto, con la gioia, questa volta, di cavarsi anche le scarpe. Nessuno pensò che all'Agnese non rimaneva posto per dormire: – Good night, buona notte, – e fu di nuovo sonno e silenzio.

L'Agnese dormiva anche lei col capo sulle braccia appoggiate alla tavola. Dormiva meglio che la notte prima nel letto, piú tranquilla. Sognò che suo marito era uno dei sei partigiani addormentati, si svegliava e diceva: – Gli altri sono passati, noi no. Ma va tutto bene anche cosí. Vedrai presto arrivare gli inglesi, Agnese –. Poi tornava la SS del pomeriggio, che invece era il Comandante vestito da tedesco. – Brava Agnese, – diceva con la sua voce dolce. Le dispiacque di svegliarsi perché faceva freddo. Riaccese la stufa, si mise addosso delle coperte: credeva che fosse già mattina, e non erano che le dieci di sera. Sonnecchiò un altro poco, ma la testa cadeva in avanti, e lei si scuoteva. Ogni volta le faceva male il cuore, allora decise di star desta, prese una tazza di caffè, cominciò a lavorare alla calza. Pensava intanto che cosa avrebbe fatto al mattino, da chi andare per mettere a posto i ragazzi. Meglio di tutto era che raggiungessero una delle « caserme » piú lontane nella valle, o forse l'altra zona, dove operava adesso il Comandante. Bisognava decidere domani.

Sentí ad un tratto che qualcuno era dietro la porta, certo aveva visto la luce per una fessura, batteva appena con un dito sul legno. Lei chiese piano: – Chi è? – Le rispose una voce che riconobbe subito, l'aveva intesa anche poco prima, in sogno: – Apri, mamma Agnese –. Entrò il Comandante, sempre col suo soprabito di città troppo leggero, e dietro di lui veniva Clinto. All'Agnese parvero tutti e due dimagriti e scuri, come se avessero sempre dormito poco e molto lavorato. – Oilà, Agnese, come stai? – disse il Comandante; si sedette con la testa biondo-grigia chinata sotto la lampada a petrolio. Lei guardava verso i letti nel fondo dello stanzone: i partigiani dormivano, non avevano sentito niente. Dietro la linea del suo sguardo corse l'occhiata del Comandante: – Chi c'è laggiú? – domandò. – Sono sei ragazzi della « caserma », – disse l'Agnese. – Non sono riusciti a passare con gli altri –. Il Comandante si alzò in piedi, stette a fissarla un momento. Pareva che non avesse capito bene. – Sei ragazzi... che cosa? – disse. – ... Della « caserma », – ripeté l'Agnese con la faccia larga e calma in piena luce sotto gli occhi di lui. – Piròn, i due « napoletani » e tre dei forestieri. Erano nel « casone » del bivio. Sono venuti qui stamattina. – Da stamattina? Anche i forestieri. Benissimo –. Il Comandante si volse a Clinto, magro e impassibile dall'altro lato della tavola: – Hai sentito, Clinto? – La voce non era quella che l'Agnese si aspettava, le pareva nuova, strascicata, sottile, una nota quasi da donna. Continuò a sostenere la fatica di quegli occhi attenti, ma sentí come un'ondata di caldo in tutto il corpo e le sue grosse guance diventarono rosse. – Ho fatto male? – disse con timidezza. Il Comandante si mise a ridere: – Male? Ho detto che hai fatto benissimo. Dovevi metterli proprio in braccio ai tedeschi. E belli anche loro, a venirci. – Non sapevano dove andare, – mormorò l'Agnese. – Avevano fame. – Questo era proprio l'ultimo posto da pensare, – disse il Comandante. – Non lo sai che quelli là devono vivere al largo? Hai sbagliato, mamma Agnese –. Aggiunse una delle sue rare bestemmie, la voce cattiva si era rifatta come sempre, fredda e dolce. Lei batté le palpebre, mandò giú la saliva: aveva un aspetto colpevole, stupito, come una bambina.

Si svegliò Piròn, sentí le ultime parole del Comandante, gli andò via di colpo la buona nebbia del sonno, scosse il pugliese, scosse gli altri, si mise in fretta le scarpe. In breve la confusa penombra dei letti fu mossa dai rapidi gesti degli uomini che si vestivano. Vennero avanti per uno, in testa Piròn. Disse, quando fu entrato nella luce: – Siamo noi, Comandante –. Buttò fuori anche lui la sua bestemmia, assai meno rara. – Non siamo stati buoni di passare « di là » –. Il Comandante osservò le sei facce in fila: vedeva dietro di loro tutti i visi che mancavano, visi di mor-

ti a metà strada, che non c'erano piú né qui né «di là».
– Sapete quanti sono arrivati dagli inglesi? – disse. – Il grosso russo, il piccolo russo, e Gim –. Alzò una mano, con quel povero numero nelle dita aperte: tre.

– Andiamo via subito? – disse Clinto. Finora non aveva mai parlato: era molto stanco e triste. – S'intende, – disse il Comandante. – Non possiamo rimanere qui con loro. Bisogna che li portiamo alla base prima che faccia giorno. Oggi i tedeschi si sono divertiti coi quaranta ostaggi che hanno preso a S... Domani ricominceranno, qui, o piú giú, a chi tocca tocca –. Guardò l'Agnese ancora dritta allo stesso posto, che fissava le sue grandi mani sfregiate strette all'orlo della tavola: – E tu che cosa fai cosí impalata, mamma Agnese? Dacci qualche cosa da mangiare, e poi via –. E ai partigiani disse: – Preparatevi, voialtri. Si parte fra mezz'ora –. L'Agnese si mosse, andò a prendere il pane, il vino, i piatti, tagliò dei pezzi di salsiccia e li fece friggere sulla stufa. La stanza si riempí di odore e di fumo grasso.

– Hai visto? – disse a un tratto il pugliese a Piròn. – Hai visto? – Aveva resistito un pezzo, poi la parola gli era scoppiata fuori, giú di tempo come i suoi gesti senza misura. Piròn si arrabbiò, tirò un pugno sulla tavola: – Guardalo lí, pare che abbia vinto una scommessa, quell'imbecille. Ma si tratta di ricominciare, sai. Non l'hai ancora salvata, la tua faccia! – Si fissavano con ira: forse esisteva un'offesa vecchia, un'antica antipatia non superata, e c'era poi il logorio degli ultimi tre giorni, la fame, il freddo, la morte al passo con loro, e infine il legame di quell'incomprensibile attacco eseguito insieme con grande coraggio per ordine della paura. – Scemo di un napoletano, – disse Piròn, e parve che il pugliese volesse gettarglisi addosso. Allora il Comandante gridò: – Basta perdio! Mi seccate. Andate a prepararvi, ho detto. March! – Si allontanarono verso il fondo dello stanzone, gli altri li seguirono. I tre stranieri avevano capito poco; aspettavano di vedere che cosa avrebbero fatto i compagni, per fare la stessa cosa. Uno anzi, il cecoslovacco, con tre dita alzate: – Tre morti? – domandò. Gli rispose Clinto, gli mostrò per tre volte le mani aperte, poi il pollice e l'indice. – Trentadue morti. – Oh... oh... – diceva il cecoslovacco: non seppe che dire: – Oh! – con un tono basso, spaventato, come se tutti quei morti se li vedesse attorno. Poi riprese fiato e voce per chiedere: – Morto Giglio? Morto Bruno? Morto Slip? – Pareva una litania. – Fammi un piacere, Clinto, – disse il Comandante, – levalo di qui. Che vada a mettersi pronto con gli altri, porca miseria! – Clinto indicò i compagni al cecoslovacco: – Andare, andare, vestirsi, presto, noi tra poco partire –. L'Agnese si voltò dalla stufa, fece lei pure la sua domanda: – Allora è morto anche Zero? E anche Tom? – Sentite qui, famiglia, – disse il Comandante, – se uno non è fra questi e non è il russo grande o il piccolo o Gim, vuol dire che è morto. È chiaro? E adesso stop. Dobbiamo mangiare e andar via. – È pronto, – disse l'Agnese levando la padella dal fuoco, e aggiunse, a se stessa, come una cosa incredibile: « È morto anche Tom ».

Mangiarono, ma tutti senza voglia. Poi furono distribuite le munizioni. L'Agnese aprí una cassetta, tirò fuori caricatori e pallottole: osservava il tipo dell'arma, e trovava subito i proiettili che ci volevano. Clinto ne faceva la revisione, ma lei non si sbagliò, neppure una volta.

– Arrivederci, mamma Agnese, – disse il Comandante. – Tu resti qui, tranquilla, ti riposi. Ti manderò poi a dire dove dovrai andare –. Tutti la salutarono, le strinsero la mano, il pugliese amico di Francesco la baciò su una guancia. – Dio ti renda merito, madre benedetta, – disse con una certa enfasi. – Apri la porta, Clinto, – ordinò il Comandante. – Guardiamo prima se c'è qualcuno. Sotto le armi –. L'Agnese era lí, proprio vicino alla porta. Voleva dire qualche cosa, non poteva lasciarli andare cosí. – Io che cosa debbo fare? – mormorò. – Ci sarà pure ancora da fare. – Niente, – rispose il Comandante, con scarsa pazienza. – Non devi far niente..., – stava per aggiungere: – ... di tua testa, – ma si trattenne. – Avanti Clinto. Se stiamo ancora qui ci acchiappano per la strada e ci fucilano sul posto. Arrivederci, mamma Agnese –. Uscirono, si intesero i loro passi allontanarsi, leggeri come la pioggia. Faceva molto freddo.

L'Agnese richiuse, la stanza era tutta sporca e in disordine, lei lavorò un'ora per pulire e rimettere tutto a posto. Aveva due righe di lacrime sulla faccia, venivano giú lente, s'asciugavano al calore stesso della pelle.

Attraversarono di corsa, uno per volta, la strada maestra, presero per i campi. Nelle cavedagne piene di neve non era facile camminare; dove il ghiaccio cedeva, affondavano fino al polpaccio. Facevano anche del rumore, uno scricchiolare come di vetro rotto, ma non c'era nessuno a sentirlo. La campagna era una immensa distesa vuota. Il Comandante disse: – Oh adesso raccontami, Piròn. Parla piano –. Piròn rifece la storia dei tre giorni: la marcia sperduta, le mine, i compagni scomparsi nella tormenta, il ritorno, i tedeschi e tutto il resto, fino a quando s'era buttato da pazzo dietro il pugliese: – E dice anche adesso che era meglio andare con gli altri, – dichiarò con forza. Camminavano in silenzio, nessuno aveva piú voglia di parlare. Il Comandante raggiunse Clinto qualche passo avanti: – Senti Clinto. Ti pare che ho fatto male con l'Agnese? Pensa che è lei la piú brava, anche se ha sbagliato, povera vecchia. Anzi appunto perché ha sbagliato, sempre un errore di troppo coraggio, sempre meravigliosa. Tu credi che avrà molto dispiacere? – Molto, – disse Clinto. Il Comandante riprese: – Mi dispiace di averle detto che non faccia niente. Sembra una diffidenza. Ma avevo paura che le venisse in mente di andare, per esempio, alla « caserma » a ricuperare la roba, o cose del genere. Se la prendono, addio. Sai, mi pento di non averle detto quello che penso di lei. Non le ho mai dato molta soddisfazione. Farle capire almeno quanto ci ha servito, di che utilità vera è stata; che cosa ha fatto per la compagnia, per il partito, per noi. Dovevo dirglielo, adesso che staremo lontani. E dirle anche che quando saremo liberi, la zona intera dovrà saperlo. Lo dirò io chi è l'Agnese –. Svoltarono dalla cavedagna in una delle strade della valle, tracciata come tutte sul ciglio di un vecchio argine. Andavano in fila per uno, il passaggio era stretto, piú sentiero che strada. A Piròn venne in mente che aveva tanto marciato su altri argini uguali, nella lunga fila della compagnia. In quella notte gli uomini avevano cominciato a morire, e ora la compagnia era tutta qui: otto uomini, una fila corta.

Il Comandante chiamò: – Clinto, aspetta un momento –. Clinto lasciò passare i compagni, si fermò. – Ti volevo chiedere, – disse il Comandante, – se ti senti di tornare indietro dall'Agnese. – Ci torno, – rispose Clinto. – Anch'io prima volevo chiedertelo –. Il Comandante gli mise una mano sulla spalla: – Allora vai. Dille che t'ho mandato io. Dille che vada da Magòn il fabbro che da tanto la vuole come staffetta. Per ora lavorerà con lui. Lascia la chiave a Cappúcc, che prenda la roba nello stanzone, e la metta di rifornimento alle altre caserme. Ormai quella è una base che non serve piú. Tu poi, vieni subito in brigata. Ma sta' in gamba a camminare di giorno –. Clinto disse: – Va bene. Torno indietro. Arrivederci ragazzi –. Il Comandante gli stese la mano: – Lascia a me il mitra, Clinto. Di giorno è meglio la pistola; e fatti dare dall'Agnese una carta della Todt.

– Tra un momento sono pronta, – disse l'Agnese. Stava legando l'involto dei suoi vestiti; un piccolo involto, ne aveva cosí pochi. Clinto era seduto presso la stufa, aveva dormito un paio d'ore, ma questo serviva solo a far crescere il sonno. Però era contento di essere venuto, gli pareva di aver fatto una bella cosa, doverosa, improrogabile. Nella vita partigiana, che si governava con leggi proprie, dettate da un personale bisogno di onore, di fede, di pulizia morale, di ordine intimo, guai se non fosse esistita quella volontaria forma di giustizia, anche in quello che sembrava di scarsa importanza. Chi tradiva veniva immediatamente eliminato, e si castigava con severità anche un piccolo errore: era necessario, dunque, che la fedeltà, il coraggio, l'amore per la resistenza, fossero riconosciuti, tenuti in conto. Non c'erano ricompense, né premi, né promesse per l'avvenire, né suono di frasi retoriche. Bastava una parola, un accenno, per dimostrare che il compagno comandante o il compagno dirigente o i compagni di lotta avevano capito il valore, la sostanza dell'individuo, la sua misura di sacrificio, di volontà e di capacità. Per questa parola pronunciata dal Comandante riguardo all'Agnese, Clinto aveva percorso dei chilometri.

– Allora non ti ricordi come ha detto di preciso? – domandò l'Agnese. Andava e veniva da un lato all'altro della stanza, per lasciare la roba in ordine. Era svelta, leggera. Il suo grande corpo si muoveva facilmente, senza affanno, portato dal felice orgoglio di non essere piú spinta indietro, lasciata in disparte nella pericolosa marcia dei compagni. – Proprio di preciso non mi ricordo, – rispose Clinto. – Lui non parla come noi. Intanto che lo ascolti capisci tutto, ti sembra di poter rammentartelo, e dopo sai quello che ha detto, sí, ti rimane per sempre nella testa come se lo avessi pensato da te. Ma non con le stesse parole. – Lui sa quello che noi non sappiamo, – disse l'Agnese. – Per questo è il Comandante –. Trascinò fuori due biciclette, attaccò l'involto al manubrio. Chiuse la porta e dette la chiave a Clinto. Salutò, passando, le donne della casa: non voleva aver l'aria di scappare, disse che tornava al suo paese per qualche giorno, raggiunse Clinto sulla strada, stava tanto bene che superò senza sforzo apparente la fatica di mettersi in sella.

Andavano con cautela, guardandosi spesso attorno, aumentarono di velocità passando fra le case della borgata. Ma tedeschi in giro non ce n'erano, la giornata era grigia e tetra, piena di freddo, di scura aria invernale. Si lasciavano dietro il villaggio, i campi velati, sepolti, vedevano solo la strada, larga e bagnata, come un grande corridoio scavato nella nebbia. – Non mi dispiace di andar via, – disse l'Agnese. – Qui ho passato dei brutti giorni; è stato sempre brutto, da quando i ragazzi sono andati in mezzo all'acqua. Stavo qui chiusa, e lavoravo poco. Quando si fa una vita che da un momento all'altro ti possono far morire, te o i parenti o i compagni, il peggio è non aver niente da fare, star lí ad aspettare seduti. È allora che ti viene la paura. – È vero, – disse Clinto. – Anch'io non sono mai tanto stanco come quando mi metto a riposo. – Non è per me che avevo paura, – continuò l'Agnese. – Cosa vuoi che mi facciano, a me? Era per voialtri. Guardavo i tedeschi nel cortile, mi davano noia con le voci, con le facce. Pensavo sempre che è con quella faccia lí che stanno a vedere la gente a morire. Mi sfogai quella volta che picchiai la ragazza, non mi potei trattenere... – tacque un poco, per rammentare meglio – ... e anche quella volta che picchiai sul tedesco –. Clinto si mise a ridere: – Non fu la stessa cosa, – disse. – Il tedesco lo picchiasti un po' piú forte –. Ma l'Agnese seguiva il suo difficile pensiero, e non rise: – Fu la stessa cosa perché credevo di avervi dato del danno, a voi, o agli altri compagni. E invece avevo fatto bene: il Comandante non mi sgridò –. Ricordava il viso duro, la voce alta, slegata della sera prima. – Questa volta, che mi pareva di far bene, appena lui mi ha dette quelle parole, ho capito che avevo sbagliato davvero, e messo in pericolo i ragazzi. Per questo ho avuto un gran dispiacere, non per la sgridata. Diglielo al Comandante –. Fecero un lungo tratto in silenzio, poi l'Agnese disse: – Tu lo credi che la guerra finisca presto? – Non so, – rispose Clinto. – Speriamo. Perché, se non finisce la guerra, finiamo noi. – Noi non finiamo, – assicurò l'Agnese. – Siamo troppi. Piú ne muore e piú ne viene. Piú ne muore e piú ci si fa coraggio. Invece i tedeschi e i fascisti, quelli che muoiono si portano via anche i vivi. – Magari se li portassero via tutti, – osservò Clinto. L'Agnese disse: – Dopo sarà un'altra cosa. Io sono vecchia, e non ho piú nessuno. Ma voialtri tornerete a casa vostra. Potrete dirlo, quello che avete patito, e allora tutti ci penseranno prima di farne un'altra, di guerre. E a quelli che hanno avuto paura, e si sono rifugiati, e si sono nascosti, potrete sempre dirla la vostra parola; e sarà bello anche per me. E i compagni, vivi o morti, saranno sempre compagni. Anche quelli che non erano niente, come me, dopo saranno sempre compagni, perché potranno dire: ti rammenti questo, e quest'altro? Ti rammenti il Cino, e Tom, e il Giglio, e Cinquecento... – Con quei nomi di morti, si rimisero a parlare di loro, ma non della morte: ne parlarono coi ricordi di prima, come se fossero vivi.

Si salutarono al ponte delle tre strade, in fretta, perché al bivio li investí un gran vento ghiacciato, che gelava sulla pelle il calore della fatica. – Arrivederci Clinto, – disse l'Agnese. – Va' via subito che è meglio. Qui si prende una malattia. Saluta il Comandante e gli altri compagni. E grazie di tutto. – Ci vedremo presto, mamma Agnese, – disse Clinto: andò in volata giú per la discesa, entrò nel bianco della nebbia, sparí. L'Agnese passò il ponte con la bicicletta a mano. Le sentinelle tedesche del posto di blocco erano dentro la loro nicchia, le fecero cenno con la testa di andare pure avanti. Lei rimontò, riprese a spingere sui pedali. Ricominciava a sentirsi pesare il cuore, grosso e fermo contro lo sforzo del respiro: e aveva ancora molti chilometri prima di arrivare.

X.

Fu l'inverno per primo ad avviarsi alla fine: qualche spruzzo di vento tiepido dal mare, e la valle perse le bianche coperture sui «dossi» e si rifece lucida e scura. La campagna non allagata mise fuori l'erba, un velo verde sul nero della terra. La guerra no: non si muoveva. Pareva che dormisse nelle linee alleate da cui partivano forse per abitudine radi ed inutili spari d'artiglieria. Dormiva nelle zone minate, dove non passava nessuno; nei paesi occupati, perché gli abitanti, tutti, ormai si erano messi a posto, col nemico o contro il nemico, e in un senso o nell'altro si aggiustavano la vita in qualche modo; nelle strade quasi deserte tenute sgombre dalla vigilanza stretta degli aerei e dagli attacchi improvvisi dei partigiani, gli unici, partigiani ed aerei, che non dormissero. Radio Londra, la solita voce preceduta dalle quattro battute spiritiche, parlava poco all'Italia e meno agli italiani. Gli alleati avevano da rosicchiare l'osso duro del secondo fronte, ci si rompevano un po' i denti, però ci riuscivano, con l'accompagnamento a grande orchestra delle migliaia di apparecchi in azione sulle città tedesche. C'era la Russia che veniva avanti davvero: quando si muovevano facevano quaranta o cinquanta chilometri al giorno, e se annunciavano il nome di un centro o di un fiume sorpassati dall'avanzata, era sempre il nome di un grande centro e di un grande fiume; altrimenti adoperavano le cifre: oggi ottanta villaggi conquistati. Migliaia di persone alla volta che raggiungevano la libertà.

L'Agnese stava nella casa rossa con la sorella di Magòn.

Lui e il cognato, invece, erano nascosti insieme a Walter fuori del paese, presso un compagno. Di là dirigevano il lavoro clandestino, e l'Agnese era stata accolta con gioia, l'aspettavano da tanto tempo, il Comandante gliel'aveva promessa appena possibile. Adesso era possibile, peccato che fosse stato a causa di una grande disgrazia.

Ricominciò subito a lavorare forte, anche in casa per aiutare la sorella di Magòn, sempre un po' malata; da quando avevano arrestato i suoi non si era piú rimessa in salute, appariva piú bianca, bella e sciupata, ogni sera aveva la febbre, mangiava poco e la notte non dormiva. Quasi tutti i giorni l'Agnese andava via in bicicletta, con la sporta infilata nel manubrio: la bicicletta era vecchia, coi copertoni pieni di toppe. Spesso lei restava a terra in mezzo alla strada, e andava avanti a piedi, camminando per molti chilometri. Nella sporta portava la stampa, o delle armi, o il tritolo e la dinamite come la prima volta. Magòn era contento di adoperare l'Agnese per quelle cose; il suo aspetto duro e pacifico non attirava i tedeschi, non si interessavano di una vecchia grossa contadina, e lei passava tranquillamente in mezzo a loro, avevano sotto il naso quella sporta e non pensavano a guardarci dentro. Se ci guardavano vedevano un pezzo di pane bianco male incartato, e l'Agnese diceva: – Mia cena, – o – Mio pranzo, – o – Se tu volere io a te dare mio pane, – e subito dopo sputava per terra.

Lei era sempre pronta, anche quando si sentiva stanca, o si trattava di cose di non grande importanza, che avrebbero potuto essere rimandate: come quella volta che era un gran freddo, una ripresa di tempo rigido, e doveva andare ad avvertire una staffetta che Walter non poteva trovarsi all'appuntamento: con la cattiva stagione i piedi gli facevano ancora male. Magòn venne a vedere sua sorella la mattina presto, e disse: – Agnese, non importa se non vai dall'Elvira. Aspetterà un poco, poi capirà che Walter non è riuscito ad andare. – Ci vado, – disse l'Agnese. – È brutto aspettare per niente dopo tanti chilometri nelle strade della valle. – Dicevo cosí perché fa molto freddo, – osservò Magòn. – Ma se vuoi andare, è meglio. Passando da L... compera un po' di pane da Guido, e in farmacia la medicina per mia sorella. – Va bene, – disse l'Agnese. Prese la bicicletta e la sporta vuota; prima di uscire le dettero un bicchierino di grappa, non aveva mai bevuto liquori, ma adesso un po' di grappa la prendeva qualche volta. Le faceva bene, diceva, anche per il cuore. Aprí la porta contro una folata di vento da neve, ma lei era calda per l'alcool, e non le dava fastidio. Montò in bicicletta, vide Magòn e la sorella dietro i vetri. – Tornerò verso mezzogiorno, – gridò, e salutò con la mano.

Andava controvento; fuori dalle case del paese la spinta contraria era cosí forte che dovette scendere, e pensò di tornare indietro. Ma ormai aveva deciso, e le dispiaceva di rinunciare. Allora proseguí a piedi, dopo un lungo tratto di strada il vento si calmò. Arrivò a L... che anche il freddo era un po' diminuito. Prese un caffè al bar, e pensò di fare le spese per non fermarsi al ritorno se avesse fatto un po' tardi. La farmacia e il fornaio erano chiusi, il paese deserto. Stando sulla piazza ad aspettare vide che anche al bar tiravano giú le saracinesche. Un uomo era entrato ed uscito di corsa, ed ora attraversava la piazza, andava verso due che venivano dal lato opposto, agitava le braccia e diceva: – Via, via. Fanno il rastrellamento –. «Meglio andare», si disse l'Agnese. Trascinando la bicicletta s'avviò, non incontrò nessuno. Soltanto alle ultime case sbucarono cinque o sei tedeschi da una strada laterale. Ridevano. Uno disse qualche cosa, e un altro rispose: – Ja –. Vennero decisi verso di lei, quello che aveva parlato ordinò: – Alt! – e l'Agnese si fermò. – Tu seguire con noi, – dissero, e continuarono a ridere. Erano tutti molto giovani, con la pelle fresca e tirata di chi mangia bene. Guardavano l'Agnese, e uno fece un gesto con le mani aperte, per mostrare che era troppo grossa. – Io non abitare qui, – disse l'Agnese, con poca pazienza. – Io andare lontano. Non potere fermarmi. – Tu venire con noi, – insisté il tedesco, quello che evidentemente si vantava di parlare l'italiano. – In casa vicina sparito camion tedesco; – fece con le dita il segno di rubare. – Noi ordine di arrestare tutti civili sulla strada. Poi andare in case. Noi trovare camion, subito –. Un altro soldato le tolse la bicicletta e guardò nella sporta. – Credi che sia dentro la sporta, il camion? – disse l'Agnese, e forse essi capirono, perché di nuovo si misero a ridere. – Non paura, mama, – disse il tedesco di prima quasi con gentilezza. – Tu venire con noi. Poi subito libera, partire.

Urli e pianti di donne scoppiarono alti verso la piazza. Venivano avanti molti tedeschi che spingevano un branco di civili, una trentina di tutte le età. Gli uomini cercavano di calmare le donne e i bambini: – Avanti, avanti, state zitti. Se fate cosí si arrabbiano di piú –. Ma era inutile parlare contro la voce della paura. I soldati che avevano fermato l'Agnese la trassero verso il gruppo, si misero sull'attenti davanti al maresciallo che lo comandava. Lui li guardò severamente, disse due o tre frasi con tono aggressivo; e i soldati diventarono rossi, rimasero lí come chiodi piantati in un muro. Forse il superiore li sgridava per l'insufficienza del loro bottino di rastrellatori; poi disse altre due parole, ed essi lasciarono la posizione di attenti, sembrò che calassero di statura. Fecero un saluto a scatto, e se ne andarono svelti, come liberati. – A-vanti, – gridò il maresciallo, e tutto il gruppo si mosse, ricominciarono i pianti sospesi durante la sfuriata coi soldati, i bambini puntavano i piedi urlando, si facevano trascinare. Svoltarono per la strada laterale, una strada di fango che andava fra i campi. – A-vanti, – gridava il maresciallo, ma la gente procedeva piano, a causa della resistenza dei bimbi e delle scarpe nel fango, e i tedeschi premettero un poco alle spalle coi calci dei fucili, risollevarono una tempesta di urli. C'era una casa di contadini, bianca, grande, con l'aia coperta di paglia, per proteggere dal gelo il selciato di cemento. I tedeschi fecero entrare il branco nell'aia, lo pararono avanti, stretto e confuso come un gregge. L'Agnese aveva a mano la bicicletta, che si impigliò in un pilastro del cancello: un tedesco gliela strappò, la scaraventò di fianco per terra. Vicino alla casa stavano fermi pochi soldati e un tenente. Piú in là, sotto il portico, c'era un altro tedesco, sembrava un ufficiale, voltava le spalle e stava chinato ad aggiustarsi la cinghia di uno stivale. La linea della schiena, della nuca, dette all'Agnese la sensazione di aver già visto quell'uomo un'altra volta, di conoscerlo bene. Le parve che somigliasse al tenente ben vestito che aveva avuto la sventura, arrestando lei sull'argine della valle, di imbattersi nello sten di Clinto. Certo non poteva essere. « Quello, – pensava l'Agnese, – era rimasto là fra le canne, con la sua bella divisa nuova, che il fango a quest'ora gli doveva aver mangiato addosso ». Il tenente, intanto, fece due passi avanti, guardò in mezzo al gruppo con gli occhi un po' chiusi, dette un ordine alzando il frustino, due soldati aprirono una porta sotto il fienile, i rastrellati furono compressi nello spazio stretto, obbligati ad entrare nel camerone senza luce, dove non si distingueva che il contorno incerto di altre figure umane. Quando gli passavano davanti, il tenente toccava col frustino le donne che avevano dei bimbi per mano o in braccio, esse si fermavano, scompigliando l'avanzata di tutto il branco; poi i soldati le facevano uscire dalla fila e mettere tutte insieme da un lato dell'aia. Nessuno piangeva piú, i bambini seguivano nell'aria il muoversi del frustino, i loro occhi erano asciutti e stupiti, la curiosità annullava la paura.

L'Agnese fu degli ultimi ad entrare. Le chiusero la porta alle spalle. Per un momento nello stanzone scuro rimase un silenzio fitto di respiri. Poi esplosero le voci, di nuovo le grida e i pianti. Adesso anche degli uomini piangevano, quelli che erano stati divisi dalle mogli e dai figli. Una ragazza si buttò in terra, si mise a piangere istericamente, con i capelli sulla faccia. Qualcuno disse forte: – Silenzio, perdio! – ma la ragazza gridava: – Buio, buio... aiuto! – A poco a poco, abituandosi gli occhi, qualche cosa si vedeva. Era una rimessa per attrezzi, simile allo stanzone dove aveva abitato l'Agnese, ma vuota, solo un po' di paglia in terra, e un mucchio di legna in un angolo, due o tre carretti appesi al soffitto per le stanghe. La gente cominciò a calmarsi; si riconoscevano, si raggruppavano quelli appena entrati e quelli già dentro da prima. Due donne presero su la ragazza da terra, lei smise di urlare, continuò con un lamento sordo, come l'affanno di uno che non può tirare il fiato. La fecero sedere sulla legna, un uomo le disse: – Falla finita che sentiamo quello che dicono fuori –. Fuori si udivano delle voci: un tedesco, forse l'ufficiale, diceva: – Non paura, non paura. A casa, tutti a casa con bambini. Presto anche altri a casa –. S'intese uno scalpiccio di passi sulla paglia dell'aia, erano le donne coi bimbi che andavano via. Passando davanti alla porta chiamavano: – Oreste, Giovanni, babbo, – un mucchio di nomi ansiosi. Quelli di dentro rispondevano: – Siamo qui. State buoni. Ci manderanno fuori anche noi –. Il tenente si stancò: la sua voce si fece strappata ed acuta. Gridò: – Raus! Raus! – I passi calpestarono la paglia: si allontanavano. Anche dentro vi fu il silenzio, per udire l'ultimo fruscío di quei passi.

L'Agnese stava zitta contro il muro. Non conosceva nessuno. Si guardava attorno e non incontrava che facce ignote, sembrava a mille miglia dal suo paese. Tutti si misero a parlare, prima piano, poi piú forte, ogni voce voleva sopraffare le altre, ognuno incominciava un discorso che un altro interrompeva per inserirvi il suo, poco ascoltato a sua volta. Solo a tratti vi era chi riusciva a fermare l'attenzione. Un vecchio era al centro di un piccolo gruppo, diceva: – Il maresciallo sta a casa mia, è tanto gentile. Ho parlato con lui. Ha assicurato che ci terranno qui finché trovano il camion. Se non lo trovano ci manderanno a casa lo stesso. Basta che non ci sia nessuno a fare il matto. Non sono cattivi, i camerati tedeschi.

L'Agnese si mosse dal suo angolo, strinse forte sotto il mento il nodo del fazzoletto. La sua faccia, fasciata intorno di nero, sembrò quella di una grossa suora. Passò di traverso fra la gente, s'avvicinò al gruppo in ascolto. Una donna disse: – Certo che non sono cattivi. Se non ci fossero dei delinquenti che li tormentano, loro con noi sarebbero buoni e cortesi –. Era alta, magra, con gli occhiali, un aspetto senza luce, di legno smorto. L'Agnese le stava proprio a fianco, la fissava. Lei si volse mentre diceva: – Non bisogna dimenticare che noi li abbiamo traditi..., – si trovò sul viso il peso vivo di quegli occhi, s'interruppe. – Niente, – disse l'Agnese. – Dica pure. Volevo solo vederla in faccia –. Ma la donna non infilava piú il resto del discorso, guardò in giro, irresoluta. Il vecchio che parlava prima si fece avanti, domandò, arrogante: – Voi chi siete? – Io sono una che passava, e i tedeschi mi hanno preso e portato qui per le loro sporche faccende, – rispose l'Agnese. – Porci, e voi piú di loro, a dire che sono buoni e gentili –. Si udí un mormorio sordo, voci anonime dal gruppo, dagli angoli, dai muri, dalla legna, dalla paglia: – Ha ragione... è vero... sono porci... accidenti alla guerra... che scoppino, loro, i fascisti e chi gli vuol bene.

La donna magra si levò gli occhiali, guardò l'Agnese con gli occhi nudi, incantati, senza ciglia: – Pensate come volete, – disse, – ma qui i tedeschi sono stati buoni –. L'Agnese le andò vicino con la faccia: – E sono stati buoni quando hanno bruciato X...? E fucilato quei dieci a F...? E gli altri che hanno ammazzato? E se adesso ci mitragliassero tutti? – La donna magra indietreggiò: – Non farebbero niente se i « ribelli » li lasciassero in pace, – disse, ma la voce era piú bassa, tremava.

Alla parola « ribelli », l'Agnese vide tutti i visi lontani, i visi perduti: il Comandante, Clinto, Tarzan, Tom, Zero, il Giglio, il Cino, gli stranieri, Walter, « La Disperata », Cinquecento; li rivide tutti in una volta, compagni combattenti, partigiani, non « ribelli ». Fece ancora due passi verso la donna, ormai la serrava contro il muro, non poteva andare piú in là, le cadeva quasi addosso, con le sue grandi mani buone da schiaffi. In tutto lo stanzone il mormorio sordo ricominciò. Vicino alla donna magra un uomo s'alzò dalla paglia. Era alto quanto lei, le stava presso la spalla. L'Agnese vedeva contemporaneamente le due facce, quella dell'uomo scarna e precisa, e quella della donna sconvolta. Lui disse piano, senza voce, solo con il fiato: – Agnese di Palita, – e si mise un dito di traverso sulla bocca. L'Agnese disse: – Sí, – anche con la testa, si allontanò subito dalla donna, concluse, fregando una contro l'altra le sue palme dure: – I ribelli muoiono per gli imbecilli.

Le fecero largo, lei camminò fra due file umane di stupore, prigioniera di tutti quegli occhi attenti. Si volse, disse piú forte, con severità: – Ma quelli che restano, anche con gli imbecilli faranno i conti. Siamo vicini alla paga, appena verrà la buona stagione. Ai tedeschi e ai fascisti non gli rimane piú niente –. Il suono ruvido del suo dialetto s'allargava nel silenzio. – Disse ancora: – Mi sono sbagliata. Gli rimane la paura.

Il tempo era lungo a passare. Di fuori non si sentiva nessun rumore. Dentro lo stanzone faceva freddo, si vedeva il vapore dei respiri. Molte donne piangevano; una consolava l'altra, ma appena questa s'asciugava gli occhi, prendeva il suo posto nel coro dei lamenti. Gli uomini giravano su e giú, qualcuno andava a mettere l'orecchio alla serratura. Avvertiva un piccolo strepito, un piede strisciato per cambiare posizione, un colpo di tosse, faceva segno: – Sono lí –. Erano lí, col mitra, forse in due soltanto. Due mitra bastavano, davanti a tante braccia disarmate.

Venne, prima indistinto, poi piú chiaro, disteso nel vuoto dell'aria di inverno, un rombo di aerei. Quell'eco, finora temuta, diventò all'improvviso una voce di speranza. – Se bombardano vicino, – disse uno, – i tedeschi vanno via –. Si alzarono tutti, si strinsero contro la porta. Gli uomini gridarono: – Via le donne, – e cercarono nel mucchio di legna dei pezzi lunghi e pesanti. Il compagno che prima aveva fatto cenno all'Agnese di tacere, stava con la testa appoggiata al battente. – Alla prima bomba, se scappano, sfondiamo la porta –. Gli aerei passavano proprio sopra, si sentiva forte l'onda musicale dei motori, ma erano alti, indifferenti, in viaggio. Si allontanavano. Nel rumore decrescente si mescolò un altro rombo, piú scuro, a terra, quello di un autocarro. L'uomo contro la porta intese uno scalpiccío, i soldati di guardia, certo, si erano alzati in piedi. Le ruote frusciarono sulla paglia dell'aia. Appena il motore si fermò si udirono le voci tedesche. Uno dei rastrellati disse: – Se avessero trovato il camion, – e tutti dentro lo stanzone, forte, piano, da ogni angolo, ripetevano: – Hanno trovato il camion.

L'uomo che ascoltava alla porta lasciò il suo posto, subito occupato da altri, andò vicino all'Agnese, le disse: – Salve, compagna. Tu non mi hai mai visto, ma io ti conosco. Sono Simone di Linin –. Lei si ricordò una lunga corsa in bicicletta, un colore di nebbia, freddo, silenzio, una casa dove non aveva trovato nessuno, tanta strada fatta inutilmente. – Venisti che io non c'ero, – disse Simone. – Mi rammento bene, – rispose l'Agnese.

Fu allora che si aprí la porta, entrarono il tenente e due soldati tedeschi: si annullò immediatamente il brusio affaticato di parole. L'ufficiale guardò come prima in mezzo al gruppo, poi scelse dieci individui con la punta del suo zelante frustino, badando di dividere quelli che erano piú stretti insieme; toccò anche alla donna magra, e al compagno Simone. I soldati spinsero i dieci nella luce bianca della neve, richiusero la porta. Una ventata di terrore passò nell'aria morta: – Ci fucilano tutti, – e nessuno parlò piú, si sentirono soltanto lacerati singhiozzi. Molti stavano gettati nella paglia, con le mani sulle orecchie, per l'orrore delle raffiche imminenti. Ma non ci fu alcuna raffica, e i minuti cadevano come sassi.

La porta si riaperse, vi fu una corsa dei piú lontani, un ammucchiarsi di visi sudati e freddi, di mani tremanti. Questa volta il tenente non scelse, ne mandò via un branco a caso. I primi dieci erano fuori, salvi. Aspettavano. Si udirono le grida di quelli che si ritrovavano insieme vivi, il rumore svelto di passi liberati. Il battente era aperto: i due soldati trattenevano a fatica la felicità dei rimasti. « Anche per questa volta non si muore, – pensò l'Agnese, che stava per ultima. – Ma certo ho perduta la bicicletta ».

In quel momento i due soldati si scostarono: – Raus! Raus! – L'Agnese corse dietro agli altri, sbatté le palpebre nella luce viva, s'incontrò prima col tenente, poi con un'altra faccia di tedesco, si fermò. Quella faccia divenne a un tratto sformata, malsana, mosse le labbra, certo gridava. Ma l'Agnese non intese la voce, vide soltanto chiaro il disegno di un nome: Kurt. Vide anche il maresciallo, questa stessa faccia, seduto sul muretto con la Vandina, risentí l'odore di quella sera, odore di erba bagnata sotto il pesco. Due ceffoni furibondi la sommersero in uno stordito giro di circoli rossi.

Il maresciallo gridò ancora; prese la pistola, le sparò da vicino negli occhi, sulla bocca, sulla fronte, uno, due, quattro colpi. Lei piombò in giú col viso fracassato contro la terra. Tutti scapparono urlando. Il maresciallo rimise la pistola nella fondina, e tremava, certo di rabbia. Allora il tenente gli disse qualche cosa in tedesco, e sorrise.

L'Agnese restò sola, stranamente piccola, un mucchio di stracci neri sulla neve.

La storia di Agnese non è una fantasia

di Renata Viganò

L'articolo *La storia di Agnese non è una fantasia*, qui riportato, è stato pubblicato su «l'Unità» del 17 novembre 1949.

La prima volta che vidi l'Agnese, o quella che nel mio libro porta il nome di Agnese, vivevo davvero in un brutto momento. Ero in un paese della Bassa, sola col mio bambino. Mio marito l'avevano preso le SS a Belluno, non ne sapevo piú niente, ogni ora che passava lo vedevo torturato e fucilato, un corpo anonimo che non avrei trovato mai piú, neppure per seppellirlo. Nel villaggio mi credevano una sfollata della città, con la casa distrutta da un bombardamento: a causa dell'arresto di mio marito avevo perso i contatti coi compagni, non potevo parlare con nessuno dei miei veri dolori.

Venne l'Agnese, un giorno che stavo giú nel greto del fiume a guardar giocare il bambino con la sabbia, e intanto pensavo che forse sarei stata sempre cosí da sola nel guardarlo giocare e poi studiare e poi crescere e diventare uomo senza il babbo. L'Agnese mi arrivò vicino con i suoi brutti piedi scalzi nelle ciabatte. Vidi per primi quei brutti piedi, ero tanto piena di odio e di pena che mi fecero schifo.

Poi intesi la sua voce che diceva: «È lei la Contessa?» e allora tutto cambiò colore: mai il mio nome di battaglia mi aveva dato tanta gioia a sentirlo pronunciare. Mi sentii riammessa nel giro: non piú «sfollata» ma partigiana, non piú esclusa ma facente parte di una organizzazione, di un movimento, di un ente vivo. Mio marito nella cella delle SS, io libera sui sassi del fiume: eppure eravamo vicini.

«Non so chi sia la Contessa», dissi freddamente per competenza cospirativa. Ma intanto guardai la donna grossa, mi alzai per veder meglio la sua faccia, perché sono miope, brutto difetto nella lotta clandestina.

L'Agnese mi porse un pezzo di carta e quella era una prova. Un pezzo qualsiasi di carta stracciato a metà non ha significato, se non per chi ha in mano l'altra metà. «Mi manda Lino, – disse l'Agnese. – Dice che stia tranquilla. Se succede una disgrazia a suo marito, ci sono sempre i compagni».

Ecco, allora si ragionava cosí. Se uno spariva, si stringevano le file, il vuoto era subito cancellato. Il dispiacere bisognava farlo diventar piccolo, che stesse nello spazio del cuore. Di fuori non c'era posto, perché dei dispiaceri ne avevamo tutti. Piuttosto lavorare piú forte; almeno quella sparizione di uno servisse a qualche cosa per gli altri, non portasse agli altri un danno troppo grande. Io dissi: «Va bene. Che cosa devo fare?»

Questa fu la prima volta. La seconda eravamo piú contenti. Mio marito s'era salvato la pelle saltando da una finestra alta: le SS ci avevano fatto una colica di fegato che un partigiano, un comandante, gli fosse scappato, gli avesse tolto il piacere di fucilarlo. Noi stavamo in brigata, armati e sicuri: nelle ore di ozio i partigiani tagliavano i pennacchi della canna, facevano le scope per il mio bimbo. Uno gli costruí anche un carrettino.

Quando arrivò l'Agnese per rimanere con noi, e ci riconoscemmo e parlammo insieme perché era un giorno calmo, non crediate che ci si dicesse frasi eroiche. Nessuno nella guerra partigiana diceva mai frasi eroiche, neppure quando stava per morire. Tutt'al piú gridava: «Viva i partigiani!» o cantava «Bandiera rossa» e questo è già molto per uno che sta per morire. Ma spesso cadeva in silenzio col rumore dei mitra che spengono tutte le parole.

Con l'Agnese quel giorno parlammo di gatti. Lei aveva una gatta grigia fino a poco tempo addietro e gliela ammazzò un tedesco per gioco. I tedeschi avevano spesso questo modo di scherzare. Ma l'Agnese non scherzava, e ammazzò il tedesco, e poi scappò in brigata e ci rimase. Allora le raccontai che noi avevamo una volta a casa una gatta nera con gli occhi verdi: la portammo in campagna quando per il servizio si dovette lasciare la città. E anche quella me l'ammazzarono i tedeschi. «Eco bròtta massareia, i tedeschi, la mi signòra!» disse l'Agnese. Pronunciava il dialetto un po' bastardo della Bassa, là dove il confine tra la provincia di Ravenna e quella di Ferrara è costituito da una strada, che spezza assurdamente in due i villaggi. Ma le rare dolci inflessioni ferraresi si frantumavano nella sua bocca dura: e le restava lo scarno linguaggio romagnolo, tutto ruvido di consonanti, espressione un poco ottusa di cocciutaggine e di forza. Scoprivo la stessa forza nelle sue braccia che avevano tirato colpi cosí grossi e quasi mi dispiaceva di non aver potuto fare altrettanto. Forse per questo, nel mio romanzo, la gatta dell'Agnese da grigia la feci nera.

Mai che l'Agnese mi volesse dare del tu: sempre «Signòra», anche quando si litigava. Diverse volte abbiamo litigato per le cose del servizio, che io interpretavo in un modo e lei in un altro. Riconosceva solo l'autorità del comandante, prendeva gli ordini alla lettera non teneva mai conto degli imprevisti, che in periodo clandestino erano tanti. E quando il comandante la sgridava piangeva, ma piangeva anche se sgridava me, dando nello stesso tempo ragione a lei. Un pianto breve, rade lacrime subito secche sulla faccia in fuoco e per molte ore dopo sembrava arrabbiata ed era triste e proprio su una parola semplice e triste facevamo la pace.

Cosí era il clima di allora nella vita partigiana, antiretorico, antidrammatico, casalingo e domestico anche se eravamo alla macchia e la morte girava lí intorno, si nascondeva nello scialle dell'Agnese, negli scarponi dei barcaioli o nei capelli del mio bambino. In quel clima abbiamo vissuto diciannove mesi e poi l'ho creato – o tentato di creare – nel mio libro. Tutto esiste: azioni ed uomini, orizzonti e paesi, colori e temperatura. Tutto come è detto, anche se ho voluto mutare il fisico del comandante e l'ho reso piccolo e grigio mentre era robusto e bruno, anche se ho inventato nomi di battaglia e posposto i fatti e alterato le età, fu per aver moto piú libero nell'acqua corrente del racconto. Ma nella stessa atmosfera ancora viviamo, noi che uscimmo salvi dalla lotta; dentro quel circolo siamo rimasti e forse mai potremo venirne fuori: era il circolo, l'atmosfera dove camminava l'Agnese, ora morta, dove hanno camminato tanti altri, ora pure morti, ma rinchiusi vivi nel mio libro con lei.

Solo una cosa non esiste: un pezzo di terra che abbiamo cercato per scavarlo e ritrovare delle ossa e portarle dove sono le ossa degli altri: la buca frettolosa in cui certo i tedeschi avranno buttato il corpo dell'Agnese, perché un cadavere bisogna pure metterlo da qualche parte. Un pezzo di terra, o forse un tratto d'acqua di valle, fango e canne, dove l'Agnese si è consumata da morta.

Non l'abbiamo trovato. Dovremmo fare il funerale a vuoto, un funerale su un nome. Lei, che risultava sempre presente, che non mancava a nessuna chiamata, quella volta non c'era.

RENATA VIGANÒ

Indice

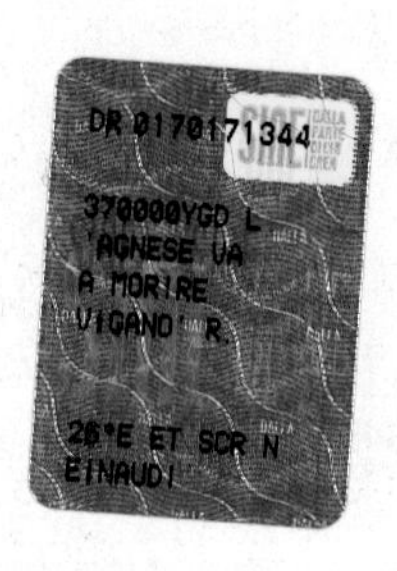

Stampato per conto della Casa editrice Einaudi
presso ELCOGRAF S.p.A. - Stabilimento di Cles (Tn)

C.L. 22217

Edizione	Anno
26 27 28	2020